ソネット選集　対訳と注釈
―ワイアットからハーバートまで―

桂　　文　子
岡村　眞紀子
武田　雅子

英宝社

はしがき
ソネットの起源から，イングランドへの導入と継承，発展

　詩の分類は主題によるものと，詩形によるものとがあり，前者には satire（諷刺詩），elegy（挽歌），panygeric/praise poetry（称讃詩）などが属し，一方，sonnet（ソネット）は後者に属する．しかも，ソネットは厳しいルールのある詩形としては，limerick（五行俗謡．弱弱強格，第 1, 2, 5 行は 3 詩脚で互いに押韻，第 3, 4 行は 2 詩脚で互いに押韻），triolet（トリオレ．フランス起源の 8 行短詩，A B a A a b A B* と押韻，第 1 行は第 4 行と第 7 行で，第 2 行は第 8 行でそのまま繰り返す）とともに，世界で最も長く存在し続けているものと言える．韻律や音節数，脚韻など，他にもルールのある詩形はあるが，たとえば，blank verse（無韻詩），heroic couplet（英雄詩体二行連句），terza rima（三行詩体）などは行数の制限がない．また stanzaic verse と呼ばれるものは，Spenserian verse（スペンサー詩体）のように，1 連の行数は決まっているが，連の数にはきまりがない．
　こういったソネットのルールの厳格さが詩人の創作意欲を掻き立てたことは想像に難くない．

　そもそも自由な詩形の短い歌であったプロヴァンス詩の sonet（小唄）が，14 行詩としての sonetto（ソネット）となる．その起源は 13 世紀のシチリアの Hohenstaufen Emperor Frederick II（1194-1250, r.1208-1250）の宮廷にあり，その中心にいたのは Giacomo da Lentini（fl. 1220-40）とされ，彼らはロマンス・シチリア語で書いた．当時宮廷文学の主流がラテン語で書かれるなか，母語で書かれるソネットはプロヴァンス語による吟遊詩人の恋愛詩の文体，韻律や修辞的文飾の影響を受けたものであった．プロヴァンス吟遊詩人の cansó（脚韻を踏むオード風の詩），tensó（二人の掛け合いからなる

詩），balada（リフレインのある舞踏詩）は，シチリアの詩人たちのモデルとなり，後にそれぞれ，トスカーナの canzone, tenzone, ballata へと発展する．さらに後になって，ソネットの主流が北中部へと移っていくなか，イタリア語として言語が整い，主題も愛からモラル，政治，教訓，哲学へと広がりを見せていくことになる．

　ソネットを，詩形，語り手，主題の3つの視点から考えてみる．まず，詩形については，1詩行は Giacomo da Lentini のころには endecasillabo（11音節詩行）が標準となり，そこから，settenario（7音節詩行）や quinario（5行音節詩行）が派生し，より複雑なソネットの変型も創案される．初期のソネットでは，11音節ごとに punto（フルストップとは限らなかった）が置かれ，意味も切れるべきと考えられ，1行に2詩行を記すことが多かった．14行の前半8行は必ず ABABABAB と押韻し，後半の6行は CDCCDC と押韻した．最初の8行（fronte）に6行（sirma）を加えた形，さらに時にはそれぞれが二つに分かれる形は，内容的にも，主題提起（4）+発展（4）+結論（6）と，前半の8行の後，転換（volta）があって後半の6行に進んでいく基本構造の基盤を形作った．

　次に，語り手は 'Io (I)'，しかもほとんどが詩人本人であった．

　最後に主題は，これもほとんどが恋愛，その対象は美しく気高い女性であった．

　フレデリック2世の支配権が北イタリアにも及んでいたら，ソネットの歴史は変わっていたかもしれない．1250年の彼の死ののち，詩文化の中心は商業都市の北に移動し，主題はより政治的，語り手はより公的な存在と変化する．その代表的詩人はトスカーナの Guittone d'Arezzo（c.1230生）であった．それまでの決まったスタイルの恋愛詩を発展させて，複雑な言葉遊びを駆使し，知的な変形を加え，主題も多様化し，宗教や哲学をもソネットに歌った．改宗の前後で世俗の恋愛詩から宗教詩に転じた点はイングランドの John Donne（後述）に準えられる．一方，ボローニャの詩人 Guido Guinizelli (1220-76) は，愛を世俗のものと聖なるものに分ける姿勢を否定し，人の愛を哲学的に描いた．フィレンツェでは Guido Cavalcanti (1255-1300)

や Dante Alighieri (1265-1321) を中心とする dolce stilnuovo（清新体派）が隆盛し，語り手と愛の対象の女性は，物理的存在が希薄になり，内省の主体と客体の象徴となる．この派の華は Dante による *Vita Nuova*（『新生』，1293?）で何篇かの sonettorinterzato（11 音節 14 行の間に 7 音節や 5 音節の行を挿入したソネットの変型，AaBAaB, AaBAaB, CDdC, DCcD などと韻を踏む），ballata や canzone をも含むソネット・シークエンスといえる．

'Donna angelicata'（天使のような女性）への愛を通じて「新生」に向かう Dante のソネットは，世紀をまたいで Francesco Petrarca (1304-74) に受け継がれ *Canzoniere*（『カンツォニエーレ』，1360）として結実する．これは canzone, ballata, madrigale なども含むが，317 篇という多くのソネットから成るソネット・シークエンスである．

この Laura に寄せるソネット・シークエンスが聖母マリア（Vergine）へのカンツォーネで締め括られるところからも，恋愛詩ソネットが個人的な感情の表出から，内省の象徴の表現へと，シークエンスを通じて変遷していることがわかる．イタリア・ソネットの集大成といわれる *Canzoniere* はイタリア・ソネットのそれまでの歴史を内包しているのである．また，1 篇 1 篇のソネットにおいて，憐れみの懇願と悔恨，あるいは嘆きと望みとの間で揺れ動く話者たる 'Io' は安定し定着することはない．その揺らぎはテーマにとどまらず文体にも及ぶ．たとえば，最初の 4 行連の名詞（句）の並列に対して第 2 の 4 行連で文が完結するというように，6 行連も明白にふたつの 3 行連に分かれるようになった．Petrarca のソネットの特徴が 'dissilio'（対立）と称される所以である．対立と揺らぎは，シークエンス全体にも，過去と未来，現実の女性と天使の女性，苦悩と慰めというふうに現われる．

表現として隠喩や直喩など比喩が重要な役割を担うようになり，白い肌で赤い頬，金髪の美しい女性とその比喩としての l'Aurora（白く明け初める空を赤く染め，あとに黄金の太陽を誘う）は，Laura と pun をなし，太陽は，それ以前からの女性の瞳を表象する伝統を引き継ぐ．Laura は直接 aureo（黄金の）とも，また l'aura（そよ風，息吹，吐息），laurea（月桂冠）とも響きあって，恋人の溜息を誘い，詩行を運ぶ．ソネットの 1 篇の初めで小鳥が piangere（泣／鳴）けば，それは語り手の嘆きへと後で繋がる．こういった

比喩はコンヴェンションとなって，その後のソネットに受け継がれ，発展してゆく．

　Petrarca に至って，詩形も完成形として整った．前半の 8 行連はほとんどが ABBA ABBA で，後半の 6 行連は CDECDE または CDCDCD，それに CDEDCE も使われたが，rime rovesciate（逆脚韻，CDEEDC）は見られない．かつ前半 8 行と後半 6 行との間に明確な volta（転換）がおかれた．

　Petrarca によって集大成されたイタリア・ソネットがヨーロッパ各地に広がっていくには時間を要した．14 世紀には，イングランドの Geoffrey Chaucer (1340-99) が Petrarca の 1 篇を，*Troilus and Criseyde* の中で翻訳・借用したが，詩形は踏襲しなかった．イタリア外での最初のソネット作詩は，スペインの Marqués de Santillana, Inigo Lopez de Mendoza (1398-1458) で，このとき，ソネットはその始まりの宮廷文化へと回帰した．その結果，パトロン／パトロネスとの関係が重要となり，詩の表現も自ずとその中で展開されることとなる．そこでは，パトロン／パトロネスへの讃辞と，至高の愛への讃美が，ネオプラトニズムの浸透と相俟って，ソネットの語り手は理想を沈思する恋人となり，それが，Petrarca があわせもっていた肉体感覚的世界をも内包しながら，フランスへ，イングランドへ，ドイツへと伝播していくのはさらに 1 世紀先のことである．

　ソネットは古典から一歩脱却した母国語の文学であったが，イタリアでは Dante，Pietro Bembo (1470-1547)，フランスでは Joachim du Belley (1522-60)，イギリスでは James VI (1566-1625)（スコットランド），George Puttenham (c.1529 - c.1590)（イングランド）が，どの言語をもって自国語とし，どう用いれば母国語に尊厳をもたせられるのかを論じている．

　かくしてソネットはイングランドに導入され，独自の発展を遂げていくが，圧倒的に多数のソネットがほぼ 1530 年から 1650 年の間に書かれた．その後再び活性化するには，18 世紀の再度の胎動期を経たのちの 18 世紀末のソネット・リヴァイヴァルを待たねばならない．この隆盛期のソネットを追ったのが本書であるが，イギリス形式に名を残す Shakespeare は敢えて触れなかった．その位置づけの重要性は言うまでもないが，すでに多くの良き詳注版や著書が出版されているので，それらに委ねることにした．

ソネットがイングランドに伝わったころ，その多くはまだ，その起源のころのままに短詩であって，行数の定まらないものであった．その中にあって14行詩としてのソネットを書いたWyattとEarl of Surreyは，英語で書くソネットの形式を模索，確定してゆく．

　Wyattの詩形は，多くがABBA ABBA CDDC EEで，最後にcouplet（2行連）の結行を置くが，それがPetrarcaの8行連，6行連，それぞれの変型であると同時に，ストランボットのABABABCCに由来するとも考えられている．そもそもソネットの起源にストランボットが与っていることや，WyattがSerafinoやFilossenoなどのストランボットを下敷きにしたソネットも書いていることからも (p.28)，その可能性が考えられる．

　それに対し，Earl of SurreyはABAB CDCD EFEF GGといった2行連を基本にした詩形を好んで用い，イギリス形式の基盤を築いた．

　開音節のイタリア語と違って閉音節の英語では脚韻の押韻にも工夫が必要で，より複雑なパターンができていく（『選集SS』pp.xi-xii）．詩行も，古典の長短韻律のパターンを強勢アクセントの英語の特質に転用し，iambic pentameter（弱強5歩格）（『選集SS』pp.xv-xvi）の10音節を主とした．イタリア・ソネットの1詩行11音節からの変化は，脚韻のパターンと密接に関係している．

　至高の愛にネオプラトニックな徳を併せて求めるPetrarcaから一変，Wyattは現実的な主題—愛，宮廷，政治—をソネットで表現するようになり，語り手も現実の詩人が表に出てくる．

　WyattやEarl of Surreyのソネットは，Grimard等と併せてTottel's Miscellany（p.6）に出版されたが，当時のソネットの多くは短詩ゆえ，出版への献辞や，epitaphとして (p.32) など，ある人物や事象，機会に付随するものとして書かれることが多かった．ある主題や内容を表現するまとまった作品となるのはソネット・シークエンスで，本書に取りあげたものだけでもSidneyのAstrophel and Stella (1591)(pp.100, 104, 108) からDanielのDelia (1592)(p.182)，BarnesのParthenophil and Parthenophe (1593)(p.250)，FletcherのLicia (1593)(p.48)，ConstableのDiana(1592)(p.176)，Chapman

の 'A Coronet for his Mistress Philosophy' (1595)(p.122), Spenser の *Amoretti* (1595)(pp.56, 62, 68), Barnfield の *Cynthia* (1595)(p.280), Drummond の *Vrania* や *Flowers of Sion* (1604)(p.302), Drayton の *Idea* (1619)(pp.190, 194), Wroth の 'Pamphilia to Amphilanthus' (1621)(pp.310, 314, 318), Greville の *Caelica* (1633)(p.88), John Davies of Hereford の *Wittes Pilgrimage* (1665?) (pp.214, 218, 222), Herbert の *The Temple* (1633)(pp.330, 336) と，死後出版は別として1590年代に集中して出版されて，Petrarca の伝統が継承，変容していく様相がそこに凝縮して現われていることがわかる．

　Sidney の *Astrophel and Stella* は，実体験に基づくと言われるが，それが客観的に昇華している．とはいえ，赤裸々とも思える表現もアイロニーやユーモアを含み，これは Petrarca には見られなかった側面である．語り手は，Petrarca のコンヴェンションを引き継ぎ，時に詩人と一体化し，時に詩中の人物にとどまって，語りかける相手も，恋する相手，キューピッド，月，眠り，読者と多様に変化する．Wyatt 同様宮廷人であったゆえに，宮廷での立場や政治的主題がそこには垣間見られる．他の作品ではさまざまな詩形を試みている Sidney が，*Astrophel and Stella* でイタリア形式の8行にイギリス形式の6行を組み合わせた ABBA ABBA CDCD EE を採用したのは Petrarca の伝統を意識していると考えられる．

　Spenser の *Amoretti* も詩人自身の恋愛を歌ったものとされつつも，Sidney 以上に Petrarca に見られたようなネオプラトニックな理想の愛や美徳を讃美する要素が強い．その文体は宮廷での規範そのままに，博学を示すものでもなく，さりとて粗野でもない，気取りのなさを旨とする．語り手は様々に変化し，色々な主題，色々な感情を語るという，これも一人一点に話者話題を集中させないという宮廷人としての規範を表現するものである．詩形はイギリス型，それも ABAB BCBC CDCD EE の連鎖型の巧みな脚韻パターンをこのシークエンスの多くのソネットで用いている．

　他のシークエンスは，Petrarca の伝統を継承しながら，'Caelica'，'Idea'，'Licia' の名が示すように，現実の女性よりむしろ概念的な愛や美徳，知を主題としたり，'Diana' や 'Cynthia' が示すように，これも伝統的な愛の寓意 'the Queen of the Fortune Isles'，すなわち，イングランドにあってはエリザベス女王を暗示する政治的なテーマを絡めたり，あるいは *Wittes*

Pilgrimage に見られるように知や学が主題として取りあげられた．こういった主題の多様性は，Donne や Herbert の宗教詩としてのソネットへと広がっていく．そのなかで，Drummond は，あたかも集大成のようにありとあらゆる主題のソネットを多彩な言語で書いた．

　一連のシークエンスの中で一つの重要な位置を占めるのが Chapman の coronet（花冠詩）'To his Mistress Philosophy' である．本書で詳述しているが，恋愛詩の在り方に知や美徳への志向を求めるこのシークエンスは新たな展開を見せていくイングランドのソネット・シークエンスの旗幟であった．底本とした *The Oxford Book of Sonnets* の編集者 John Fuller がこのシークエンスを全篇採択しているのも，このことを意識していたのではないかと思われる．

　＊本書では，脚韻の型を，英文学で通常表記するようにアルファベットの小文字で示しているが，「はしがき」においては，イタリア文学での表記に従った．イタリア詩では 11 音節詩行については大文字，7 音節詩行や 5 音節詩行については小文字と区別して示す．

主な参照文献

Burst, Stephen and David Mikics, *The Art of the Sonnet*, Cambridge, Massachusetts: The Belknap Press of Harvard University Press, 2010.

Cousins. D. and Peter Howarth, *The Cambridge Companion to the Sonnet*. Cambridge: The University Press, 2011.

Fuller, John, *The Sonnet* (*The Critical Edition*). London: Methuen & Co Ltd., 1972.

岩永弘人『ペトラルキズムのありか──エリザベス朝恋愛ソネット論──』東京：音羽書房鶴見書店，2010．

Kleinhenz, Chritopher, *The Early Italian Sonnet: the First Century (1220-1321)*. Lecce: Milella, 1986.

Michael R. G. Spiller, *The Development of the Sonnet, An Introduction*. London: Routledge, 1992.

その他，諸ソネット集の序論を参照した．

凡　例

　人名については，英米人，文人，あるいは当該の詩人に密接な関係のある人物は原綴り，その他はすべてカタカナ表記を原則とした．作品名についても同様である．ただし，コンテクストの関係上，固有名詞の表記を変更している箇所もあり，統一を欠いていることがある．

　『選集 SS』は『ソネット選集　対訳と注釈――サウジーからスウィンバーンまで――』（英宝社，2004）を指す．
　『選集 CC』は『ソネット選集　対訳と注釈――ケアリからコールリッジまで――』（英宝社，2007）を指す．

　Shakespeare の引用は *The Riverside Shakespeare*，聖書の引用は『聖書』（日本聖書協会，1955 年改訂版）に拠る．

＊	小伝の後に解説があることを示す．
" "	テクストからの引用，後の（ ）内の数字はテクストの行数．
' '	テクスト以外からの引用，強調，特別な用語等．
(　)	付加的説明，その他．
[　]	1. 発音，2. 語義，句義などの敷衍的な解説，その他．
<	派生，語源等を示す．

a.	adjective	形容詞
absol.	absolute	独立の，独立用法の
ad.	adverb	副詞
anc.	ancient	古代の
arch.	archaic	古語
attrib.	attributive	限定的な，修飾的な，限定語句
cf.	Lat. confer(=compare)	比較対照せよ
conj.	conjunction	接続詞
concr.	concrete(ly)	具体的（に）
dial.	dialect	方言
e.g.	Lat. exempli gratia(= for example)	たとえば
esp.	especially	特に，とりわけ
ex.	example	例

exc.	except		〜を除いては
fig.	figurative(ly)		比喩的語義
Fr.	French		フランス語
freq.	frequent(ly)		しばしば
Gr.	Greek		ギリシア語
impers.	impersonal		非人称動詞
inf.	infinitive		不定詞
int.	interjection		間投詞，感嘆語
joc.	jocular(ly)		こっけいな，おどけた
Lat.	Latin		ラテン語
lit.	literal(ly)		文字どおり，字義通り
metaph.	metaphor, metaphorical		隠喩，暗喩，隠喩的な
MS.	Manuscript		手書き，写本，稿本，原稿
n.	noun		名詞
obj.	object		目的語
obs.	obsolete		廃語
OE	Old English		古（期）英語
OED	*Oxford English Dictionary*		オックスフォード英語辞典
pl.	plural		複数，複数形の
poet.	poetic		詩特有の表現
p.p.	past participle		過去分詞
pron.	pronoun		代名詞
prosody			作詩法
rare			現代では稀な意味，用法
rhet.	rhetoric(al)		修辞学（の），修辞的技巧（の）
sg.	singular		単数，単数形の
sic	Lat.　sic (= so)		原文のママ
spec.	specifically		特に，とりわけ
trans.	transitive		他動詞的
transf.	transferred		（比喩等により）拡大された語義
usu.	usual(ly)		通例，通常
vi.	intransitive verb		自動詞
vt.	transitive verb		他動詞
writ.	written		書かれた，文書の，文語の
ギ神			ギリシア神話
ロ神			ローマ神話

CONTENTS

はしがき iii

凡　例 x

Sir Thomas Wyatt (?1503-1542) 3
　'Whoso list to hunt, I know where is an hind' 10
　'Farewell, Love, and all thy laws for ever' 18
　'Unstable dream, according to the place' 24

Henry Howard, Earl of Surrey (?1517-1547) 29
　'Norfolk sprang thee, Lambeth holds thee dead' 32
　'Set me whereas the sun doth parch the green' 40

Giles Fletcher (?1549-1611) 45
　'I saw, sweet Licia, when the spider ran' 48

Edmund Spenser (?1552-99) 53
　'More than most fair, full of the living fire' 56
　'Coming to kiss her lips, such grace I found' 62
　'Was it a dream, or did I see it plain' 68

Sir Walter Ralegh (?1552-1618) 73
　Sir Walter Ralegh to his son 82

Fulke Greville, Lord Brooke (1554-1628) 86
　'Satan, no woman, yet a wandering spirit' 88

Sir Philip Sidney (1554-1586) 92
　'In truth, O Love, with what a boyish kind' 100
　'With how sad steps, O moon, thou climd'st the skies' 104
　'Come, sleep, O sleep, the certain knot of peace' 108

Sir Arthur Gorges (1557-1625) 112
   'Yourself the sun, and I the melting frost' 116

George Chapman (?1559-1634) 119
   A Coronet for his Mistress Philosophy (i~x) 122

Henry Constable (1562-1613) 174
   'Uncivil sickness, hast thou no regard' 176

Samuel Daniel (1562-1619) 180
   'Care-charmer sleep, son of the sable night' 182

Michael Drayton (1563-1631) 187
   'Since there's no help, come let us kiss and part' 190
   'You not alone, when you are still alone' 194

Josuah Sylvester (1563-1618) 199
   Acrostiteliostichon 202

John Davies of Hereford (?1565-1618) 212
   'When first I learned the ABC of love' 214
   'So shoots a star as doth my mistress glide' 218
   'Give me, fair sweet, the map, well-colourèd' 222

Thomas Campion (1567-1620) 229
   'Thrice toss these oaken ashes in the air' 232

William Alabaster (1568-1640) 238
   'Lo here I am, lord, whither wilt thou send me?' 240
   'Dear, and so worthy both by your desert' 244

Barnabe Barnes (?1569-1609) 248
   'Jove for Europa's love took shape of bull' 250

Sir John Davies (1569-1626) 254
  'The sacred muse that first made love divine' 256

John Donne (1572-1631) 261
  'I am a little world made cunningly' 266
  'At the round earth's imagined corners, blow' 270
  'Show me, dear Christ, thy spouse, so bright and clear' 274

Richard Barnfield (1574-1627) 279
  'Beauty and Majesty are fallen at odds' 280

Edward, Lord Herbert of Cherbury (1582-1648) 284
  'You well-compacted groves, whose light and shade' 288

William Drummond (1585-1649) 292
  'Slide soft, fair Forth, and make a crystal plain' 296
  'To spread the azure canopy of heaven' 302

Lady Mary Wroth (1587-?1651) 308
  'My heart is lost. What can I now expect?' 310
  'Late in the forest I did Cupid see' 314
  'Juno, still jealous of her husband Jove' 318

William Browne (?1590-?1645) 322
  'Down in a valley, by a forest's side' 324

George Herbert (1593-1633) 328
  Redemption 330
  Prayer 336

  文法補足 341
  GLOSSARY 343
  担当者一覧 347
  あとがき 350

ソネット選集　対訳と注釈
──ワイアットからハーバートまで──

Sir Thomas Wyatt (?1503-1542)

　Wiatt と綴られる場合もある.
　イギリスの詩人,外交官.ケント州に生まれる.
父,Sir Henry Wyatt は,ヘンリー7世*の忠臣.
30年間にわたる内乱であるバラ戦争*中に投獄さ
れ,王位継承を争っていたリチャード3世*から直
接審問されて,その陣営への寝返りを勧められた
こともあった.入獄中,猫が鳩を運んで彼を餓死
から救った,という家伝が残されている.ヘンリー
7世即位後は重用され,貨幣鋳造所の検査官などの要職を歴任し,1504年
には枢密院議員となる.ヘンリー7世の遺言執行人の任命を受け,ヘンリー
8世*の戴冠式の際にバス(ガーター)勲爵位*を授与され,高官として留
まった.
　Thomas Wyatt は当時の人文学の中心であったケンブリッジ大学のセント・
ジョンズ・コレッジで学んだのち,ヘンリー8世の宮廷に出仕した.1525
年の宮廷武芸競技大会で頭角を現わし,翌年フランスへ,さらに27年に
かけてローマ教皇宮廷大使に随伴し,ヴェニス,フェラーラ,ボローニャ,
フィレンツェを訪ね,骨折した大使に代わり交渉にあたる.帰還途中で捕虜
となり,要求された身代金を払って釈放された.
　父親同士の領地が近かったことからアン・ブーリンとは少年時代から親し
い関係にあった.彼女が,1533年,ヘンリー8世の王妃となる戴冠式の際
には配膳・給仕頭を務め,35年にはナイト爵位を授与される.その後,彼
女の不貞疑惑に絡んでロンドン塔に収監されたが,父親の遺言執行人でもあ
り,ヘンリー8世治下の大法官でもあったトマス・クロムウェル*の配慮に
より釈放された.Wyatt がヘンリー8世の寵愛を失うこともなく,37年フ
ランス,スペインへ派遣され,この間,両国へ追加派遣されてきた使節から
の告発がもみ消されたのもクロムウェルの采配のおかげであった.しかし,
このクロムウェルが1540年に逮捕され処刑されるとともに,先の告発が再
燃し,反逆罪で再度投獄される.今回は自らの口頭弁論で無実を主張し,釈
放される.1542年,コーンウォールのファルマスでスペイン大使を迎え,

ロンドンへ案内する途中で斃れ，死去．

　Wyatt の宮廷人，外交官としての波乱含みの生涯は当時のイギリスの政情と深く関っていた．ヘンリー 8 世はローマ・カトリックと袂を分かち，英国国教会を創設して，スペインのアラゴン王国出身の王妃キャサリンを離縁し，先述したようにアン・ブーリンを新たに王妃として迎えた．それ故，彼にとっては，カトリックの旧勢力国家であるスペイン，フランス，イタリアと，新興国イギリスとの関係修復が急務であった．Wyatt は虚々実々の駆け引きを駆使する外交に疲弊しつつ，宮仕えの心労を忘れ，ひそかに詩作に心のよりどころを求めたようである．外交官であった彼は，行間に真意をこめる技巧，レトリックを身につけ，複雑な心情をその詩に表現した．

　文学の面における Wyatt の功績としては，イタリアのソネット形式をイギリス詩に導入した詩人の一人という栄誉が挙げられる．外国語に精通し，その最初の著作はプルタルコスの作品をラテン語訳から英語に訳した *Quyete of Mynde* で，先述の王妃キャサリンに献呈された．この作品は俗世の煩わしさからの引退に彼が関心を寄せた最初の徴候を示している．

　また，13 世紀以後廃れていた抒情詩を復活させ，Chaucer* の後継者としての名誉もになう．最初の出版作品は讃美歌 'Certayne Psalmes ... drawen into Englyshe meter'(1549) であるが，詩作の大部分はその後，*Tottel's Miscellany**(1557) に収録され出版された．このアンソロジーの中の彼の作品は 96 篇で，ロンド，抒情詩，諷刺詩などを含む．彼と並び称される Henry Howard, Earl of Surrey(p.29) に比べ荒削りで，洗練度においては一歩譲るが，その構成はイタリア形式により忠実で正確でありつつも，英語にふさわしい新たな形を模索していた．また，内容的にも意味の重層性を宿し，その評価は高い．

バラ戦争　イギリスの 2 大封建貴族の間で争われた王位継承をめぐる内乱で，1455 年に始まり 85 年に終結した．名称は，ランカスター家は赤バラ，ヨーク家は白バラの紋章のもとに戦ったことに由来する．ヘンリー 6 世の病気のため，摂政となったヨーク公リチャードがリチャード 3 世として即位するが，1485 年のボズワースの対戦で敗北，戦死する．これを機に内乱修復に向かい，両家の婚姻によってヘンリー 7 世が即位し，チューダー朝が成立した．この内乱を通して封建貴族が没落し，イギリスは絶対主義の時代に入った．（pp.8-9 系図参照）

リチャード3世（**Richard III,** 1452-85．在位 1483-85) 甥のエドワード5世の摂政となったが，王およびその弟をロンドン塔に幽閉して王位についたヨーク家最後の王．リッチモンド伯ヘンリー（のちのヘンリー7世）との戦で討死した．Shakespeareの史劇 *Richard III* では外見の容姿ともども醜悪な悪役に描かれているが，歴史的評価には諸説がある．2012年に発掘が開始され，2013年2月にレスターの駐車場地下に発見された遺骨はリチャード3世のものと確認された，というニュースは話題を呼んだ．

ヘンリー7世（**Henry VII,** 1457-1509．在位 1485-1509) ランカスター家の血を引く．ヨーク家のエドワード4世の娘と結婚してバラ戦争に終止符をうち，チューダー朝を開き，絶対主義の基礎を築いた．

ヘンリー8世（**Henry VIII,** 1491-1547．在位 1509-47) ヘンリー7世の次子．王妃キャサリン（スペイン王の娘）と離婚してアン・ブーリンと結婚するため，ローマ教皇と対立し，1534年首長令を制定し，ローマ教会から離別して，英国国教会を樹立した．典型的な絶対君主．エリザベス1世の父親．生涯に6度結婚したことでも知られる．（ヘンリー8世と6人の妻 p.7 参照）

バス（ガーター）勲爵位 (**the Order of the Bath**) イギリスのナイト爵位 (Knighthood) の最高位．叙任式前の入浴からこの名がある．その後，1348年ごろエドワード3世によって制定された，ガーター勲章（位）(**the Order of the Garter**) としてよく知られている．青色のヴェルヴェットのリボンに黄金の締め金をつけたもので左脚の膝下につけることでこの名がある．（p. 259 参照）

トマス・クロムウェル（**Thomas Cromwell,** 1485?-1540) イギリスの政治家．権力者，枢機卿トマス・ウルジーに見いだされて，その腹心となる．議会にはいり，ヘンリー8世の寵を得，王の意に沿ってカトリックから分離した英国国教会の樹立，王とキャサリンとの離縁，アン・ブーリンとの結婚に尽力．しかし男児を授からなかったことに端を発してアンは投獄，処刑される．彼はクレーヴズのアンとの結婚を進めた．その功績によって初代エセックス伯爵となる．だが，王がこのアンに不満をもったことから王の寵を失い，反逆罪で告発され，斬首された．

Geoffrey Chaucer（1343?-1400）「英詩の父」と謳われるイギリスの詩人．ロンドンの富裕葡萄酒商人の息子．幼少より小姓として宮廷にはいり，教養を身につける．パトロンの公爵夫人の宮廷女官を妻とし，外交使節としてイタリアへも出かけ，その際にダンテ，ペトラルカ，ボッカチオなどを通じて，イタリア・ルネサンスに親しんだ．税官吏として勤務するかたわら，フランス，イタリア文学の翻訳，翻案に発して，英語の韻文による創作に従事した．彼の功績は，本格的世俗文学の誕生だけでなく，綴りも発音も統一されていなかった英語に近代的な言語へと発展成長する道を開いたことである．代表作は *The Canterbury Tales*．

Tottel's Miscellany 1557 年，ロンドンの出版人 Richard Tottel (c.1525-94) が発行した英文学史上最初の詞華集 *Songs and Sonnets* の通称．初版は 1557 年 6 月 5 日，ついで 7 月 31 日に再版が出された．この背景には当時の女王であったメアリー 1 世への深謀遠慮があったのであろう．再版の大きな変化は Nicolas Grimald (c.1519-c.62) の 40 篇のうち 30 篇が削除されたことである．以後，この再版が基本的に受け継がれ，1587 年までに 8 回の版が出された．文学史的には，ソネット形式を初めて導入したこと，および，先述の Grimald の無韻詩を編集掲載したことが重要であり，政治・社会的にはヘンリー 8 世およびその後の宮廷文化のありようを伝えている．

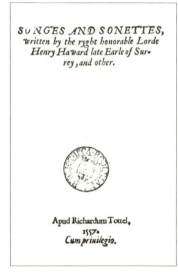

1557 年初版表紙
（中央の印はボドレイアンライブラリーの所蔵印）

ヘンリー8世と6人の妻

[1] アラゴンのキャサリン： スペイン王フェルディナンド5世の娘．プリンス・オブ・ウェールズ（英国王皇太子），アーサーの寡婦．1533年離婚．1536年死去．
[2] アン： ウイルトシア伯，トマス・ブーリンの娘．1536年刑死．
[3] ジェイン： ウイルトシア，ウルフホールのジョン・シーモア卿の娘．1537年死去．
[4] アン： クリーヴズ公，ジョンの娘．1540年離婚．1557年死去．
[5] キャサリン： エドマンド・ハワード卿の娘．1542年刑死．
[6] キャサリン： ケンダル州のトマス・パー卿の娘．エドワード・バラ卿および，ラティマー卿，ジョン・ネヴィルの寡婦．勲爵士シュドゥリィのシーモア卿（ヘンリー8世の3番目の妻，ジェインの兄弟）トマスと4度目の結婚をした．1548年死去．

アラゴンのキャサリン

アン・ブーリン

ジェイン・シーモア

ヘンリー8世

アン・クリーヴズ

キャサリン・ハワード

キャサリン・パー

エドワード3世からエリザベス1世までの王室系図

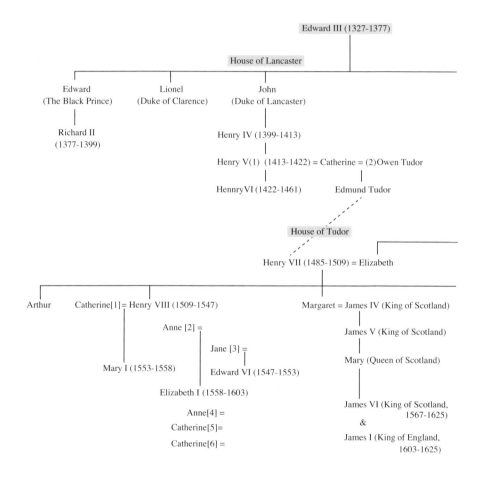

- 注：( )内は在位期間を示す．
- ヘンリー5世の妻，キャサリンが，オーエン・チューダーと再婚したことにチューダー朝の由来がある．
  (1), (2)はその結婚の順を示す．
- [1]～[6]はHenry 8世の結婚の順を示す．

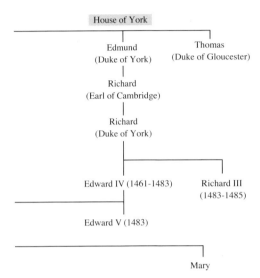

'Whoso list to hunt, I know where is an hind'

Whoso list to hunt, I know where is an hind,
    But as for me, alas, I may no more.
    The vain travail hath wearied me so sore,
    I am of them that farthest cometh behind.
Yet may I by no means my wearied mind
    Draw from the deer, but as she fleeth afore
Fainting I follow. I leave off therefore,
    Since in a net I seek to hold the wind.
Who list her hunt, I put him out of doubt
    As well as I may spend his time in vain;
    And, graven with diamonds, in letters plain
There is written her fair neck round about:
    Noli me tangere, or Caesar's I am,
    And wild for to hold, though I seem tame.

「誰であれ狩をしたい諸君,僕は雌鹿がどこにいるかは知っている」

誰であれ狩をしたい諸君,僕は雌鹿がどこにいるかは知っている,
　　だが僕に関しては,ああ,もう狩をすることはないだろう.
　　骨折り損のくたびれもうけ,すっかり疲れ果ててしまったから,
　　僕はしんがりを務める身だ.
とはいえ,僕の疲れた心をその鹿から
　　引き離す気は毛頭なく,彼女が逃げれば
弱りつつも後を追う.僕は戦線離脱だ,
　　網の中に風を捕えておこうとするのだから.
彼女の追跡をしたい男は,僕は請合うが,
　　僕同様に時間を空費することになるだろう.
　　それに,ダイヤモンドで刻み,明確な文字で
書かれているのだ,彼女の美しいうなじの周囲には.
　　「我に触るるなかれ」,私はカエサル様のもの,
　　捕えておくには手に負えぬ,見かけは馴らしやすくとも,と.

この詩は British Library Egerton MS. 2711 から．*Tottel's Miscellany* には収録されていない．

1　**Whoso**　(pron.) Whosoever = whoever. *Arch.* 先行詞を省略した形．"Who"(9) も同じ．ここは呼びかけ．
　　list　(vt.) To desire, choose. 仮定法現在．
　　hind　(n.) The female of the deer, *esp.* of the red deer; *spec.* a female deer in and after its third year. 交尾期に達した雌鹿を指す．狩りの獲物と恋慕の相手の女性とを重ねている．Wyatt の少年時代からの恋人であったと噂されている Anne Boleyn への言及と読むこともできる．Cf. "the deer" (6)．なお，語頭が h で始まる語は母音扱いするので，不定詞冠 "an" が付いている．"hunt" と頭韻．以下，この詩には頭韻，類音の繰り返しが多い．

2　**may no more**　= I may (hunt) no more.

3　**travail**　(n.) Bodily or mental labour or toil, especially of a painful or oppressive nature; exertion; trouble; suffering. *Arch.* この語の [v] がその前の "vain" の [v] と響き合い「空しい努力，徒労」の意を効果的に強めている．この語には「陣痛」の意味もあり，子を産む苦しみと重ね，"The vain travail" で，恋人との愛の成就が「流産」という空しい結果に終わることを示唆している．

3-　**so sore, / I am ...**　= so sore, (that) I am ...　so ... that ... の構文．
　　sore　(ad.) With verbs of grieving, annoying, etc. So as to cause mental pain or irritation; deeply, intensely.

4　**I am of them**　= I am he who cometh behind farthest of them

5-6　= Yet I may by no means draw my wearied mind from the deer　音の上で "the deer" は 'the dear'（愛しいもの）を掛けていると読める．この pun（語呂合わせ）は convention（常套表現）．

6　**fleeth**　< flee (vi.) To run away from or as from danger; to take flight; to try to escape or seek safety by flight.
　　afore　(ad.) In front; in advance. 時間にも場所にも使われる．ここでも表面的には場所の意味であろうが，時間的な意味も込められている，と解せる．"behind"(4) と対立しあう．

7　**leave off**　In occasional uses, now obsolete: To give up (a possession, a business or employment); to forsake the society of (a person).
　　therefore　(ad.) By reason of that; for that reason; on that account. 先述したことの結果として，の意味ではあるが，この箇所では次行の内容をも含めたものと読み取れる．

8　**Since**　(conj.) Because that; seeing that; inasmuch as.
　　hold　(vt.) 1. To keep from getting away, to keep fast, grasp. 2. To have or keep

within it; to retain (fluid, or the like), so that it does not run out; esp. to contain (with reference to amount or quantity); to be capable of containing, have capacity for.

8　**to hold the wind in a net**　不可能なこと，あるいは無益，無用なことを示す諺的，格言的な表現．このイメージはルネサンス時代の代表的人文主義者エラスムスから得たもの，との注釈もある．

9　**Who list her hunt**　= He who list to hunt her　この "list" は接続法．この時代には原型不定詞を使うことが多い．この名詞節は "may spend his time in vain" (10) の主語．

　　I put him out of doubt　挿入節．

11　**graven**　< grave (vt.)　1. To cut into (a hard material). 2. To mark by incisions; to ornament with incised marks. "grave" には「銘記する」と「刻む」の二つの意味がある．前者とすれば，ダイヤモンドを使って文字が銘記されているネックレス，の意．後者であれば，皮なり金属なり，何なりの首輪に文字が刻まれていて，その周りにダイヤモンドをちりばめているのであろう．ペトラルカの原詩では，ダイヤモンドは純潔，貞節の象徴．しかし，ここではダイヤモンドの鉱石としての硬度の高さに拒絶の峻厳ぶりを重ねている．

12　= There is written round about her fair neck　主語は "*Noli me . . .*" (13).

　　fair　(a.) Beautiful to about the eye; of pleasing form or appearance; good-looking. Of complexion and hair; light as opposed to dark. 形だけでなく，色白であることも含む．

13　*Noli me tangere*　= Don't touch me. これは元来は復活後のキリストが本当にキリストかどうかを触って確かめようとしたマリアに言った言葉，「わたしにさわってはいけない．わたしはまだ父のところに上っていないのだから．」（『ヨハネによる福音書』，20 章 17 節）．のちに，ローマ皇帝カエサル以外のものが手出しすることを禁止するために，カエサル所有の鹿の首元に記名される語句として使用され，一般に流布した．次項の注参照．他方，鹿は月と狩猟の処女神アルテミス（ローマ神話のダイアナ）のお気に入りの動物であったことから，純潔を侵すものへの峻拒を連想させる，ともいえよう．アルテミスの水浴する裸身を偶然垣間見たアクタイオンは牡鹿に変身させられ，自らの猟犬に八つ裂きにされた．この 13 行目の冒頭から 14 行目まで 2 行全体に引用符 ' ' を付している版もある．

　　Caesar's I am　= I am Caesar's　"Caesar" は古代ローマの支配者アウグストゥス・カエサル (63 B.C.-A.D. 14) を指す．この固有名詞はチュートン語，すなわちゲルマン語に採り入れられた最初のラテン語であった．その後，代々のローマ帝国皇帝を指す言葉として使われ，くだってドイツの神聖ローマ皇帝の 'Kaiser'「カイゼル」となり，さらに転じて，絶対君主，独裁専制君主を意味する語となった．神に対比して，俗世界の支配者，権力者の意味にも使われる．「カエサルの

ものはカエサルに返しなさい」への言及(『マタイによる福音書』,22章21節)が想起される.女性をAnneと解すれば,彼女はまさにヘンリー8世の王妃となったわけで,このフレーズは状況に符合する.

14 **wild**　(a.) Not under, or not submitting to, control or restraint; taking or disposed to take, one's own way; uncontrolled. Primarily of animals, and hence of persons and things, with various shades of meaning.
　　for to hold = to hold　1.8 の注参照.

　脚韻は abba / abba / cddc / ee.　脚韻と詠われている内容とが合致した展開になっており,最後の2行で締め括っていて,ソネットのイギリス形式への発展の道筋を示したものとしても注目したい.
　また,注でもふれたが,頭韻,同音の繰り返しが多い."<u>m</u>e", "<u>m</u>ay", "<u>m</u>ore" (2); "<u>s</u>o", "<u>s</u>ore" (3); "<u>m</u>ay", "<u>m</u>eans", "<u>m</u>y", "<u>m</u>ind" (5); "<u>D</u>raw", "<u>d</u>eer" と "<u>f</u>leeth", "a<u>f</u>ore" (6); "<u>F</u>ainting", "<u>f</u>ollow", "o<u>ff</u>", "there<u>f</u>ore" (7); "<u>s</u>ince", "<u>s</u>eek" (8); "<u>h</u>er", "<u>h</u>unt", "<u>h</u>im" (9).
　同一語の繰り返しとしては,"list" (1, 9), "hunt" (1,9), "vain" (3, 10), "wearied" (3, 5), "hold" (8, 14) が見られる.いずれも,欲望と満たされないむなしさ,報われぬ骨折り,の意を強めている.

　このソネットの背景にはヘンリー8世が宮廷女官であったAnne Boylenを王妃として迎えることになった事態がある.小伝でも触れたようにWyattと彼女は幼馴染であったことから,彼女との関係をぼかしつつ自伝的に歌いこんだものとされている.恋する女性の追跡と鹿狩とを重ね,conventionに従っているが,他の狩人と彼と鹿との微妙な関係が歌いこまれている.鹿は恋慕の相手の女性を表象するだけでなく,ヘンリー8世自身,あるいはその寵愛をも暗示しているといえよう.前半8行は鹿狩―意中の女性への恋慕に重点があるのに対して,後半の6行はその獲物の獲得の困難さ,不可能性に重点が移動している.特に最後の2行には聖書とカエサルとを引き合いに出して締め括っており,峻拒されている詩人の立場が窺える.内容的には元来は愛の歌であったものを社会的,政治的状況をも歌いこむものに広げたともいえる.恋慕の歌から神にも並ぶほどの君主の権威を歌っているところに,当時の宮廷政治のありようが反映されているといえよう.

なお，この詩は直接ペトラルカのソネットから模倣したもの，と考える学者が少なくない．さらに，そのペトラルカの作品もロマネッロのソネットを下敷きにしている，とされる．

Petrarch, *Canzoniere* 190（Marco Santagata 版に拠る）.

Una candida cerva sopra l'erba 　verde m'apparve, con duo corna d'oro, 　fra due rivere, all'ombra d'un alloro, 　levando 'l sole a la stagione acerba.	A white doe on the green grass appeared 　to me, with two golden horns, 　between two rivers, in the shade of a laurel, 　when the sun was rising in the unripe season.
Era sua vista sì dolce superba, 　ch'i' lasciai per seguirla ogni lavoro: 　come l'avaro che 'n cercar tesoro 　con diletto l'affanno disacerba.	Her look was so sweet and proud 　that to follow her I left every task, 　like the miser who as he seeks treasure 　sweetens his trouble with delight.
«Nessun mi tocchi— al bel collo d'intorno 　scritto avea di diamanti et di topazi—: 　libera farmi al mio Cesare parve».	"Let no one touch me," she bore written 　with diamonds and topazes around her 　lovely neck. 　"It has pleased my Caesar to make me free."
Et era 'l sol già vòlto al mezzo giorno, 　gli occhi miei stanchi di mirar, non sazi, 　quand'io caddi ne l'acqua, et ella sparve.	And the sun had already turned at midday; 　my eyes were tired by looking but not sated, 　when I fell into the water, and she disappeared.

（英訳は Robert M. During, *Petrarch's Lyric Poems* の散文訳に拠るが，表記を行ごとの対訳の形に変えた．）

Romanello, *Sonetto* 3.

Una cerva gentil, che intorno avolto
  Al suo bel collo haveva un cerchio doro,
  A me se offerse, a pe de un sacro aloro,
  Mentre era a contemplar ne lumbra accolto.

Tanto piacer mi porse el suo bel volto,
  Che abandonai el mio digno lavoro
  Spreciando lumbra, et ogni altro restoro,
  Col cor dogni pensier spogliato e solto.

Et qual falcon po la silvaggia fera
  Volando corsi, et quando a lei fu gionto
  Si volse indietro et disse in voce altera,

Tocar non lice la mia carna intera
  Caesaris enim sum, et a quel punto
  la cerva sparve, e fece el giorno sera.

一匹の高貴なる雌鹿，首の周りに
  金の輪を巻いた雌鹿が，
  私に身を屈する．聖なる月桂樹の許，
  そのとき，私は闇にとり巻かれて瞑想に耽っていた．

その美しい顔は私に大いなる歓びを与えたゆえ
  私は為すべき仕事を打ち棄てた，
  闇を蔑にし，他のすべての安らぎも軽蔑し，
  あらゆる思念をやめ，放たれた心で．

かの鷹のように，森の動物たる鹿へと
  飛び急ぎ，追いついたとき，
  鹿は振り向き，高慢な声で言った．

わが身体どこにも触れてはならぬ
  我はカエサル様のものなればなり．その瞬間
  鹿は姿を消し，昼を夕べに変えた．

ティティアーノ作『我に触れるな』
(ロンドン・ナショナル・ギャラリー)

ティティアーノ作『ダイアナとアクタイオン』
(スコットランド・ナショナル・ギャラリー)

'Farewell, Love, and all thy laws for ever'

Farewell, Love, and all thy laws for ever:
    Thy baited hooks shall tangle me no more.
    Senec and Plato call me from thy lore
    To perfect wealth my wit for to endeavour.
In blind error when I did persever,
    Thy sharp repulse that pricketh ay so sore
    Hath taught me to set in trifles no store
    And scape forth, since liberty is lever.
Therefore, farewell: go trouble younger hearts
    And in me claim no more authority.
    With idle youth go use thy property
And thereon spend thy many brittle darts,
    For hitherto though I have lost all my time
    Me lusteth no longer rotten boughs to climb.

「さらば、『愛』よ、汝の法もすべて、永遠(とわ)にさらば」

さらば、「愛」よ、汝の法もすべて永遠(とわ)にさらば．
　餌をつけた汝の釣り針がもはや私を絡め取ることはあるまい．
　セネカやプラトンが私に呼びかける、汝の教えを捨て
　申し分のない幸に向け我が知恵を結集せよと．
盲滅法見当違いにも愛し抜いていたとき、
　ああ、かくもきりきりと我が身を絶え間なく苛む汝の厳しい拒絶が
　私に教えたのだ、瑣事に重きをおかず
　逃れよ、自由はよりいとしいものだからと．
ゆえに、さらば．より若い心を悩ますがいい
　しかし私にもう権威を振るおうなどと思うな．
　怠惰な若者に汝の力を使い
奴らに汝のあまたのもろい投げ矢を費やせ，
　というのもこれまで時間をすっかり空費してしまったが
　もはや腐った枝によじ登る気なんぞないからだ．

Tottel's Miscellany では 'A renouncing of love' というタイトルが付されている．7 行目は 'Taught me in trifles that I set no store:' となっている．

1 普通ソネットは iambic pentameter であるが，この行は，trochaic pentameter．George Puttenham の The Art of English Poesie (1589) に，完全な trochaic による韻文の例として引用されている．
   laws 「法，法律」，一般的に「おきて，きまり」〈愛と法〉という，〈情と知〉の対照は昔からあるが，前世紀にロンドンに法学院ができ，その空気のなか，法への社会的関心への高まりを反映している．
2 **hooks** ＜ hook ＝ fishhook「鈎針」
   shall 「運命」を表す．「話者の意思」とも解しうる．
   tangle To catch and hold fast in or as in a net or snare; to entrap, chiefly, in early use always *fig*.
3 **Senec** ＝ Seneca 韻律の関係で音節の数を減らすために表記の如く綴った．セネカ (4B.C.?–A.D.65)．ローマの哲学者・政治家．皇帝ネロの師となったが，その暗殺計画に関わったとされ自決．悲劇 9 作がある．ストア学派で，特に精神主義的倫理観で知られる．
   Plato プラトン (427?–?347B.C.)．古代ギリシアの哲学者．ソクラテスの弟子で，アテネ郊外にアカデミアを開く．イデア論で知られる．愛については著書『饗宴』があるが，ここでは，セネカ，プラトン共に，冷静な知の世界の代表者として挙げられている．Wyatt はセネカが好きで，息子にも読むよう薦め，自分でも少しだが翻訳もしている．プラトンに関しては，直接ギリシア語で読めたかどうかは分からない．
   lore That which is taught; (a person's) doctrine or teaching. また advice, counsel; instruction とも考えられる．
4 ＝ (for) to endeavour my wit to perfect wealth 'for to' は目的を表す不定詞の当時の表現．
   wealth The condition of being happy and prosperous; well-being. *Obs*.
   wit Intellect; wisdom, good judgment.
   endeavour To exert (one's power) thoughts, etc. *Obs. rare*.
5 **blind** 「やみくもな」愛の神キューピッドは目隠しをして矢を放ち，当たった者は恋に陥る．見えていないため間違いも起こり，「私が汝を愛したのも間違いだった」ということになる．Cf. Love is blind.
   error The action of roaming or wandering. つまり，「間違い」というより「血迷う」感じ．
   persever ＝ persevere Shakespeare は常に前者，ラテニズムを好む Milton は常にフランス語から入った後者を用いており，1680 年までに後者に定着した．ここで

は Wyatt は脚韻の都合上もあって，前者を採った．

6 **ay**　Ever, always, continually.
7 **to set in trifles no store**　= to set no store in trifles Cf. to set store by (on) で，to value, esteem, prize の意．
8 **scape**　= escape
　lever　leve の比較級．leve（または lef(f)e）= lief Beloved, dear, agreeable, acceptive.
9 **go trouble**　= go and trouble, go to trouble　11 行目の "go use" も同様．
10 **authority**　Power to influence action, opinion, belief.
11 **property**　「所有物，道具」つまり弓や次行の "darts" を指す．また，「特質」の意もある．そこで，訳は「力」としてみた．
12 **brittle**　1. Liable to break, easily broken; fragile, breakable.　2. *Fig.* That breaks faith; inconstant, fickle.　3. *Fig.* Frail, weak, insecure, unstable, transitory. この3つの意味が重層的に入っている．
　darts　キューピッドの弓矢が連想される．"brittle" なので，役立たない．
13 **I have lost all my time**　Cf. spend his time in vain (p.10, l.10)
14 = It lusteth me to climb rotten boughs no longer.
　lusteth　< lust (vt.) To please, delight.
　Me lusteth　< me lusteth *Impers.* I have a desire. *Obs.* Cf. me list, methinks.
　rotten boughs to climb　同じ Wyatt の Songs (I) CCIII の 'Tangled I was in love's snare' の最終連に，以下に見られるようによく似た表現が含まれる．なお，"climb" には，社会の階段を登るイメージも重ねられている．

　　　Was never bird tangled in lime
　　　That brake away in better time
　　　Than I that rotten boughs did climb
　　　And had no hurt, but scaped free.
　　　Now ha, ha, ha, full well is me
　　　For I am now at liberty.

A Dictionary of the Proverbs in England in the Sixteenth and Seventeenth Centuries の B557 Boughs の項目に，'Who trusts to rotten Boughs may fall' という例がある．

詩全体で "farewell"(1, 9), "all"(1, 13), "no more"(2, 10) をそれぞれ 2 度, この 3 語句のうち最後のものに似た "for ever"(1), "no longer"(14) を繰り返し, さらに "go trouble"(9), "go use"(11) と繰り返すことで, 自分を納得させ, 最後に "rotten boughs" の諺を引用して相手に言及することで, "farewell" を決定的にしようとしている. しかし, それがカラ元気であることが見え, やせ我慢の悪あがきといえようか. そうすると 2 行目の "shall" が, 運命さらに話者の意志も含意するところに, 心の揺らぎが読み取れる. いずれにせよ, このように女性はつれないと嘆くのが convention (常套表現) である.

脚韻は前篇と同じく abba / abba / cddc / ee. さらにピリオドで切ると ab/ba / abba / cd/dc / ee. 後半の 6 行は, 詩型としては 3-3, 意味の上では 2-2-2 と切れて, ずれが生じているところにも, 揺れる心理状態が窺える.

目隠しをしているキューピッド像

ボッティチェリ作『春』(部分)

右のエンブレムの詩の意味は

  アモルは誰なのか, 多くの詩人が歌い,
   さまざまな名称で彼の行状を語っている.
  彼らが一致して言うには, アモルは衣服をつけず, 身体は小さく,
   矢を持ち, 翼を携え, 光明をまったく有していない.

引用部につづき, アルチャーチはこれを誤謬だとし,

  もし彼が盲目で目隠しをしているならば, この覆いは盲目者に
   何の役に立つのか. いっそう見えなくなるのか.
  光明を失った射手など, 誰が信じるのか.
   たしかに討っても, 盲目の矢は的を外す.

と諧謔的な詩行を綴る. (和訳は, 伊藤博明訳『エンブレム集』に拠る.)

IN STATVAM AMORIS.

Quis sit amor plures olim cecinere poëtæ,
 Eius qui uario nomine gesta ferūt.
Conuenit hoc q̃ ueste caret,q̃ corpore paruus,
 Tela alasq; ferens,lumina nulla tenet.

'In statvam Amoris' (部分)
Andree Alciati, *Viriclarissimi* より

'Unstable dream, according to the place'

Unstable dream, according to the place
    Be steadfast once, or else at least be true.
    By tasted sweetness make me not to rue
    The sudden loss of thy false feignèd grace.
By good respect in such a dangerous case
    Thou broughtest not her into this tossing mew
    But madest my sprite live my care to renew,
    My body in tempest her succour to embrace.
The body dead, the sprite had his desire.
    Painless was th'one, th'other in delight.
    Why then, alas, did it not keep it right,
Returning to leap into the fire,
    And where it was at wish it could not remain?
    Such mocks of dreams they turn to deadly pain.

「定まらぬ夢よ,あり処にふさわしく」

定まらぬ夢よ,あり処にふさわしく
　一度なりとて定まってあれ,さもなくばせめて真であれ.
　我に甘美を味わわせては悲しませることなかれ
　汝の嘘偽りの恩寵の突然の喪失を.
かくも酷な恋ゆえと,深慮のもと
　汝は我を翻弄するこの鷹籠に彼女を連れては来ず,
　わが魂には,生きてさらなる苦悶を味わわせ,
　わが肉体には,嵐のなか避難の場を求めて彼女を抱擁せしめた.
肉体は死に,魂は欲望をかき抱いた.
　肉体は痛みを感じることなく,魂は歓びに浸った.
　ああ,では何ゆえ,魂は肉体を過つことなく保てなかったのか,
立ち戻って愛の火の中に飛び込むとは,
　何ゆえ,自ら望んだところに魂は留まり得なかったのか.
　かくして魂も肉体も夢の弄びを死ぬほどの痛みにしてしまうのだ.

Tottel's Miscellany では，'The louer hauing dreamed enioying of his loue, complaineth that the dreame is not either longer or truer' というタイトルが付されている．

1. **unstable**　Not fixed in character or condition; exposed to vicissitude or chance; apt to change or alter; variable. OED にこの箇所が用例として引用されている．"false feignèd grace"(4) とも呼応し，"steadfast"(2)，"true"(2) と対照をなす．また "right"(11) とも響きあう．恋人への嘆きを重ねて，夢の無常を託っている．

   according　Agreeing with what is right or due; becoming, proper, appropriate, fitting. Obs. ここでの "the place" は「夢が今ある場所」すなわち恋する男が夢を見ているベッド．あるいは，男の心とも考えられる．恋する女性に一途である自分に相応しく "steadfast" であることを夢に対して願うが，その自分のいるベッドも "tossing" であり，男の心も乱れるので自分も決して "steadfast" ではない．

   また版によっては，この句の前にコンマのないものもあり，Tottel's Miscellany ではこの句の後にコンマがある．句読点により他の読みも可能になり，宮廷での自分の位置を重ねているとも読めるが，ここではテクストに従って読む．いずれの読みも，後の読みに関わってくる．下の "dangerous"(5)，"tossing"(6)，"mew"(6) の注参照．

2. **true**　Faithful, loyal, constant, trusty. Somewhat arch.
3. **make me not to rue**　使役構文．初期近代英語では to 不定詞を用いた．
4. **feignèd**　Fictiously invented or devised. Obs. or arch.

   grace　Favour, favourable or benignant regard. 恋する相手の女性の「寵愛」を見せてくれる夢の「恩寵」．頭韻 (alliteration) を踏む形容辞 "false feignèd" は，「直ぐに醒めるうたかたの」夢に重ねて，女性のありようの「偽りや不確かさ」を強調する．

5. **respect**　Regard, consideration. Constantly with of or to.

   dangerous　Difficult or awkward to deal with, rigorous, hard, severe. Obs. 宮廷での立場や恩顧を読み取れば，生命取りにもなりかねない，まさに「危険な」の意．

6. **tossing**　< toss　1. To disquiet or agitate in mind; to disturb, disorder.　2. To throw, pitch, or fling about, here and there, or to and fro. ここでは 1 の意味であるが，次項で説明するように 2 の意味も含む．

   mew　羽毛の抜け替わる間，鷹を入れる鷹籠．そこから，家畜などを太らせる間，入れておく小屋も表す．ここでは愛をはぐくむベッドであるが，"tossing" で形容され，性愛を想起させつつも苦しい愛であることを表現する．Tottel's Miscellany では 'seas' で，恋愛が立場の浮沈に直結する宮廷世界が併せて示唆される．

6-8. = Thou didst not bring her . . . but madest my sprite live to renew my care, and (madest) my body (live) to embrace her soccour. Not . . . but . . . の構文で，"her"

は恋人を指す.
7 **sprite** Soul.
 live *Tottel's Miscellany* で 'But madest my sprite to liue my care tencrease' となっているように，madest の補語と読む．使役動詞 make の補語が to 不定詞 (3) と原形不定詞 (7) となっているのは韻律のためであろう.
 care 1. Mental suffering, sorrow, grief, trouble. *Obs.* 2. Serious and grave mental attention, the charging of the mind with anything, concern.
7-8 "my" spirit は "my" care を，"my" body は "her" succour を抱くという，この2行の代名詞の使用は絶妙である.
8 **in tempest** 副詞句として "to embrace" を修飾すると読む.
 succour *Obs.* form of succour. (n.) Shelter, protection; a place of shelter, sheltered place, refuge. *Obs.* この1行の表現としては，*Tottel's Miscellany* での "My body in tempest her delight timbrace." は，より直截である.
9 **The body dead** = The body (being) dead
 dead 眠りは死の模倣と考えられ，"dream" の縁語ともなっている．Cf. Shakespeare, *Hamlet* III, ii
 his "the sprite" を受ける．頭韻を踏む <u>desire</u> と <u>delight</u> はここでは精神的欲望や歓びを指す．肉体的な意味でも使うこれらの語の使用は巧みで，最後のカプレットへの伏線となっている.
10 **th'one, th'other** それぞれ "The body" と "the sprite" を指す.
11 **it** (主語の it) "th'other" すなわち "the sprite" を指す.
 it (目的語の it) "th'one" すなわち "the body" を指す.
 right (a.) Correct, proper.
12 **Returning** 意味上の主語は主文の主語 "the sprite"．ただし "the body" と読む可能性もないわけではない.
13 **it** 2つの it は，ともに "the sprite" を指す.
 11から13行目の "it" については，いくつかの読みの可能性が考えられる．*Tottel's Miscellany* では，13行目の後の "it" がないことから，"could not remain" の主語が初めの "it" すなわち "the sprite" に限定される．11，12行目で "Why then alas did it kepe it right, / But thus return to leape in to the fire:" と，愛の火に飛び込むのが "the sprite" であることも明確である.
14 **they** "the sprite" と "the body" を指し，主語．ここでの "turn" は他動詞で "Such mock of dreams" を目的語とする．*Tottel's Miscellany* では "do turn" で "Such mock of dreams" が主語．この場合の "turn" は自動詞.

後半の六行連での代名詞の使い方が巧妙である．敢えて複数の読みの可能性を残し，幅を持たせているとも，恋の揺らぎを表現しているとも考えられる．"Returning..."の1行で，"the sprite" が "the body" を制御できず一つになってしまい，後の代名詞の使い方が区別つけがたく変化し，最後に "they" となるところが面白い．

　脚韻は abba / abba / cdd / cee のイタリア形式でありながら，abba / abba / cddc / ee とイギリス形式の変型とも考えられる．13行目が11，12行目に繋がり，14行目だけが独立して結論を成している．脚韻の上でも "remain"(13) できなかったことが "pain"(14) をひきおこすと，逆の意味の語で押韻するところに，愛の不安定さが表現される．また "place" と "grace"，"true" と "rue" 等，押韻している語の意味の微妙な繋がりが，恋の苦悩を巧みに表現している．

　多くの研究者は，この詩が Marcello Filosseno の 'Sylve'(1507) に基づいていると考えている．他にこの詩人に依拠したと思われる作品がないことから，意見を異にする研究者もある．いずれにしても，恋が成就する夢の悦びと現実に戻ったときの苦悩は，Wyatt に影響を与えたペトラルカの常套テーマであった (*Canzoniere*, 212, 250 など)．しかし，単に夢が醒めた辛さでだけではなく，そこに夢の中でも成就できない恋の苦悩と，精神と肉体の相剋をも加えているところに，イタリア・ソネットから歩を進めた Wyatt の詩作がある．

　Filosseno の詩は次のように strambotto (恋をテーマにし，ab / ab / ab / cc と脚韻を踏む hendecasyllable (11音節行) の ottava rima (8行詩体)) であったが，Wyatt は，前述のような押韻を考案し，iambic pentameter (弱強5歩捛) でソネットに仕立てている．

<table>
<tr><td>Sylve</td><td>森で</td></tr>
<tr><td>Pareami in questa nocte esser contento</td><td>今宵，心嬉しき想いであった</td></tr>
<tr><td>che teco iunxi al disiato effecto</td><td>願い叶ってあなたと結ばれて</td></tr>
<tr><td>deh fossio sempre in tal dormir attento</td><td>ああ，いつもそんな眠りのうちにいられたら</td></tr>
<tr><td>pòi che il ciel non mi porge altro dilecto</td><td>何故というに，天はほかの選択は許さず</td></tr>
<tr><td>ma il gran piacer mutosse in gran tormento</td><td>大いなる歓びは大いなる苦しみに変わったゆえ</td></tr>
<tr><td>quando che solo me trouai nel lecto</td><td>自分がベッドで独りだと気づいたとき</td></tr>
<tr><td>ne duolmi gia chel sonno mha ingannato</td><td>僕は，眠りが僕を騙したと悲しむのではなく</td></tr>
<tr><td>ma duolmi sol che sonno sogno e stato.</td><td>ただ眠りが夢を見させたと嘆くだけ．</td></tr>
</table>

Henry Howard, Earl of Surrey
(?1517-1547)

イギリスの詩人・軍人・廷臣．父はトーマス・ハワード（のちの3代目ノーフォーク公）．ヘンリー8世の庶子リッチモンド公の学友に選ばれ，王族とのこの近しい関係により，宮廷内で他の貴族，特にシーモア家（うち，ジェーンはヘンリー8世の3番目の妻となる）との軋轢を生むこととなる．1532年，オックスフォード伯爵*の娘と結婚，まだ若く形式上のものであったが，のち4子を成す．有名な画家ホルバイン*による肖像画（右上）は，結婚当時のものか．1541年，ガーター勲爵位 (p.5) を授かるが，しばしば喧嘩騒動を起こし，暴力沙汰の廉で入獄の憂き目を見ることもあった．1543年より，対仏戦争で英軍を率いるが，1546年に敗戦し，やがて，宮廷内の陰謀により故なく国に対する反逆罪を理由に処刑される．共に捕えられた父は，処刑予定日の前日に王が死去し，刑を免れた．

　年長のWyatt (p.3) とは面識もあり，彼を深く尊敬して，その精密な詩法を受け継いでいる．両者ともイタリア，特にペトラルカの影響を受け，イギリスにソネット形式をもたらした．さらに彼らの創始した型が，後のイギリス形式へと結実する．エリザベス朝時代にはWyattより人気があったが，現在はWyattの方が，力強いとして評価は高い．しかし，Sidney (p.92) の先駆と言われている．

　ウェルギリウス作『アエネイス』II, IV 巻の翻訳に際して，blank verse（弱強5歩格無韻詩）を導入した．不完全で，滑らかさを欠くとはいえ，これは英文学史上画期的な出来事で，後のShakespeareやMilton（『選集CC』p.25）への道を開いたことになる．

　Geraldineと名づけた女性に宛てた恋愛詩も知られている．しかし，恋に身を焼くというSurrey像はNashe*とDrayton (p.187) により作られたイメージと言える．この女性は，現実ではキルデア伯爵の9歳の娘エリザベスで，宛てたのはソネット1篇しかないだろうと思われるからである．

　彼の作品は，その死の10年後，Wyattの作品と共に，40篇のSongs &

Sonnets として *Tottel's Miscellany* (1557) に収録されたのが最初である．その後も例えば 1815-16 年の Nott 版のように Wyatt の作品とセットにして出されることが多い．近年では，1964 年の単独選集も見られる．

ホルバイン作とも言われる肖像画

オックスフォード伯爵 15 代オックスフォード伯爵のジョン・ド・ヴィアー (1482?-1540)．オックスフォード伯爵は代々式部長官 (Lord Great Chamberlain) の職にあり，エセックス州のヘディンガム城を居城とする．17 代がシェイクスピア作品の作者に擬されることで有名 (Cf. p.80)．

ホルバイン (Hans Holbein, 1497/8-1543) 南ドイツのアウグスブルグ生まれ．父も画家．思想家エラスムスの紹介で，トマス・モアの縁を頼ってイギリスに渡り，ヘンリー 8 世にも謁見，一挙にイギリス政治の中枢に入る．モアの処刑後はクロムウェル (p.5) をパトロンとし，廷臣となって王，女王の肖像画を描いたが，猛威を振るったペストにより急死を迎えた．

自画像

Thomas Nashe (1567-1601) イギリスの諷刺作家．ケンブリッジのセント・ジョンズ・コレッジの特待免費生（『選集 CC』p.85）．最初の出版は友人の書の序文であったが，*The Anatomie of Absurditie* (1589) においてピューリタニズムを批判し，これがきっかけで論争に引き込まれる．*Pierce Pennilesse, his Supplication to the Divell* (1592) はエリザベス朝を代表するパンフレット文学，また *The Unfortunate Traveller* (1594) はピカレスクの物語文学である．Ben Jonson（『同』p.4）などと共作した戯曲 *The Isle of Dogs* (1597) は諷刺が効きすぎ，ロンドンの全劇場封鎖，作者と役者の入獄を引き起こした．

All Hallows by the Tower
(ロンドン塔の西側にある．処刑後の
Henry Howard が埋葬された．)

教会裏のカフェ
(元，教会墓地のあった処)

The Church of Saint Michael,
Framlingham
(現サフォーク州，
Howard 家の立派な墓所がある．)

Henry Howad と妻 Frances de Vere の墓
(現在，手前に 'Norfolk sprang thee' のソネットが
掲げられている．)

(許可を得て撮影，掲載)

'Norfolk sprang thee, Lambeth holds thee dead'

Norfolk sprang thee, Lambeth holds thee dead,
Clere, of the County of Cleremont, though hight.
Within the womb of Ormond's race thou bred,
And sawest thy cousin crownèd in thy sight.
Shelton for love, Surrey for Lord, thou chase;— 5
Ay me! while life did last that league was tender,
Tracing whose steps thou sawest Kelsall blaze,
Laundersey burnt, and battered Bullen render.
At Muttrel gates, hopeless of all recure,
Thine Earl, half dead, gave in thy hand his will, 10
Which cause did thee this pining death procure,
Ere summers four times seven thou could'st fulfil.
   Ah, Clere! if love had booted, care, or cost,
   Heaven had not won, nor earth so timely lost.

「ノーフォークの地が汝を生み，ランベスの地が死せる汝を抱く」

ノーフォークの地が汝を生み，ランベスの地が死せる汝を抱く．
クレルモン伯爵領出のクレアと呼ばれはするが．
オーモンド家の胎に身籠られ，
汝の従妹が王妃となるのを目の当たりに見た．
シェルトンを恋人に，サリーを主人にと選んだ――．
ああ！　生命が続いた限り我らの契りは心暖かいものであった．
サリーにつき従って，汝は見とどけた，ケルザルが燃え，
ランドラシが焼き尽くされ，討たれたブローニュが白旗を上げるのを．
モントレイユの城門では，援軍の望み，みな絶たれ，
汝の主君伯は，瀕死の状態で，その遺志を汝の手に委ね，
その大義が汝にこの嘆きの死をもたらした．
二十八度(たび)の夏を生ききる前に．
　ああ，クレア！　愛が，深慮が，もしくは犠牲が功を奏していたなら，
　かくも早く，天が勝利を収め，地が敗退することはなかったものを．

Henry Howard, Earl of Surrey が親友 Thomas Clere に寄せた epitaph（墓碑銘）. Thomas Clere はノーフォークシア，オームズビのクレア家出身．Earl of Surrey をパトロンと頼んで付き随い，スコットランドやフランスとの戦いに出征，戦死した．負傷によるとも病死とも言われるが詳細は不明．ロンドンのテムズ川南岸のランベスに葬られた．この墓碑銘は 1769 年に墓と共に壊されて残存していない．マニュスクリプトも残ってはいず，Camden, Bloomfield, Aubrey の 3 つの版があるのみである．

50　Epitaphes.

Norfolk sprang thee, Lambeth holds thee dead,
　Clere of the County of Cleremont though high.
Within the wombe of Ormondes race thou bread
　And sawest thy cosin crowned in thy sight;
Shelton for loue, Surrey for Lord thou chase,
　Aye me, while life did last that league was tender:
Tracing whose steps thou sawest Kelsall blaze,
　Launderfey burnt, & battered Bullen render,
At Muttrell gates hopeles of all recure,
　Thine Earle halfe dead gaue in thy hand his will:
Which cause did thee this pining death procure,
　Ere summers seauen times seauen, thou couldest fulfill.

Ah, Clere, if loue had booted, care, or cost;
Heauen had not wonn, nor earth so timely lost.

Camden, *Remaines of A Greater Worke*
'Norfolk sprang thee' 所収ページ（部分）

この詩は，次のウェルギリウスの自作と考えられている墓碑銘に倣っている．
    Mantua me genuit, Calabri rapuere, tenet nunc
        Parthenope; cecini pascua rura duces.
    マントヴァの地が我を生み，カラブリアへと連れ去り，今は
        ナポリが我を抱く．我は緑なす田園を案内人として歌った．

1 **Norfolk**   イングランド東部，北海に臨む州．
   sprang   < spring Of persons or animals: To originate by birth or generation. Give birth to.
   Lambeth   Earl of Surrey の父親 Thomas Howard は Duke of Norfolk．ノーフォーク家の墓所が Lambeth の the Church of St. Mary's にあったという．Thomas Clere もここに葬られた．

2 **County**   1. The domain or territory of a count. *Obs*. 2. Count. 両義を含むと考えられる．Camden 版と Bloomfield 版では 'county'，Aubrey 版では 'Count'．
   Cleremont   Clere 家はフランス，ノルマンディーの Claro Monte 家の直系で，ノルマン征服 (1066) の際，ウィリアム 1 世と共にイギリスに移り住んだ．
   hight   To call, to name (now only in p.p.), *arch*. OE の hátan (= to call by name) を語源とする．

3 **the womb of Ormond's race**   Thomas Clere の母はオーモンド伯トマス・バトラーの孫娘アリス．オーモンド家はノーフォークの貴族．それゆえに "Norfolk sprang thee"(1) と歌われている．
   bred   < breed (vi.) To come into being or existence, to be engendered or produced.

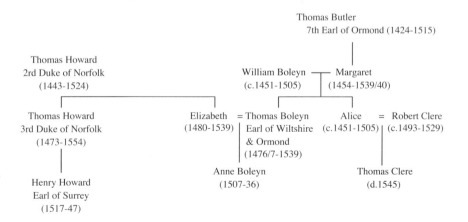

4 **thy cousin**　ヘンリー 8 世の 2 人目の妻 Anne Boleyn（p.7 参照）．Anne の父は Thomas Clere の母の兄．Anne は Surrey の従妹でもあった．Anne が王妃となったのは 1533 年である．

5 **Shelton**　ノーフォークの John Shelton 卿の娘を選んだというが，結婚したという記録はない．一説には Shelton の末娘 Mary が妻であるともいう．
　chase　過去単数形 (15-16 世紀) < choose

6 **that**　= so that
　league　A covenant, compact, alliance. Now *rare*. Surrey と Clere の間の「絆」．本来の意味である政治上，軍事上の「盟約」も背景に含意する．
　tender　Kind, loving, gentle, mild, affectionate.

7 **whose**　先行詞は直接には "league"(6)，意味上は "Surrey"(5)．
　Kelsall　Earl of Surrey 軍により陥落したスコットランドの町（現在 Kelso）．以下に続くネーデルランドの Laundersey(8)（現在フランスのランドラシ），フランスの Bullen (8)（現在フランスのブローニュ），Muttrel(9)（現在フランスのモントレイユ）も Earl of Surrey のブーローニュ遠征で陥落した．これらの遠征に Clere は随行した．
　blaze　(vi.) To burn with a bright fervent flame.

8 **render**　To give up, surrender, resign, relinquish.

10 **Thine Earl**　作者である Earl of Surrey 自身．モントレイユの戦いで Clere は Earl of Surrey を助け，自らが負傷，その傷が死因となった．

11 = Which cause procured thee this pining death "Which" の先行詞は前行．
　pining　Tormenting, afflicting, *obs*.
　procure　To bring about by care or pains; also (more vaguely) to bring about, cause, effect, produce. With simple object. Now *rare*.

12 **four times seven**　28 歳に満たずに亡くなったのであれば Earl of Surrey とほぼ同年齢．Camden 版では seven times seven となっている．49 歳となると，やや不自然に思われるが，単なる間違いでないとすると，'seven' のもつ意味に惹かれたのであろうか．

13 **booted**　< boot　To do good; to be of use or value; to profit, avail, help. 3 人称を主語としてのみ使われる．現在では非人称で使用．

14 **timely**　Early, betimes; in good time; soon, quickly. Now *arch*. or *poet*.

　脚韻は abab / cdcd / efef / gg．内容的にも Clere の出自，人生，その死を各 4 行連で歌い，最後の 2 行連で深い嘆きを捧げて墓碑銘とする，というように完全なイギリス形式．Wyatt (p.3) により導入，発展されたソネット形式を，Earl of Surrey がイギリス形式にほぼ仕上げたと言える．

Clere が Earl of Surrey に随行した戦地の地図

最初の4行連に，"Norfork", "Lambeth", "Cleremont", "Ormond" と地名を連ねて，Clere の出自の高さと，詩人自身との家系上の関わりを示し，2つ目の4行連では，"love", "Lord", "life", "last", "league" と，頭韻を踏む [l] 音の繋ぐ言葉が，Clere と詩人や他の人物との深い関係を示す．この [l] 音は，続く3行の戦場名 "Laundeersey", "Kelsall", "Bullen", "Muttrel" のすべてに鳴り渡り，Clere と Earl of Surrey との関わりが Clere に死をもたらす嘆きへと繋がる．列挙される戦場は，"blaze", "burnt", "battered" と攻撃音を思わせる [b] 音で描かれ，最後に陥落するのが "Bullen" と響く．戦場名のうち，Clere が負傷した Muttrel だけを，彼の死を歌う3つ目の4行連に配しているところも巧みである．

　また，13行目での痛ましい呼びかけ "Clere" の最初の音 [k] は，同じ行の中で "care", "cost" と頭韻を踏み，Clere の Surrey に捧げた「深慮」と「犠牲」が印象づけられる．

The Church of St.Mary's
（現在は Garden Museum になっていて，その標識が右側に見える．）

The Church of St.Mary's
(前頁の写真の右に見える建物)

教会内の Howard's Chapel のあった処の壁面.
(現在はカフェになっている.)

'Set me whereas the sun doth parch the green'

Set me whereas the sun doth parch the green
Or where his beams may not dissolve the ice,
In temperate heat where he is felt and seen;
With proud people, in presence sad and wise;
Set me in base, or yet in high degree;
In the long night, or in the shortest day;
In clear weather, or where mists thickest be;
In lusty youth, or when my hairs be grey;
Set me in earth, in heaven, or yet in hell;
In hill, in dale, or in the foaming flood;
Thrall, or at large, alive whereso I dwell;
Sick, or in health; in ill fame or in good.
    Yours will I be, and with that only thought
    Comfort myself when that my hap is nought.

「私を置くがいい，陽が緑を焼き尽くす処に」

私を置くがいい，陽が緑を焼き尽くす処に
また陽の光が氷を溶かせない処に，
温暖な熱のうちに陽が感じられ見える処に．
傲慢な輩と共に，実直賢明なる人々のいる中に．
私を置くがいい，低き，はたまた高き身分に．
長き夜か，また最も短き昼に．
快晴か，またこの上なく霧深き処に．
血気盛んな若きころか，また私が白髪を頂くころに．
私を置くがいい，地上か，天上か，はたまた地獄か．
丘か，谷か，また逆巻く潮に．
いずこに住もうが，囚われの生か，また自由の生か．
病いに臥そうが健やかだろうが，世の覚え悪しきかめでたきか，いずれであれ．
　　私は君のもの，その思いのみで
　　我が身を慰めよう，我が運尽きるとも．

Tottel's Miscellany では 'A Lovers Vow: Vow to love faithfully howsoever he be rewarded' というタイトルが付されている．

1 **whereas** = where *Obs*. or *rare arch*. = at the place where 関係副詞．
2 **his** 前行の "the sun" を指す．太陽神は，ギリシア神話においてはアポローン（ローマ神話ではアポロ）で，男性だから．次行の "he" も同じ．
3 = Where he is felt and seen /in temperate heat 関係副詞 "where" 以下を "In temperate heat" にかける読みも可能だが，1，2 行と同じ "where" の構文でまとめる．この 3 行でその同じ構文を使いながら，表現が微妙に変っている．
   temperate *Spec*. of the weather, season, climate, etc.: Moderate in respect of warmth; neither too hot nor too cold: of mild and equable temperature. 1，2 行目の二つの寒暑の極端と対照的な，当時理想とされた調和の世界．
4 **sad** Orderly and regular in life; of trustworthy character and judgement; grave, serious. Often coupled with *wise* or *discreet*. *Obs*.
   sad and wise 後ろから "presence" にかかる形容詞．
5 **yet** Used for emphasis. Formerly after *or*: or yet = or else, or even.
6 **day** Daytime.
7 この行の "clear" および "mists" には，宮廷で華やかな場にいるか，逆に目立つことなく無聊をかこつか，さらには無視されて恨むか，ということが反映しているかもしれない．5 行目とも関連する．
8 **my hairs be grey** "my" が付されて，自分の老齢を意識していることがわかる．
10 **flood** The flowing of the tide.
11 **Thrall** (a.) Subject, captive, enslaved, in bondage.
   at large At liberty, free, without restraint.
   whereso Wheresoever.
12 **Sick, or in health** 結婚の誓いの言葉の一部 "in sickness and in health" を思わせる．Cf. I [husband's name] take thee [wife's name] to my wedded wife, to have to hold from this day forward, for better for worse, for richer for poorer, in sickness and in health, to love and to cherish, till death us do part, according to God's holy ordinance, and thereto I plight thee my troth. (*The Book of Common Prayer*)
14 **Comfort** *Tottel's Miscellany* では "content"．
   when that = when
   hap Good fortune, good luck; sources, prosperity. *Obs*.

最後の 2 行で，女性に宛てた愛の詩の形をとり，いかなる境遇であろうとも思いは変わらないとするが，愛の思いよりむしろ陰謀渦巻く宮中にいた人生が反映している趣がある．それは，元歌とされるペトラルカと比較すると，いっそう浮き彫りになる．

次にあげるペトラルカの *Canzoniere* 145 の訳と見られている．なお，原詩と英訳は p.15 に記したとおりの版に拠る．

Ponmi ove 'l sole occide i fiori et l'erba,
o dove vince lui il ghiaccio et la neve;
ponmi ov'è 'l carro suo temprato et leve,
et ov'è chi ce 'l rende, o chi ce 'l serba;

Place me where the sun kills the flowers and the grass
or where the ice and the snow overcome him;
place me where his chariot is temperate and light,
or where those dwell who yield him to us or
those who take him away

ponmi in humil fortuna od in superba,
al dolce aere sereno, al fosco et greve;
ponmi a la notte, al dì lungo ed al breve,
a la matura etate od a l'acerba;

place me in lowly or proud fortune
in sweet clear air or dark and heavy;
place me in the night, in day long or short,
in ripe maturity or early youth;

punmi in cielo, od in terra od in abisso,
in alto poggio, in valle ima et palustre,
libero spirto od a' suoi membri affisso;

place me in Heaven or on earth or in the abyss,
on a high mountain, in a deep and swampy valley;
make me a free spirit or one fixed in his members;

ponmi con fama oscura, o con illustre:
sarò qual fui, vivrò com'io son visso,
continuando il mio sospir trilustre.

place me in obscurity or in illustrious fame:
until I shall be what I have been, shall live
as I have lived, continuing my trilustral sighing.

簡単に両者の比較をしてみると，4行目もまだ太陽に触れているペトラルカに比して，人との付き合い，すなわち，術策渦巻く宮中を思わせる描写となっている．また，14行目において，ペトラルカの15年 (trilustral) の歳月は，表に出てこず Surrey 独自のものになっている．すなわち，最後の couplet の韻が "only thought" と "nought" になるというアイロニーが効いていて，特に一番最後の単語である "nought" が響く．従って，"my hap" も恋愛に見せかけて，広く人生の不運をかこつと読める．

さらに，ペトラルカはホラティウス作 *Carmina* Liber I, 22 ('Integer vitae')，5，6 連を参照しているものと考えられる．

pone me pigris ubi nulla campis arbor aestiva recreatur aura, quod latus mundi nebulae malusque Iuppiter urget;	Put me amid alimp plain shere no tree resurrects in the summer breeze, a tract oppressed by Jupiter's haze and dingy sky;
pone sub curru nimium propinqui solis in terra domibus negata: dulce ridentem Lalagen amabo, dulce loquentem.	put me in uninhabitable regions beneath the Sun's close car– and I'll love my Lalage's sweet talk and sweeter laugh.

（W.G. Shepherd 訳）

　ペトラルカは，さらには，ホラティウス作の *Satires* II. i, 57-60，また *Propertius*, ii. 15. 36 'huius ero vivus, mortus huius ero（生きて彼のもの，死んでも彼のもの）を参照している可能性もある．

　脚韻はイギリス形式 (abab'/ cdcd / efef'/ gg)．上述したように，4行目はペトラルカの形式から離れて，最初の4行連としての内容的まとまり（つまり，気候について）よりも，次の行に繋がって人事を語っている．
　"Set me ..." は4行ずつで4＋4＋4だが，内容的には最初の5行は3＋2に分かれ，形とのずれが生じている．

　ll.5-12は各行に "or" により caesura（行中休止）が生じているが，その場所としてはll.5-8は中間に，その後は，後半・前半・前半と揺れ動き，l.12では前半・後半と2か所あり，最後には消えて一気に "nought" に向かう．
　ll.2-9には，5行目を除いて各行，1回 [l] 音が登場するが，l.10で3回，l.11で4回と頂点に達し，ll.12, 13で各2回，最終行で1回と収まる．滑らかな流音で流れを作り，最後の "my hap is nought" では，それが全く消えて，厳しい現実をより印象付ける．

　頭韻は，"<u>h</u>eaven" と "<u>h</u>ell"(9) で対比を効かせ，"<u>f</u>oaming <u>f</u>lood"(10) でまとまりを出すなどの効果が見られる．なお，この ll.9-10 の2行では，"h<u>e</u>ll" → "h<u>i</u>ll" → "d<u>a</u>le" と，下線を施していない母音で音が移っている．

Giles Fletcher (?1549-1611)

　イギリスの外交官，文人．イートン校を経て，ケンブリッジ大学キングズ・コレッジで学び，のち同コレッジのフェローになった．在学中，既に詩人としての頭角を現わし，エリザベス1世のコレッジ訪問に際しては，学友たちと共にラテン詩を献上している．ケンブリッジでは，学長との揉め事を経つつも昇進を遂げ，1579年にはシニア・フェローから出納係にまでなった．1580年の結婚を機に大学から離れたが，常に大学との関係を意識し続け，ケンブリッジで出版されたSidney (p.92)への追悼詩集 *Academiae Cantabrigensis lachrymae tumulo* (1587) にも寄稿している．

　政治面でもいくつかの地位に就き，エリザベス女王の口利きでロンドン市の書記 (remembrancer) に任ぜられた．外交官トマス・ランドルフ卿に随行した1586年のスコットランド外交を皮切りに，ハンブルクやフランドルとの交渉に当たった．1588年，ロシアに外交大使として派遣され，イングランド商人のロシアにおける特権を得るための折衝に成功を収める．当時，商人とフョードル1世との間で，ロシア会社との支払徴収をめぐって，たびたび問題が起こっていたのである．この時の体験から *Of the Russe Commonwealth* (1591) を著した．これはロシア国政に関する最初の書であるが，ロシアに対する政治的，宗教的批判を含み，発禁となった．それはロシア側からの要求によるものであったとも言われる．しかしこの著作は同時代人からも，また後にMilton (『選集CC』p.25) からも称讃された．宮廷でのパトロンをエセックス伯ロバート・デヴルー (p.81) に求め，1596年その指揮の下，カディス遠征 (p.78 地図参照) に加わる．船上で策を練ったとされるエセックス伯の反乱が1601年に実行に移された際，加担した廉で投獄され，ロンドンの書記の職も失う．出獄後は経済的困窮に陥った上に，急死した弟の借金と，その8人の子供たちの養育をも背負うこととなった．エセックス伯処刑後，政権がエリザベス女王からジェームズ1世に変わった後も，王の愛顧は得られなかった．1610年にはデンマーク大使として官職に復帰し，冒険商人組合*のために働き，最後の著作となる 'The tartars or the ten tribes' を著すも，1611年，貧困のうちに死去．

　詩人としては，20代に3篇のeclogue（農耕詩）を書いている．イギリ

スで書かれたラテン語牧歌の先駆けに数えられるこの詩作は，1678年，*Poemata varii argumenti*（『さまざまな主題による詩集』）として死後出版された．英国国教会の立場からケンブリッジを中心とする学問の歴史を寓意的に描いた *De literis antiquae Britanniae*（『古ブリタニアの学問について』，1633）も，息子 Phineas による死後出版である．

彼は John Foxe* の 1576 年版の *Actes and Monuments* (*The first volume of the ecclesiasticall history contayning the actes [and] monumentes of things passed in euery kinges time, in this realme, especially in the Churche of England principally to be noted*) にも献詩を寄せるなど，終生英国国教会徒としての立場を詩作において表現した詩人であった．Sidney の *Astrophel and Stella* に継ぐソネット・シークエンスの作とされる *Licia, or Poems of Love* と，1 人称で書いた物語詩 *The Rising to the Crowne of Richard the Third* をおそらく 1593 年に合本で出版するが，その内容から見て，彼の詩業は終始，宗教的，政治的立場と切り離せないものであった．

劇作家 John は甥，Giles, the younger と Phineas は息子で，共に詩人．

John Fletcher (1579-1625)　牧歌悲喜劇を定着させた劇作家．牧歌悲喜劇 *The Faithful Shepherdess* (?1608-9) は単独執筆，他方，メランコリアをテーマとし，その治療としての音楽をふんだんに使った悲喜劇 *The Mad Lover* (c.1616) や，シチリア王国の王権相続をめぐる恋愛悲喜劇 *Philaster* (?1610) は Beaumont との合作である．Shakespeare の未刊遺作 *Henry VIII*, *Two Noble Kinsmen* を補筆完成したとも言われるが，異論もある．

Giles Fletcher, the younger (1585/6-1623)　エリザベス女王への哀悼詩 'Upon the Death of Eliza'(1603) をはじめ，それぞれにタイトルを持ち，中世風サイコマキア，スペンサー風アレゴリー，受難の瞑想，キリスト教的プラトニズムのヴィジョンといった異なる手法で書かれた叙事詩 *Christs Victorie, and Triumph in Heaven, and Earth* (1610)，説教的自省の散文 *The Reward of the Faithfull* (1623) で知られる．

Phineas Fletcher (1582-1650)　生涯詩作を続け，その数，ジャンルの多様性では同時代のどの詩人にもひけを取らないと言われる．代表作は，エリザベス女王への挽歌 'Thereno-thriambeuticon' (1603)，人体を島と見立てて，ミクロコスモス＝マクロコスモスの対比と調和，善悪の相剋を綴る *The Purple Island, or the Isle of Man* (1623)，

ラテン語と英語の両方で書かれた，16世紀半ばから17世紀初めの政治的出来事が主題の *The Locusts or Apollyonists* (1627).

John Foxe (1516-87) イングランドの殉教史研究家．プロテスタントであったため，メアリー女王即位に際し，大陸に逃れ，ラテン語による宗教改革者迫害史をストラスブールで出版．帰国後，英語による増補版を *Actets and Monuments of the latter and perillous dayes, touching matters of the Church* (1563) として出版した．

冒険商人組合 (Merchant Adventurers' Company)
1407年，ロンドンに設立された貿易会社．14世紀に結成されたギルドを前身とする．ネーデルランドを中心としてヨーロッパ大陸にイングランド産毛織物を輸出するのが目的であった．16世紀半ばにはイングランド貿易の4分の3を独占したが，名誉革命後の1689年特許状の剥奪で独占権を失う．18世紀もハンブルクを拠点に活動を続けるが，1808年，ナポレオンによるハンブルク占拠を機として解散した．

次頁 'I saw, sweet Licia, . . .' での Minerva の図
（パラス——アテナの別称——は
ミネルウァのギリシア名）

ボッティチェリ作『パラスとケンタウロス』
（ウフィッツィ美術館）

'I saw, sweet Licia, when the spider ran'

I saw, sweet Licia, when the spider ran
Within your house to weave a worthless web.
You present were and feared her with your fan,
So that amazèd, speedily she fled.
She in your house such sweet perfumes did smell,
And heard the Muses, with their notes refined.
Thus filled with envy, could no longer dwell,
But straight returned, and at your house repined.
Then tell me, spider, why of late I saw
Thee loose thy poison, and thy bowels gone:
Did these enchant and keep thy limbs in awe,
And made thy forces to be small or none?
    No, no, thou didst by chance my Licia see,
    Who, for her look, Minerva seemed to thee.

「我は見た，麗しのリチア，蜘蛛がそなたの邸の中で」

我は見た，麗しのリチア，蜘蛛がそなたの邸の中で
動きまわって価値もなき巣を織ったときのこと．
そなたが居合わせ，扇で脅かしたものだから，
仰天して，早々に蜘蛛は逃げた．
蜘蛛はそなたの邸で，いとも芳しい香りを感じ，
洗練された調べの詩神(ミューズ)を聞いた．
かくして羨望でいっぱいになり，もはや居た堪らず，
すぐに逃げ帰り，そなたの邸を想い託った．
ならば僕に教えてくれ，蜘蛛よ，なぜ先ほど僕は見たのか
おまえが毒を放ち，腹の中を空にするのを．
あの芳しさと歌声がおまえの脚に魔法を施し，畏怖の念で縛りをかけたか，
そしておまえの力を弱め，あるいは無にしたのか．
　いやいや，偶々おまえは我がリチアを見かけたのだが，
　その姿ゆえにおまえにはミネルヴァにも見えたのだ．

Licia, or Poems of Love, In Honour of the admirable and singular vertues of his Lady 48 番.

　この連作は 52 篇のソネットに 6 篇のオードやエレジーなどが加えられたもの．匿名出版で出版書誌も記されていず，作者や詩作の時期についても明らかではないが，Fletcher 作，1593 出版説が有力である．
　Licia は Lady Mollineux に寄せて書かれているが，この女性についても Fletcher 家と遠縁の関係であったリチャード・モリノー卿の妻であったこと以外ほとんど知られていない．Fletcher は「愛について書くのであって恋しているわけではない，農業について書く者が農作業をするわけではないのと同じように」と書いていて，モリノー卿に感じていた何らかの恩義をこの詩集で返しているらしい．この連作が，タイトルからも，また第 1 篇の前に 'TO LICIA THE WISE, KINDE, Vertuous, and fayre' と添えられていることからも，Licia に言寄せて，さまざまな美徳を歌っていることが解る．

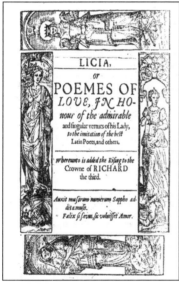

　　　タイトル・ページ　　　　　　　　　　第 1 篇はじめの部分

　本詩はリチアに語りかける 8 行と蜘蛛に語りかける 6 行とからなるイタリア形式に，最後の 2 行で詩人の考えを結論的に述べるイギリス形式の融合した形をとる．ゆえに前半では "you" でリチアに呼びかけ，後半では "thou" で蜘蛛に呼びかけて，2 人称単数を使い分けている．リチアと蜘蛛それぞれの詩人との関係により，「そなた」，「おまえ」と訳し分けたのに対応して，"I" も「我」，「僕」と区別して訳出した．

1 **I saw, sweet Licia, when the spider ran**　"<u>s</u>aw", "<u>s</u>weet", "<u>s</u>pider" の [s] 音が alliteration（頭韻）で，美しいリチアが，続いて蜘蛛の姿が，詩人の眼に映る様が効果的である．

2 **<u>W</u>ithin ... <u>w</u>eave a <u>w</u>orthless <u>w</u>eb**　頭韻の [w] 音が "<u>w</u>orthless" に集約し，蜘蛛の「織っている」「巣」が「無価値である」ことが強調される．

3 **You present were**　= You were present　この語順が，いきなり蜘蛛が目の前の Licia に気づくことを彷彿とさせる．続けて "<u>f</u>ear", "<u>f</u>an", さらに次行の "<u>f</u>led" と [f] 音で頭韻を踏み，Licia の姿と行動に恐れをなして逃げる様をリアルに描く．
　　feared　< fear　(vt.) To frighten. *Obs*.
　　her　4, 5 行目の "she", "She" と共に "spider" を指す．蜘蛛が女性であるのは，アラクネーとミネルヴァの神話への連想から．"Minerva"(14) の注参照．

4 **amazèd**　< amaze　1. To overcome with sudden fear or panic; to terrify, alarm. *Obs*. 2. To overwhelm with wonder, to astound or greatly astonish. ここでは 1 の意であるが，次の 2 行で 2 の意も生きてくる．さらに続く行で，恐怖から驚異への感情に，羨望と嫉妬が加わる．

5 **smell**　(vt.) To have perception of (an object, odour, etc.) by means of the olfactory sense.

6 = And (she = the spider) heard the Muses refined with their notes. S-V-O-C 構文．"Muses" の後にコンマがあるのでこのように読む．また "refined" が "notes" を形容すると読むことも可能である．蜘蛛が美しい歌声を聴き，詩神かと紛えたが，実はリチアの歌声であった．
　　Muses　［ギ神］ムーサ，文芸・学術を司る 9 人の女神たちで，それぞれ様々な技芸を備えている．リチアを "the Muses" と複数で表すことで，彼女が，詩神のもつすべての技芸を備えていることを示唆する．

7 **envy**　1. Without notion of malevolence. Desire to equal another in achievement or excellence; *Obs. rare*. 2. The feeling of mortification and ill-will occasioned by the contemplation of superior advantages possessed by another. 3. Malignant or hostile feeling; ill-will, malice, enmity. *Obs*. 「詩を紡ぐ」を意味する 'weave' も重ねあわせ，詩の女神ムーサとも紛うリチアの歌（詩）の美しさに適わない自分の技や才を恥じて羨望を抱いている．羨望は嫉妬にも繋がり，悪意ともなる．Cf. poison(10) の注．
　　dwell　To continue in existence, to last, persist.

8 **straight**　(ad.) Immediately, without delay. Now *poet*. or *arch*.
　　repined　< repine (vi.) To feel or manifest discontent or dissatisfaction; to fret, murmur, or complain. Also constantly against, at, *obs*. to.

10 **poison**　蜘蛛の紡ぐ巣は，美しさ，芳しさにおいてはリチアにとても敵わず，羨望と嫉妬から吐く糸が，リチアと己に向ける悪意となる．

10 **bowels** < bowel Gut (as a material). *Obs.* Any internal organ of the body. *Obs. Transf.* (Considered as the seat of the tender and sympathetic emotions, hence): Pity, compassion, feeling, 'heart'. Chiefly *pl.*, and now somewhat *arch.*　腹から糸を吐き出し巣を作ることと，思いを吐き出すことを掛けている．

11 **these** "perfumes"(5) と，"Muses"(6) あるいは "notes"(6) を指す．

14 **look** Appearance, aspect. With reference to persons: Appearance of the countenance (sometimes, of the whole person.)

　　Minerva ［ロ神］ミネルウァ，知恵・工芸・芸術・武勇の女神．ギリシア神話のアテナ．処女神．知的な戦術に長け，雄々しい，畏怖される姿として描かれる．機織りと刺繍に秀でたアラクネーがミネルウァと技を競い，負けたミネルウァが怒ってアラクネーを蜘蛛に変えた．ゆえに蜘蛛にとってミネルウァは恐怖の対象である．（ミネルウァの図は p.47）

ヴェラスケス作『織女たち（アラクネーの寓話）』
（プラド美術館）

　視覚，嗅覚，聴覚と感覚で，蜘蛛が Licia を認識していく様の描写が，巧みである．しかし，最終行で "seemed to thee" と言っているところから，蜘蛛が正しく理解したのではない，つまり Licia は技芸に秀でた女性ではあるが，ミネルウァと異なり，恐怖の対象ではないことを述べて，Lady Molloneus への讃辞としている．

　Licia をムーサ，ミネルウァに譬えて，その技芸，詩才，学を称える一方，蜘蛛に自己の姿を重ね描き，自分を一種戯画化しているとも，謙遜しているともとれる．逆に，言葉を織りなすことへの自負心を読み込むことも可能かもしれない．

　脚韻は基本的にイギリス形式を取るが，abab' / bcbc / dede' / ee とやや変則である．

Edmund Spenser (?1552-1599)

　イギリスの詩人．ロンドンに生まれる．1561年，リチャード・マルカスターが初代校長となって開設されたマーチャント・テイラーズ・スクールに入学し，ラテン語，ギリシア語を学ぶ．また英語の複雑さや美しさに対する感覚を養う．その後，ケンブリッジ大学のペンブローク・コレッジへ特待免費生（『選集CC』p.85）として入学，学位を取得した．この間に終生の友を得る．中でもHarvey* と Kirk* は Spenser の作品の注釈者，批評者として重要な存在となる．Harvey と交わした書簡によって，Spenser が Sidney (p.92)，およびその伯父であるレスター伯* の愛顧を得たいと願ったことが知られている．望んでいたケンブリッジでのフェローの地位を得られず，ロチェスターの主教ヤングの秘書となる．80年には，新任のアイルランド総督アーサー・ロード・グレイの秘書としてアイルランドへ渡る．2年後反乱鎮圧に失敗した総督が本国へ帰還した後も，アイルランドに留まり，さまざまな役職をこなす．89年コーク州の広大な領地，キルコルマン（p.61 地図参照）の植民事業請負人となり，反乱者から没収した土地の下付を受ける．彼の詩歌にはこの土地への愛着ぶりが窺われるが，所有権をめぐる訴訟に悩まされ，最終的には反乱再発により，邸宅は焼き打ちされ，アイルランドからの撤退を余儀なくされた．その1か月後に死去．

　彼は在学中から詩才を発揮し，先述の Sidney や Dyer* 等と文学サークルを形成し，1579年には12の牧歌からなる *The Shepheard's Calendar* を出版，Sidney に献呈した．この作品は新しい偉大な詩人誕生として迎えられた．さらに彼の名声を確立したのはロマンス *The Faerie Queene** (1590, 96) であり，エリザベス女王に献呈された．Sidney の戦死後，Ralegh (p.73) の知己を得て，エリザベス女王に謁見しているが，望みの宮廷の官職につくことはできず，アイルランドへ戻っている．その際，*Colin Clout's Come Home Again* を書いた．これは田舎の方言やイングランド土着の語法などを使用し，彼の作品中最も力強いと評されているが，出版は遅く1595年であった．

その翌年には散文による官吏としての見解を示した，*The View of the Present State of Ireland* を出版している．94 年に結婚したエリザベス・ボイルへの愛を歌った *Amoretti* は，ペトラルカのラウラに寄せた『カンツォニエーレ』に倣ったソネット・シークエンスであり，その後のソネット詩人の模範となった．*Amoretti* とあわせて 95 年に出版された *Epithalamion* も自らの祝婚歌であり，古典的な神々や女神への言及という伝統に倣ったものではあるが，彼自身の身近な風物が読み込まれていて，より個人的な色合いを呈している．

　Spenser は 300 年後のロマン派の詩人たちから「詩人の中の詩人」と称えられ，英詩史の中で Chaucer (p.6), Shakespeare, Milton（『選集 CC』p.25）に並ぶ位置を占めてきた．新古典主義者たちは主として彼の寓意的教訓主義を称揚したのであるが，19 世紀になると，むしろ彼の韻律の名人芸的多様性や言語による描写の美しさが称讃された．現代は構造の複雑さ，寓意の創意工夫，叙述や語りの適切性などの研究が進められている．

Gabriel Harvey (1550?-1630)　イギリスの詩人，批評家．ケンブリッジ大学クライスト・コレッジに学び，ペンブローク・コレッジのフェローとなり，ここで Spenser と友情を結び，彼に文学的影響を及ぼそうとした．Spenser は年上の彼の桎梏から逃れるために葛藤したようであるが，*The Shepeard's Calendar* の中では，彼を 'Hobbinol' の名で登場させている．英詩の脚韻を廃し，古典の韻律を導入しようと努め，英詩の 6 歩格の父であると自称した．自惚れの強い喧嘩好きな性格から，劇作家・パンフレット作者の Robert Green (1558-1592) や，諷刺作家の Nashe (p.30) を口汚く攻撃し，当局から禁止命令を受けるまでスキャンダラスな実りなき論争を続けた．

Edward Kirk(e) (1553-1613)　Spenser の友人．ケンブリッジ大学ペンブローク・コレッジの特別免費生として入学を許可されたが，まもなくキーズ・コレッジに移り，ここで学位を取得した．1579 年，'E. K.' のイニシャルで，*The Shepeard's Calendar* の序文，梗概，注釈を書いた（'E. K.' は Spenser の偽名という説もある）．Harvey も交えた文学仲間との親交を結んだ後，1580 年に聖職につき，サフォーク州の教区牧師として生涯を終えた．

レスター伯 First Earl of Leicester, Robert Dudley (1532?-88)　イギリスの貴族．エリザベス女王の寵臣．学問，芸術，文学のパトロンとしても知られ，その文芸サークル

には甥の Sidney をはじめ, Dyer, Harvey らがいた. Harvey を通じてレスター伯の屋敷に職を得た Spenser は *Prothalamion* の中で当時を懐かしく思い起こしている. (p.79 も参照.)

Sir Edward Dyer (1545-1607)　イギリスの詩人, 宮廷人. サマセットシャーに生まれる. オックスフォード大学で教育を受けたようであるが, 学位は取得せず, 大陸旅行 (p.98) をした. レスター伯の紹介で宮廷に入り, しばしば外交使節を務め, 1596年ガーター勲爵位 (p.5) を授与された. Sidney (p.92) の親友で, その遺言によって遺品書籍の受取人の一人となった. 16世紀後期の詩人として名声を得ていたが, その作品が集められることはなかった. 挽歌, 牧歌などの作品があり, 特に 'My mind to me a kingdom is' で始まる有名な詩には作曲家のバード (William Byrd, 1543-1623) が曲を付している.

The Faerie Queene　Spenser の創意によるスペンサー連 (Spenserian stanza: 9行連で, 押韻は abab / bcbc /c) という詩形で展開される allegory (寓意) を手法とするロマンス. 妖精女王とアーサー王を軸に12の徳を象徴する騎士たちの冒険を描く, という構想のもとに創作されたが, 6巻と「無常編」(1609　死後出版) を出版しただけで未完に終わった. 「栄光」を寓意する妖精女王グロリアーナはエリザベス女王をも表し, 女王に仕える12人の騎士は12の美徳を体現し, それぞれの対立概念に相当する悪徳との戦いに出かける. 他方, 美徳のすべてを総合し「高潔」を表すアーサー王は妖精女王を求めて旅に出, その途中で各騎士たちと遭遇してその戦いを助ける. この構想はイタリアの詩人アリオスト (Ludovico Ariosto, 1474-1533) の『狂えるオルランド』(1516) や, タッソー (Torquato Tasso, 1544-95) の『エルサレム解放』(1575) に負うところが多いといわれ, 全体としては善と悪との戦い, 罪と救いの相克というテーマで統一されているが, キリスト教思想とギリシア・ローマの古典世界の異教思想とが交錯し, そこに当時の宗教対立の絡んだ時事的・政治的寓意も加えられている.

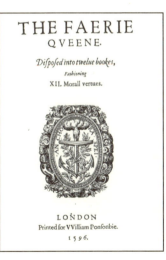

1596年版タイトル・ページ

'More than most fair, full of the living fire'

More than most fair, full of the living fire,
    Kindled above unto the maker near,
    No eyes but joys, in which all powers conspire
    That to the world naught less be counted dear,
Through your bright beams doth not the blinded guest
    Shoot out his darts to base affections wound?
    But angels come to lead frail minds to rest
    In chaste desires on heavenly beauty bound.
You frame my thoughts and fashion me within,
    You stop my tongue and teach my heart to speak,
    You calm the storm that passion did begin,
    Strong through your cause, but by your virtue weak.
Dark is the world where your light shinèd never;
    Well is he born that may behold you ever.

「いと美しい人よりも美しく，生命の炎に満ち溢れ」

いと美しい人よりも美しく，生命の炎に満ち溢れ，
　燃え上がらせられ，創造主の近くにまで至り
　双眼は歓喜そのもの，その中ですべての天使たちは衆議一致して，
　この世に対し，この眼に及ばぬものは価値なしとする．
汝の輝く光線に刺し貫かれて，例の目隠しされた客人も
　曲がった卑しい愛へその矢を射ることはなきか．
　いやむしろ天使たちが弱き心を導き，
　天なる美の虜となして貞潔な願望に安らわせるのだ．
汝は我が想念に根拠をあたえ，心のうちなる我を形成する．
　汝は我が舌の動きを止め，我が心に語ることを教える．
　汝は情熱がまき起こした嵐を鎮める．嵐は
　汝が因ゆえにこそ強いが，汝の徳の力によって弱まる．
汝の光のついぞ輝くことなき世界は暗黒なり．
　汝を常に見ることのできる男は幸せに生まれたり．

以下の3篇はすべて *Amoretti* の1篇. 本詩はその8番.

Amoretti は全89篇からなるソネット・シークエンスで結婚讃歌とともに, *Amoretti and Epithalamion* として1595年に出版された. 脚韻は abab / bcbc / cdcd / ee で, 各連が緊密に連鎖していく押韻形式になっている.

Spenser が, 求愛していたエリザベス・ボイルと結婚したのは1594年夏のことであった. もっともこれは彼の2度目の結婚であり, *Amoretti* 所収のソネットの多くが出版よりずっと前に書かれたものであることから, その対象は妻となったエリザベスだけでなく, 他の女性も含んでいると推察されている. しかし構成上は, 一人の女性との精神的かつ肉体的な結びつきの過程を綴ったものであり, 範とするペトラルカのラウラに寄せたソネットの愛の詩『カンツォニエーレ』に, 季節のめぐりを絡めて表現している.

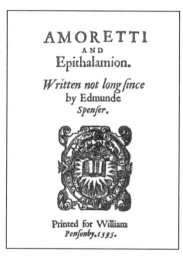

Amoretti タイトル・ページ

1 **most** =very
  fair (a.) 1. Beautiful to the eyes; of pleasing form or appearance; good-looking. 2. Of character, conduct, reputation: Free from moral stain, spotless, unblemished. 第一義的には容貌, 容姿の美しさを意味するが, ここでは第2番目の精神面での美点, 特に貞節が強調されている. More than most fair, full of the living fire の [m], [f] の頭韻により貞節で, かつ生命力に溢れていることを印象づける.
2 **maker** (n.) Qualified by *the*, a possessive, or an attributive phrase: Applied to God as the Creator of the universe (now with capital M.). ここでは「創造主」と訳した.

3 **powers** < power (n.) Sometimes the plural does not imply different faculties, but power put forth in various directions or on various occasions. A celestial or spiritual being having control or influence; a deity, a divinity. Chiefly in plural, originating in its application to the pagan divinities.
   conspire (v.) 1. To concur or agree in spirit, sentiment, sense, tenor, testimony, assertion, etc. *Obs.* 2. To unite in producing; to concur to.
4 **dear** (a.) Regarded with personal feelings of high estimation and affection; held in deep and tender esteem, beloved, loved.
5 **beams** < beam (n.) A ray or 'bundle' of parallel rays, of light emitted from the sun or other luminous body, out-streaming radiance. *OED* によると, OE においては, 元来の意味が, ある種の草木としての「木」であったか, あるいは「樹幹, 台木, 柱」であったかは不明. OE はこれら両方の意味を有していたが, ME では「成育する木」という意味は失われ, 転移用法の結果,「光線, 光の束」という意味が顕著になった. ビード (Bede / Baede / Beda) の *Historia ecclesiastica gentis Anglorum* では, 聖人の遺体から立ち昇る「光の円柱」あるいは「光の流れ」, また,『出エジプト記』では「炎と雲の円柱」を示す. これらを考え合わせると, この女性は天上的な光, 輝きを発散している, ということ. "the maker"(2), "all powers"(3) は縁語で "bright beams" を補強している.
   the blinded guest キューピッド (Cupid) を指す. キューピッドはヴィーナスの子供で, 翼の生えた裸の美少年. 弓矢を持つ姿で表され, 目隠しをして矢を放つとされる. 黄金の矢で射られた者は恋に落ち, 鉛の矢で射られた者は恋愛を嫌悪する. かくしてキューピッドの悪戯で, 恋煩いに陥る者もあるという. この疑問文は修辞疑問文. 従って, キューピッドさえもあなたの天上的な美の光に刺し貫かれて, 人間を肉体の愛の煩悩へ陥れることはない, の意. この行の 3 語, "bright beams", "blinded" は頭韻. かつ対照的な意味を示す縁語でもある.
6 **wound** < wind (vt.) In immaterial sense: To turn or deflect in a certain direction; *esp.* to turn or lead (a person) according to one's will. Chiefly in pp. and *fig.*: To involve, entangle; occas. to wrap up (in fair words).
8 **bound** < bind (p.p.) Made fast by a tie, confined; fastened down; bandaged: also *fig.*
9 **frame** (vt.) 1. To gain ground, make progress; to 'get on' (with); to prosper, succeed.
   2. To prepare, make ready for use; also, to furnish or adorn *with*. *Obs.*
   fashion (vt.) To give fashion or shape to; to form, mold, shape (either a material or immaterial object).
10 **stop my tongue . . . teach my heart to speak** 同一行内で, 本来「話す」機能を担う肉体器官の「舌」の動きをとめ, 逆にその機能を持たない「心」に話させる, という生理的機能と精神的機能とを逆転させて, 彼女の美と徳の力がいかに詩人の内面性の涵養に大きい影響を与えたかを巧みに表現している.

12 **cause** (n.) A fact, condition of matters, or consideration, moving a person to action; ground of action; reason for action, motive: for my (his etc.) cause: on my (his, etc.) account, for my (his, etc.) sake. *Obs.* 愛する女性ゆえに情熱の嵐は強い (Strong) が，その激情も彼女の徳の力，貞節な情愛によって弱まる (weak)，と対立する語を文頭と文尾に配して効果的に文意を強調している．
13 **shinèd** (vi.)[ʃainəd] 仮定法過去．"Dark" と "light" は対立語．
14 **Well** (a.) Used predicatively to denote a state of good fortune, welfare, or happiness: With the dative of the personal pronouns, esp. in the formula *well is me, thee, him*, etc., or *well worth him*, etc. *Obs.*

　脚韻は abab / cdcd / efef / gg と完全なイギリス形式で，Spenser がこの *Amoretti* で採用した押韻形式ではない．頭韻については注の中で言及した以外にも多数見られる．例えば "<u>b</u>eauty", "<u>b</u>ound" (8), "<u>f</u>rame", "<u>f</u>ashion" (9), "<u>t</u>ongue", "<u>t</u>each", "<u>t</u>o" (11), "<u>b</u>orn", "<u>b</u>ehold" (14) など．全体としては，精神と肉体の対立概念を中心にそれぞれの関連語句を配して，愛する女性の貞潔と生命力溢れる美しさを効果的に歌い上げている．天上の概念としては，"the maker" (2), "all powers"(3), "angels"(7)，これに対立するのは "the blinded guest"(5), "base affections"(6), "frail minds"(7)．相手の女性の美しさは，主として光のイメージで表現されている．例えば "full of the living fire"(1), "your bright beams"(5), "your light"(13)．

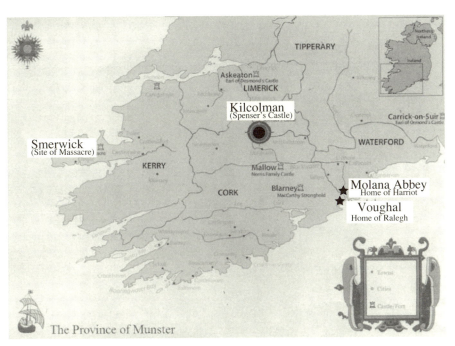

キルコルマン城跡
(International Spenser Society の HP より)

'Coming to kiss her lips, such grace I found'

Coming to kiss her lips, such grace I found
    Me seemed I smelled a garden of sweet flowers,
    That dainty odours from them threw around
    For damsels fit to deck their lovers' bowers.
Her lips did smell like unto gillyflowers,
    Her ruddy cheeks like unto roses red,
    Her snowy brows like budded belamours,
    Her lovely eyes like pinks but newly spread,
Her goodly bosom like a strawberry bed,
    Her neck like to a bunch of columbines,
    Her breast like lilies, ere their leaves be shed,
    Her nipples like young blossomed jessamines.
Such fragrant flowers do give most odorous smell,
    But her sweet odour did them all excell.

「彼の女(ひと)の唇にキスしようと近づき，かくのごとき恵みに出会った」

彼の女の唇にキスしようと近づき，かくのごとき恵みに出会った
　　かぐわしい花の庭の香りをかぐごとし，
　　乙女たちがその恋人の部屋を飾るにふさわしい芳香が
　　その花々からあたりに撒き散らされた．
唇はニオイアラセイトウの香りを思わせた，
　　赤み差した頬は赤いバラ，
　　雪の白さの額は蕾のベラムール，
　　麗しい瞳はほころびそめたナデシコ．
豊かな胸はイチゴの苗床，
　　うなじは一束のオダマキ，
　　乳房は花びらが散りゆく前のユリ，
　　乳首は花開いたジャスミンのごと．
かくのごとき芳しい花々は紛うことなく馥郁たる香りを放つ，
　　だが彼の女のかぐわしい香りはこれらすべてを凌いだ．

Amoretti 64 番.

1 **kiss** Cf.『カスティリオーネ　宮廷人』（清水純一，岩倉具忠，天野恵訳）「接吻は肉体と霊魂との結合ですから，官能的恋人が霊魂の部分よりも肉体の部分に傾斜する危険があるからですが，理性的恋人は，唇がまた肉体の部分であることを知ってはいても，唇によって霊魂の通訳者たる言葉に出口が与えられ，それもまた霊魂と呼ばれうるあの内なる喘ぎの通路となっていることをも知っているからです．それゆえ，接吻によって愛する女性の唇に唇を接合して喜ぶのです．それは不正な欲望へ近づくためではなくて，この接合が霊魂への通路を開くことを感ずるためです．（中略）従って接吻とは，端的に言えば，肉体の結合というよりむしろ霊魂の結合というべきです．（中略）ソロモンは雅歌の書でいっています．『唇のくちづけをもってわれにくちづけよ』と．その表わそうとするところは，美と親しく内的に結合することによって肉体を放棄するように，聖なる愛によって天上の美の瞑想へと魂を奪われたいということです．」
grace「優雅さ」と「（神の）恵み」の意味も合わせもつ．そこから，'an exceptional favour granted by some one in authority, a privilege, a dispensation' (*OED*) の意ももつ．Cf.『カスティリオーネ　宮廷人』（同上）「どんな場合にもわざとらしさに陥らぬよう，自分の知っている範囲の話題でもって体面を保つよう謙遜に心掛けねばなりません．以上のような方法でもって彼女は好ましい作法を身につけ，女らしい身のこなしをこの上ない優雅さとともにわがものとすることができ……」「外面の美は内面の善の真実の印であり，肉体にはかの優美さが多かれ少なかれ霊魂の特色として刻印されており」「霊魂はこれら二つの感官（すなわち，視覚と聴覚）によってこの上なく美味な食物を味うことができるでしょう．」

2 **Me seemed** ＝ It seemed to me
smelled 日本語では「香りを聞く」というが，「かくのごとき」(1), 「かぐわしい」(2) との音の響きから訳は「かぐ」にした．

3 **That** 前行の "a garden" を先行詞とし，これが主語で，動詞は "threw around"，目的語は "dainty odour".
dainty 1. Valuable, fine, handsome; choice, excellent, pleasant, delightful.　2. Of delicate or tender beauty or grace; delicately pretty.
them 前行の "sweet flowers" を指す．

4 **For damsels fit to deck ...** ＝ (odours) fit for damsels to deck ...　'for damsels' は 'to fit' の意味上の主語．
damsels < damsel A young unmarried lady. 元来は生まれのよい者を言ったが，やがて低い身分の者でも敬意を込めて言うようになった．また，身分にかかわりなく，a maid, maiden, girl の意で使うこともある．

5 **like unto** ＝ like

5 **gillyflowers** < gillyflower「ニオイアラセイトウ」（また，アラセイトウ，撫子(ナデシコ)，カーネーションとも）
 7 **belamours** < belamour (Fr. *bel* fair + *amour* love) Applied to some unidentified flower. *OED* にはこの箇所が用例として引用されている．
 8 **pinks** < pink「石竹，撫子(ナデシコ)」
    spread Of flowers, leaves, etc: To unfold, expand.
 9 **goodly**   1. Of good appearance, good-looking, well-formed or proportioned; comely, fair, handsome. 2. Notable or considerable in respect of size, quantity or number (frequently with the mixture of sense 1).
10 **columbines**   < columbine 「オダマキ」
11 **leaves** < leaf   A petal.
    shed   fallen; discarded, cast off.
    ere their leaves be shed 「散りゆく前」とは開ききった花の，美しさの最盛期のさまをいう．
12 **jessamines** < jessamine = jasmin(e)
14 **did them all excell** = excelled them all   現代では 'excel' と綴るが，基本的には現代的綴りに変更している Fuller が "smell" と視覚的に合わせるためもあろうか，昔の綴り "excell" を採用している．

　女性を庭に見立てて讃えるのは，『雅歌』第 4 章，12 節「わが妹，わが花嫁は閉じた園」から来ているが，聖書のこのあたりは女性の身体の各部分を動物などに喩えて美しさを讃える描写に充ちている．「……あなたの目は，顔おおいのうしろにあって／はとのようだ．／あなたの髪はギリアデの山を下る／ヤギの群れのようだ．／あなたの歯は……／あなたのくちびるは……／あなたの首は……／あなたの両乳ぶさは……」(第 4 章，1－5 節)．第 7 章では，足，もも，ほぞ，腹，両乳ぶさ，首，目，鼻，頭が讃えられる．この出典から，女性をこのように捉えることには異国風な気分が醸し出されたようである．さらに，"strawberry"，"jessamines" にもその趣が感じられたであろう．原産地を前者は南米とし，後者はペルシア・アラビアとするからである．なお，女性を花に喩えるのは，それこそはるかな昔からの convention（常套表現）である．

　脚韻は abab / bcbc / cdcd / ee となって次々と送られていき，滑らかな進行を印象づけ，最後に完璧に同じ音，しかも滑らかな流音で収め，形式的にも，あくまでも優雅な仕上げを目指している．韻が完全に合っていて，歌われている女性の香りの完璧さ，さらには他の美も含めた，この女性の完璧さが強調されている．

　頭韻は，2 行目で "seemed"，"smelled"，"sweet"（これはさらには 1 行目の "such" に

も遡る）；4行目で "damsels", "deck"（この "d" の音は前行でも "dainty", "odours", "around" と頻出）；5行目で "lips", "like"（この "l" の音は "smell", "gillyflowers" にも見られる）；6行目で "ruddy", "roses", "red"；7行目で "brows", "budded", "belamours"；8行目で "lovely", "like"（この "l" の音は "lovely", "newly" にも見られる）；9-11行目で "bosom", "bed", "bunch", "breast"（この "b" の音は "strawberry", "columbines" にも見られる）；11行目で "like", "lilies", "leaves"（この "l" の音は "lilies" にも見られ、さらに12行目で "nipples", "like", "blossomed", 13行目で "flowers", "smell" と続き、14行目で "all", "excell" と2つ続いて結ばれる）など数多く見られ、滑らかな音の流れを目指しており、これも女性の美を表現している．

5-12行目はすべて "Her" で始まり、彼女の身体の各部位が取り上げられ、それがすべて "like" により花に喩えられる、という統一した形を取って、これも女性の完璧さを表現している．

"smell(ed)"(2, 13), "sweet"(2, 14), "flowers"(2, 13 さらに "gillyflowers"(5) という合成語), "ordour(s)"(3, 14 さらに "odorous"(13) という派生語) と、同じ語さらには類語も加えて、詩の最初と終わりに置かれている．つまり、枠が作られていて、その中に花が埋め込まれているという形になっている．

この詩のような花のイメージは、フランスのロンサールの *Les Amours* (1552) I. 110番 ll. 9-11 の次のような箇所などに見られ、それに範を取ったという説がある．

Du beau jardin de son printemps riant,	微笑む春の麗しい庭から
Naist un parfum qui mesme l'orient	その甘い香りで東方さえも満たしていた
Embasmeroit de ses doulces aleines.	香水が生まれる．

gillyflower   pink   columbine

jessamine

'Was it a dream, or did I see it plain'

Was it a dream, or did I see it plain,
    A goodly table of pure ivory,
    All spread with junkets, fit to entertain
    The greatest prince with pompous royalty?
'Mongst which, there in a silver dish did lie
    Two golden apples of unvalued price,
    Far passing those which Hercules came by,
    Or those which Atalanta did entice.
Exceeding sweet, yet void of sinful vice,
    That many sought, yet none could ever taste,
    Sweet fruit of pleasure brought from paradise
    By Love himself and in his garden placed.
Her breast that table was, so richly spread,
    My thoughts the guests, which would thereon have fed.

「それは夢だったのか，それとも定かに見たのか」

それは夢だったのか，それとも定かに見たのか，
　　純象牙の立派なテーブル，
　　美味しものあまた宴に万端広げられ，壮麗な王威を誇る
　　偉大な君主をもてなすにふさわしいテーブルを．
そこには銀の皿に
　　価値も計り知れぬ黄金のりんごが二個，
　　ヘラクレスが取り来たりしものも
　　はたまたアタランタが誘惑されしものをも遥かに超えるりんごが．
この上もなく甘く，それでいて罪深い悪もなく，
　　ゆえに多くの者が求めたものの誰も味わい得なかった，
　　愛神自身が楽園から持ち来たり
　　己の園においた歓びの甘美な果実．
かのテーブルは彼女の胸，いとも豊かに広げられ，
　　そこで食せしものをと願った客人はわが想いであった．

Amoretti 77 番.

1 **it**　二つの it はともに次行の "a goodly table" を指す.
   plain　(ad.) = plainly　With clearness or distinctness of perception or utterance; clearly, manifestly, evidently.
2 **goodly**　(a.) 1. Of good appearance; good-looking, well-favoured or proportioned; comely, fair, handsome. 2. Of good quality, admirable, splendid, excellent. Also, well suited for some purpose, proper, convenient (often with implication of sense 1). ここでは第一義的には 2 の意味で, 1 の意味も含まれる.
3 **junkets**　< junket　1. Any dainty sweet meat, cake, or confection: a sweet dish; a delicacy; a kickshaw. *Obs.* 2. A cream-cheese or other preparation of cream.
4 **pompous**　Characterized by pomp or stately show; magnificent, splendid.
5 **which**　先行詞は "junkets"(3).
6 **golden**　1. Resembling gold in value; most excellent, important, or precious. 2. Of the colour of gold; that shines like gold. これら両義を含む.
7 **those**　= apples. 次行の "those" も同じ.

ロレンツォ・デッロ・シオリーナ作
『ヘスペリデスの園の竜を殺すヘラクレス』
　　　　（ヴェッキオ宮殿）

Hercules　［ギ・ロ神］ヘラクレス. ゼウスとアルクメネの子で, 大力無双の英雄. デルフォイの神託により 12 の難事をやってのけた. 最初に課された 10 のうちの二つは認められず, さらに二つ課されたという. その一つがヘスペリデスが

守る黄金のりんごを持ち帰ることであった．アトラスと取引して取ってもらった説と，守護の大蛇ラドンを殺して取った説とがある．

8 **Atalanta** ［ギ神］アタランタ．足が速く狩猟に長じた少女．彼女との競走に負けた求婚者はみな殺されたが，ヒッポメネスはアフロディーテからもらった黄金のりんご3個を競走中に次々に落として彼女に拾わせる作戦で勝ち，結婚した．

ヘラクレス，アタランタ両神話は *The Faerie Queene* Book 2, Canto 7, Verse 54 でも言及されている．

> Their fruit were golden apples glistening bright,
> That goodly was their glory to behold,
> On earth like neuer grew, ne liuing wight
> Like euer saw, but they from hence were sold;
> For those, which *Hercules* with conquest bold
> Got from great *Atlas* daughters, hence began,
> And planted there, did bring forth fruit of gold;
> And those with which th'Eubæan; young man wan
> Swift *Atalanta*, when through craft he her out ran.

ニコラ・コロムベル作『アタランタとヒッポメネス』
（リヒテンシュタイン美術館）

9   **Exceeding**   (ad.) = Exceedingly.
    void of sinful vice   11 行目の "brought from Paradise" とともに，アダムとイヴが食べて原罪を犯した禁断の果実への言及．
11 **paradise**   この語と次行の "his garden" の 2 語は同じ意を表すこともあるが，後者に 'his' が付されることによって，聖なる楽園と世俗の楽園としての両者の違い，またそれらにおける 'apple(s)' の違いが明確に示される．
14 = the guests (were) my thoughts ...   13 行目と同じ構文．詩人が想いを寄せる女性あるいは幻に抱くさまざまな想いを 'thoughts' の複数形が示している．
    which   = who   初期近代英語では先行詞が人，物にかかわらず which を使うことが多い．
    would ... have fed   食べられればよかったのだができなかった．

　最後の 2 行に至ってようやく，前の 12 行が彼女の胸の比喩であったことがわかる．1 行目の "it" は彼女の胸を指し，synecdoche（提喩）である．この行と最後の 2 行で全体の枠構造をなす．"ivory"(2) は女性の白い胸の表現としての convention（常套表現）．"junkets"(3) は，凝乳の白さを示唆すると同時に，上記 "goodly" の注釈 2 の意がより意識され，その馳走の中で "Two apples"(6) は彼女の乳房を意味する．聖書における楽園追放の逸話から 'apple' が表象する「禁断の果実」が，愛の「歓びの果実」(Sweet fruit of pleasure)(11) となっているところが妙である．"Two golden apples" を載せている皿が "silver"(5) であるのは，女性の胸が "golden" に輝くのに加え，純潔の女神，アルテミス（ディアナ）への連想が考えられる．また，銀器は高貴な食卓の象徴でもある．
　これらの比喩はオウィディウスなどラテンからの伝統を引き継ぎ，当時のイタリア，イギリスで流行した．イタリアでは叙事詩人タッソー (1544-95) や神話蒐集編纂者・詩人ナタリー・コメス (1520-1582) が好んで用い，Spenser には彼らの影響も見られる．
　さらに食卓のイメージはイヴが天使ラファエロに供するものとして Milton の *Paradise Lost* (Bk.V, 321-360) に描かれるが，それは原罪に繋がるものであり，甘美ながら本詩とは対照的である．
　脚韻は abab / cdcd / dede / ff で，イギリス形式．"lie"，"by" の [ai] 音は前 4 連句の [i] 音の変形とも考えられ，abab / b'cb'c / cdcd / ee と，より厳密にイギリス形式と言える．
　各 4 連句で，食卓，ギリシア・ローマ神話にも登場したりんご，エデンの園のりんごから愛のりんごと，発展し，最後の 2 行連句で，りんごの正体の種明かしがなされる．このように意味上の構成も形式上の構成と緊密に繋がっている．

Sir Walter Ralegh (?1552-1618)

　イギリスの宮廷人，探検家，文人．その名前の綴りは数多く伝えられ，本人もさまざまな綴りでサインしているが，現在よく使われる Raleigh は一度も使っていない．
　オックスフォード大学オーリエル・コレッジに学ぶが，学位を取らずに去り，ミドル・テンプル法学院に入学．母方の伯母がエリザベス1世の王女時代の侍女で，女王時代の寝室係でもあった縁で宮廷に参内するようになり，義兄ハンフリー・ギルバートの仲立ちでフランシス・ウォルシンガム卿*やレスター伯ロバート・ダドリー*と知己になる．ギルバートが得た特許のもと，Ralegh も自分の船で「遠方の異教の野蛮な地」探検の旅に出る．帰国後，オックスフォード伯エドワード・ド・ヴィア*やその他カトリックのサークルに出入りし，国教徒の Sir Philip Sidney (p.92) のサークルと対峙したこともあった．
　1580年，反乱鎮圧のためアイルランドに派遣され，アイルランド支持のイタリアやスペインの軍とも戦い勝利を収める．スメリックでのスペイン傭兵虐殺で指揮を執ったのも Ralegh であった（p.61地図参照）．帰国後エリザベス女王の寵愛を得，騎士長となって宮廷人としての華々しい人生を歩み，女王に捧げる詩を書く．なかでも 'Farewell false love' は宮廷内のサークルで広く回覧された．女王お気に入りの宮殿ダラム・プレイスを下賜され，さらにワイン取引特許も得，1585年にはガーター勲爵位(p.5)を授かり，順風満帆のように見えた．
　ギルバートの死後，自ら得た特許で，北アメリカへの探検，植民を目指した船は，ローノックへの上陸に成功するが，指揮官グレンヴィルの統率放棄により隊員の全滅に終わった．その地を処女王エリザベスに捧げて Virginia と名づけるが，Ralegh 自身はこの地を踏むことはなかった．1595年黄金を求めてギアナ，続いて翌年にはカディス，さらにその翌年にはアゾーレス諸島へと赴く（p.78地図参照）．その頃，若いエセックス伯ロバート・デヴルー*の台頭により，女王の寵愛はエセックス伯へと移り，加えて女王の側

近の侍女エリザベス・スロックモートンとの秘密恋愛と結婚は女王の不興を招き，一時ロンドン塔に送られる．

　エリザベス1世の死後，ジェームズ1世にも受け容れられず，スペインの圧力もあって，反逆罪で2度投獄されるが，再び黄金を求めるオリノコ川流域遠征を認められ釈放される．しかし，同じく黄金を求めるスペインの遠征軍との戦いは惨敗のうえ，次男の戦死という悲惨な結末を迎えた．結局，彼が生涯をかけた黄金郷への探検は成功せず，さらなる投獄の後1618年ついに処刑される．王がスペインの圧力に屈した結果であるといわれている．

　Raleghは，宮廷人，探検家であると同時に，文人であった．航海術の指南役としてのトマス・ハリオット*，そのパトロン，ノーサンバーランド伯ヘンリー・パーシー*，劇作家にして詩人のMarlowe (p.120)やChapman (p.119)等と交わって，ジョルダーノ・ブルーノ*に深い関心を示し，霊魂論，懐疑論など哲学論攷を著した．新科学へも関心を向けた思想ゆえに，無神論の嫌疑をかけられもした．ジェームズ1世の長男ヘンリー王子*は，彼らと親交を結び，新しい学問を学んだ．

　詩人としてのRaleghは宮廷詩人で，'Epitaph of Sir Philip Sidney' やSpenser (p.53)の The Faerie Queene への献詩のソネット 'To the right noble and valorous knight'，あるいはエリザベス女王に捧げる恋愛詩などを書いたが，概して感情が露に表現されている．また，その真正性や執筆時期の不確かなものが多く，マニュスクリプトの残っているものも僅かである．散文には遠征紀行 A Report of the Fight about the Isles of the Azores (1591)，The Discovery of Guiana (1596)の他，政治論や哲学論攷がある．しかし特筆すべきは獄中で著した The History of the World (1614)で，そもそもヘンリー王子*のために書き始められたと言われている．この書は，エジプト，ギリシアの古代から，聖書世界も含め，168B.C.年までを扱い，序文に「塵にまみれつつも今なお尊ぶ，陛下への忠誠を」（右頁テクストの下線部）と記されている．

Ralegh が収監されていた居室
(Tower of London の Bloody Tower 内
ここで The History of the World を書いた．)

The History of the World タイトル・ページ

The Preface.

For my selfe, if I haue in any thing serued my Country, and prised it before my priuate : the generall acceptation can yeeld me no other profit at this time, than doth a faire sunshine day to a Sea-man after shipwrack; and the contrary no other harme than an outragious tempest after the port attained. I know that I lost the loue of many, for my fidelity towardes Her, whom I must still honor in the dust ; though further than the defence of Her excellent p̃rson, I neuer persequuted any man. Of those that did it, and by what deuice they did it : He that is the Supreame Iudge of all the world, hath taken the accompt ; so as for this kind of suffering, I must say with Seneca, Mala opinio, benè parta, delectat.

『同』「序文」p.A^v

トマス・ハリオット (**Thomas Harriot**, 1560-1621)　イギリスの数学者，天文学者，航海術研究者，哲学者．1609年7月，ガリレオに先立ち，世界初の自作望遠鏡による天体観測（月，木星，太陽黒点）を行った．

ノーサンバーランド伯ヘンリー・パーシー (**Henry Percy, the Ninth Earl of Northunberland**, 1564-1632)　文学や科学，また占星術や錬金術にも深い関心をもっていた宮廷人で，のち 'the Wizard Earl' と呼ばれた．Gun Powder Plot では嫌疑をかけられもした．

ジョルダーノ・ブルーノ (**Giordano Bruno**, 1548?-1600)　イタリアの聖職者にして哲学者．原子論や地動説を支持した．異端審問により火刑に処せられた．

'Henricus Prinseps Fecit'
Thomas Harriot の Henry のための数学ノート

ヘンリー王子 (**Prince Henry**, 1594-1612) スコットランド王ジェームズ6世（イングランド王ジェームズ1世）の長男．文武に優れ，高邁な道徳精神をもった，プロテスタントの王子．Ralegh のもと，Harriot (p.76) の指南で数学・航海術を，Chapman (p.119) の指導でギリシア語や文学を学んだ．Chapman はホメロスの『イーリアス』全12巻の翻訳 (p.121) を王子に捧げている．不安定なスチュアート王朝にあって，国民の期待を集めていたが，腸チフスで夭逝．多くの詩人たちがその死を嘆いてエレジーを捧げた．

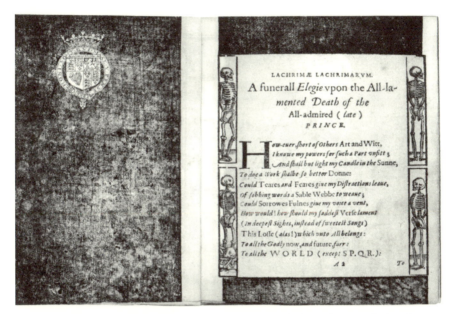

Lachrimae Lachrimarum or The Distillation of Teares Shede For the untymeley Death of The incomparable Prince parareptvs (by Josuah Sylvester, 1613)
（Sylvester に関しては p.199 参照）

この頁の図版すべて，および，前頁の 'Henricus Prinseps Fecit' は，National Portrait Gallery, London での展覧会 'The Lost Prince, The Life and Death of Henry Stuart,' 2013 の図録より

エリザベス1世の廷臣たち

ウィリアム・セシル (William Cecil, First Baron of Burghley, 1520-98) エドワード6世の叔父で摂政のサマセット公エドワード・シーモアの秘書，後摂政．サマセット公処刑の年に男爵位，ガーター勲爵位 (p.5) を受ける．エドワード6世の死に際しては，ジェーン・グレイ（ヘンリー8世の妹メアリ・テューダーの孫，10日間だけ王位についた．その擁立派旗頭はジョン・ダドリー）ではなく，メアリー1世擁立の立場をとったが，プロテスタントゆえに，カトリックのメアリーの統治下では公の場に出ることを許されなかった．1558年，エリザベス1世の即位に伴い，国務大臣に任命される．71年，男爵位を受ける．中道政策を堅持してエリザベス治世を支える．

フランシス・ウォルシンガム卿 (Sir Francis Walsingham, 1532-90)
エリザベス1世治世下の政治家．女王のスパイ・マスターとして知られる．ウィリアム・セシルの支援を受けて下院議員となり，リドルフィ事件（スコットランド女王メアリー・ステュアートによるとされるエリザベス女王暗殺の陰謀）を暴き出す．フランス大使としてユグノー支援．国務大臣 (Chief Secretary) を経て，1576年から亡くなるまで，王璽尚書 (Lord Privy Seal) の地位にあった．

セシルと密接に連携して対スペイン戦への備えをし，スコットランドにジェームズ6世を訪ね，イングランド王即位への布石をなした．一方，エリザベス女王暗殺を企てたバビントン事件 (1586) では，ウォルシンガムの画策の結果，メアリー・ステュアートが事件への関与の咎で処刑された (1587)．

レスター伯，ロバート・ダドリー (Robert Dudley, First Earl of Leicester, 1532?-88)
「反逆者3代目」(A born traitor in the third generation) と呼ばれる．それは，祖父が，ヘンリー7世に仕え，ヘンリー8世に処刑されたエドマンド・ダドリーであり，父は，1553年，エドワード6世死去に伴うジェーン・グレイ即位画策の罪で逮捕，処刑されたジョン・ダドリーだからである．父親の逮捕の際，母，兄弟らとともに逮捕され，ロンドン塔に幽閉された．幽閉の間に，メアリー1世によってロンドン塔へ送られ，若き王女エリザベスと再会．エリザベスの即位後，主馬頭 (Master of the Horse) に取り立てられて女王の寵臣となり，63年にはレスター伯爵位を授けられる．女性関係の噂は多く，それに関わって何人かを殺害したという説もある．

1585年，オランダ遠征に参加するも，本国からの援助は少なく，帰国後の宮廷では既に義理の息子ロバート・デヴルーが女王の寵臣となっていた．1588年，スペインとのアルマダの海戦の直後に急死．女王はその死を深く悼んだと言われる．

オックスフォード伯エドワード・ド・ヴィア (**Edward de Vere, Seventeenth Earl of Oxford**, 1550-1604)　エリザベス1世時代のイングランドの貴族（廷臣），文人．ウィリアム・セシルに仕え，そのもとでフランス語・ラテン語・天文学・絵画・舞踊・乗馬などを身につける．セシルの娘と結婚．女王による大陸派遣後，裁判制度にイタリアの方式を導入した．

ブラックフライアーズ座をはじめ劇団や詩人，芸人の保護者．詩集 *The Paradise of Dainty Devises*(1576-1606) に8篇の詩が収められている．シェイクスピア作品の原作者に擬せられたこともある．従来彼だとされていた肖像画が，2009年，シェイクスピアであると確証を得，公開されて話題を呼んだ．映画 *Anonymous*（邦題『もうひとりのシェイクスピア』2012年日本公開）は，彼をシェイクスピア作品の真作者とするものである．

2009年発見のShakespeareの肖像画
（それまでオックスフォード伯エドワード・ド・ヴィアの
肖像とされていた．）

ロバート・セシル (**Robert Cecil, First Earl of Salisbury, First Viscount of Cranbone**, 1563-1612)　ウィリアム・セシルの次男．エリザベス1世の宰相 (secretary of state) を務め，後継者ジェームズ1世の下でも閣僚 (privy councilor) として仕えた．

ウォルシンガムの死後は，スパイ・マスターの任務を引き継いで暗躍．子どもがいなかったエリザベス1世の死後，後継者問題が混乱しなかったのは，セシル親子の功績と言われる．一方，ジェームズ1世のイングランド王即位後1605年の，王暗殺未遂事件の火薬陰謀事件 (Gunpowder Plot) に関わったともされる．

エセックス伯ロバート・デヴルー (**Robert Devereux, Second Earl of Essex**, 1566-1601)

　10歳のとき，父親死去の後，母はレスター伯ロバート・ダドリーと再婚．ダドリーが父親との説もある．妻は，ウォルシンガムの娘でSir Philip Sidneyの未亡人フランサス・ウォルシンガム．Earl of LeicesterとSir Philip Sidney (p.92)の築いた，英国国教会に依拠する政治的・文化的パトロンのサロンに属する宮廷人．エリザベス女王の寵臣．ダドリーの死後，主馬頭となり，数々の戦争に参加．しかし，好戦的なエセックスは，戦争を避けようとするエリザベスやウィリアムとロバートのセシル親子と対立した．1599年，アイルランド総督 (Lord Lieutenant of Ireland) に就任してからは，アイルランド反乱軍に次々と敗戦し，女王の許可なく屈辱的な休戦を受け容れ，命を待たずに帰国．その寵愛を失った挙句，1601年，反逆罪に問われ処刑された．

レスター伯ロバート・ダドリー

ウォルター・ローリー

エリザベス1世

エセックス伯ロバート・デヴルー

エリザベス1世と寵臣たち

Sir Walter Ralegh to his son

Three things there be that prosper up apace
And flourish, whilst they grow asunder far,
But on a day they meet all in one place
And when they meet they one another mar,
And they be these: the wood, the weed, the wag.　　　5
The wood is that which makes the gallow-tree,
The weed is that which strings the hangman's bag,
The wag, my pretty knave, betokeneth thee.
Mark well, dear boy, whilst these assemble not,
Green springs the tree, hemp grows, the wag is wild,　　　10
But when they meet it makes the timber rot,
It frets the halter and it chokes the child.
    Then bless thee, and beware, and let us pray
    We part not with thee at this meeting day.

ウォルター・ローリー卿から息子へ

三つのものがあろう,歩調をあわせて繁り
栄え,それでも成長すれば離れ離れになり,
ある日一つの処で皆出会う.
だが出会えば互いに傷つけあう,
それは――木,草,腕白坊主.
木は絞首台をなし,
草は絞首刑吏の金袋の紐を締め,
腕白坊主とは,かわいいやんちゃ坊主,お前のこと.
よく注意しなさい,愛しい息子,三者があいまみえぬ時は,
木は緑に萌え立ち,麻は育ち,やんちゃ坊主は飛び跳ねる.
だがこれらが出会えば,木材を腐らせ,
綱を蝕み,子供を窒息させる.
　ゆえに神の恵みを頼み,自らも気をつけよ,そして我らも祈ろう
　三者あいまみえるこの日にお前と別れることなきよう.

残っている4手稿のうち 'Sir Walter Ralegh to his Son'（スペリングはさまざま）のタイトルがついているのは，ボードリアンとフォルジァ所蔵の2つのみである．

Raleghの詩は，ほとんどが作詩の時期が不明で，その歴史的，伝記的編集の試みも為されているが，定かなところはわからない．本詩の "his son" についても，秘密恋愛中に妊娠し，結婚間もなく生まれた長男Damereiという説，およびRalegh最後のギアナ遠征で戦死した次男 Walter (Wat) という説の2説がある．父親の処刑に幼くして母親とともに立ち会った三男Carewとも読める．Damereiは洗礼の記録はあるが，その後1年を経ずして一切の記録からその名が消える．死亡したと考えられもするが，真相は不明．Raleghが長男に会ったのは，生まれて間もないこの息子を連れて，妻が実家から戻ったときにただ一度だけだという．Raleghには二人の息子がいたと記す伝記も多い．

本詩は，直接特定の息子に語りかけるのではなく，自分の運命を予感して息子たちへの思いを歌った詩とも，後に残される息子に語りかける，死の直前の，辞世の詩に近い一篇とも読める．

5 **they be these** 冒頭の "Three things" が，最初の2行で "prosper up apace" し，"flourish" することから，ここでは若さと生命を彷彿とさせる緑の樹や草が，まず想起される．しかし，次行以下でそれらが処刑用具と息子であることが解り，意味が重くなる．

 wag A mischievous boy; in wider application, a youth, a young man, a 'fellow', 'chap'. *Obs*.

6 **gallow-tree** = gallows．2本杭に横木を渡した絞首刑台．

7 **strings** < string 1. To bind, tie, fasten, or secure with a string or strings. 2. To hang, kill by hanging. 絞首刑執行人は絞首索を切って処刑執行することにより，金を稼いで金袋の口の紐を締める．

 bag = Money-bag, purse. この語については "used as a hood for the victim" と注記している研究者もあり，興味深い解釈と考えられるが，*OED* にこの定義はない．Raleghの処刑は斬首刑であったことからの解釈と思われる．が，実際には頭に頭巾は被らずに刑に臨んでいる．

8 **knave** A male child, a boy. *Obs*.

 betokeneth = betokens < betoken To signify, mean. *Obs*.

9 **Mark** To notice or keep eye upon, to observe. Now *poet*.

10 **hemp** 「麻」．絞首索に使われた．しかし，"wood" と一緒にならなければ，"grow" し育ちゆく緑の草であり，この "hemp" と出会わなければ，"wood" もまた "springs" し伸びゆく樹であることが，再び繰り返される．

 wild Acting or moving freely without restraint; going at one's own will; unconfined, unrestricted.

12　**halter**　後の "chokes" と共に絞首刑を示す "wood", "weed", "hemp" の縁語.
14　**this meeting day**　"wood", "weed", "wag" の三者が出会う日,すなわち処刑の日.実際のその日と考えると,息子に会うことの許された日で,"the wag" は母親と共に Ralegh を見送った三男になる.

　頭韻 (alliteration) を踏む "the <u>w</u>ood, the <u>w</u>eed, the <u>w</u>ag"(5) によって,絞首台と絞首索が揃い処刑が執行されるときになって息子に会うことができるという皮肉と,それゆえに息子に寄せる父としての Ralegh の想いに,読者の注意が引き寄せられる.また "the <u>w</u>ag is <u>w</u>ild"(10) と "it <u>ch</u>okes the <u>ch</u>ild"(12) の頭韻で,やんちゃで元気なのが本来の姿である息子が,父親の処刑で生気を失うこと,自分の運命と共に息子たちにも迫った死の運命を悲しむ父 Ralegh の嘆きと,彼らの生への祈りが表現される.

　3, 4 行目の "they meet" が 11 行目で繰り返され,最終行の "this meeting day" へと収約していく.また 5, 6, 7 各行の終わりの語 "<u>wag</u>","<u>thee</u>","<u>bag</u>" の音が次行冒頭の "<u>w</u>ood","<u>w</u>eed","<u>w</u>ag" と続いていき,ここでもさらにそれぞれが [w] 音を語頭にもって響きあい絞首台を形成する.

　脚韻は abab / cdcd / efef / gg でイギリス形式.後半は "<u>not</u>" / "<u>wild</u>" また "<u>rot</u>" / "<u>child</u>" と押韻して "wild" であるはずの "child" が,"not"(そうではなく)になり "rot" していく,という第 3 の 4 行連句を受け,最後の 2 行連句で "<u>pray</u>" / "<u>day</u>" と押韻して,この最後の "day" にみんなで "pray" しようと静かにしかもきっぱりと終わる.イギリス形式が見事に功を奏している例と言えよう.

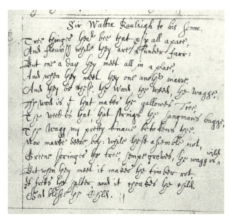
Ralegh による手稿
(ボードリアン図書館,MS Bodl. Marone 130ᵛ)

息子 Walter との肖像画
(モンタキュート・ハウス)

Fulke Greville, Lord Brooke (1554-1628)

イギリスの詩人,政治家.ウォリクシァの裕福な家庭に生まれる.Sir Philip Sidney (p.92) と同年にシュルーズベリー校に入学,2人は親友となる.ケンブリッジ大学ジーザス・コレッジに学び,Sidney の父親から職を提供されるも断り,彼と共にエリザベス女王の宮廷に入る道を選ぶ.Spenser (p.53) や Sidney らのサークルに仲間入りするが,そこには Dyer (p.55),Daniel (p.180),Sir Francis Bacon (p.107) などが所属していた.

Sir Francis Drake の率いる西インド諸島探検にも,レスター伯のネーデルランド戦役にも,女王の許可が下りず参加できなかった.女王の許可を得て戦役に同行した Sidney は 1580 年に戦死.その死をいたく悲しんでエレジー (1593) を書き,アンソロジー *The Phoenix Nest* (1593) に,'Another the same. (Ralegh 作とされる 'An Epitaph vpon the right Honorable sir Philip Sidney knight: Lord gouernor of Flushing' の後に収められたので,「同じ内容」の意味) Excellently written by a most worthy Gentleman.' として収められた.そののち 1610 年から 14 年頃には,後世広く知られることになった伝記 *The Life of the Renowned Sir Philip Sidney* (1652) を執筆した.

ウォリクシァ議会議員を皮切りに,エリザベス 1 世,ジェームズ 1 世のもと,海軍の財務係 (Treasurer of the Navy) (1589-1604),財務長官 (Chanceller of the Exchequer) (1614-22) と,政治家として華々しい経歴を築いた.1597 年にはエリザベスから勲爵位を与えられ,1621 年にはジェームズ 1 世が Baron Brooke を彼のために設け,ノウル・パークとウォリク城を与えた.

1628 年,Greville は下僕によって刺殺され,下僕は同じナイフで自殺した.ウォリクの聖マリア教会に葬られたが,'FVLKE GREVILL, SERVANT TO QUEENE ELIZABETH, CONCELLER TO KING JAMES, AND FREND TO SIR PHILIP SIDNEY, TROPHAEUM PECCATI.' の墓碑銘は彼自身によるものであった.

Greville の詩作品は,アンソロジー所収のごく僅かを除いては死後出版

で，1633年，*Certain Learned and Elegant Works* が出された．哲学的な詩論 *A Treatie of Humane Learning* も続いて出版された．ソネット・シークエンス *Caelica*，悲劇 *Alaham* と既出版の *Mustapher* (1609) を含む1633年の詩集では，彼が恋愛詩のみならず，政治詩，宗教詩にも関心を広げていたことが窺われる．エリザベス朝風の詩や形而上詩がもてはやされた時代にあって，彼の 'plain style' は必ずしも名声を博さなかったが，評価する詩人たちもいた．20世紀には C. S. Lewis が特に高く評価した．

St. Mary's Church

Greville の墓　上部の回りに墓碑銘（前頁）が刻まれている．

墓碑銘の一部 'CONCELLER TO KING' の文字が見える．

（許可を得て撮影・掲載）

'Satan, no woman, yet a wandering spirit'

Satan, no woman, yet a wandering spirit,
When he saw ships sail two ways with one wind,
Of sailor's trade he hell did disinherit:
The Devil himself loves not a half-fast mind.

The satyr when he saw the shepherd blow
To warm his hands, and make his pottage cool,
Manhood forswears, and half a beast did know
Nature with double breath is put to school.

Cupid doth head his shafts in women's faces,
Where smiles and tears dwell ever near together,
Where all the arts of change give passion graces.
While these clouds threaten, who fears not the weather?
   Sailors and satyrs, Cupid's knights, and I,
   Fear women that swear, Nay; and know they lie.

「サタン，女にあらず，彷徨う魂なり」

サタン，女にあらず，彷徨う魂なり，
一つの風で二方向に船が帆走するのを見たとき，
地獄から水夫たちの取引権を奪った．
悪魔すら，半分しか定かならぬ心は愛さないのだ．

サテュロスは，羊飼いが息を吹きかけて
自分の手を暖めもし，スープを冷ましもするのを見たとき，
人間の半身をきっぱり否定する．半獣の身は知った
二つの息をもつ本性は教育されるべきと．

キューピッドは矢を女たちの顔に向ける，
そこは笑みと涙が常に相近く存するところ，
あらゆる変化の術が，感情に魅力を与えるところ，
そんな雲が脅かせば，天候を恐れない者がいようか．
　水夫たちもサテュロスも，キューピッドの騎士たち，そして僕も，
　「否」と誓う女たちを恐れ，そのくせ知っている，彼らが嘘つきだと．

Caelica 21 番.

Caelica は 'heavenly'（ラテン語の Caelum (heaven) から）を意味する女性の名前．Sir Philip Sidney の *Astrophel and Stella*（'stella' はラテン語で「星」）にも見られるように，ソネット・シークエンスでは愛する女性を天体や天なるもので呼ぶ例が多い．

2-4　この逸話の出典は不明．
 3　= he disinherited hell of sailor's trade
　　disinherit　To deprive or dispossess of an inheritance; to cut off from an hereditary right. Constantly of. *Obs*.
 4　**half-fast**　Half-tight. 一方向の風を受けながら二方向に帆走するような，つまり心が定まらないような様．Warwick MS. では 'half-faced'.
5-8　冷たい手を温めるためにも，熱いスープを冷ますためにも，同じ息を吹きかける．二心ある口を信用するわけにはいかないとサテュロスが客人を追い出す，というイソップ物語を下敷きにしている．Greville は Caxton の *Fables of Esope* (1483) に基づいたと思われる．Geffrey Whitney の *A Choice of Emblems and Other Devises* (1586) にも依拠したかもしれない．
 5　**satyr**　[ギ神] サテュロス．ディオニュソスの従者で半人半獣の森の神の一人．酒と女が大好き．ローマ神話のファウヌス (faun).
 7　**Manhood forswears**　= forswears Manhood　主語は "The satyr" (5). 現在形であることには違和感はあるが，事実，真理を表すと解する．
　　Manhood　The state or condition of being human; human nature.
　　forswears < forswear　To deny or repudiate on oath or with strong asseveration. To abandon or renounce on oath or in a manner deemed irrevocable.
 8　**breath**　1. The faculty or action of breathing, respiration, hence, breathing existence, spirit, life. 2. Wind. 3. *Transf.* Whisper, utterance, articulate sound, speech, judgment or will expressed in words. ここでは1の意で，"double breath" は人間と獣の2つの生命を備えていること．2と3の意も暗に含み，最初の4行の逸話と関わる．同じ [b] 音で始まる "blow"(5) とも響きあって，生の在り方もその行為も二重性をもつことを示す．さらに3の意味では最後の1行に繋がり，巧妙に使われた1語である．
　　put to school　To subject to teaching; often, to presume to correct (one's superior). "Nature . . . is put to school" の現在形は，真理を表す．
 9　**shafts** < shaft　An arrow.
11　**graces** < grace　An attractive or pleasing quality or feature, attractiveness, charm.
13　**Cupid's knights**　愛神キューピッドに仕える者たち，すなわち恋する者たち．
14　**swear**　To promise or undertake something by oath. "Nay" と否定の内容を "swear"

しているところが妙．7行目の "forswear" と対をなして，誓って否定したり，否定を誓ったり，その誓いが偽りであったりと何重にも偽りが強められて表現される．

第1，第2の4行連句の逸話で，女性の二心に言及している．「二」を表す "two"(2)，"double"(8)，「半分」を表す "half"(4, 7) の繰り返しがその表現を支える．

全体にわたって，"woman / women" の語を基調に [w] 音の頭韻 (alliteration) が響いている．"woman"(1)，"wandering"(1)，"ways"(2)，"wind"(2)，"when"(5)，"warm"(6)，"women's"(9)，"Where"(10)，"Where"(11)，"While"(12)，"weather"(12)，"women"(14) と，女性の不確かさに言及する言葉が一つの音で繋ぎ合わされ，詩全体の意味を表象する．

A Satyre, and his hoſte, in mid of winters rage,
At night, did hye them to the fire, the could for to aſſwage.
The man with could that quak'd, vpon his handes did blowe:
Which thinge the Satyre marked well; and crau'd the cauſe to knowe.
Who anſwere made, herewith my fingers I doe heate:
At lengthe when ſupper time was come, and bothe ſat downe to eate;
He likewiſe blewe his brothe, he tooke out of the potte:
Being likewiſe aſked why: (quoth hee) bicauſe it is to whotte.
To which the Satyre ſpake, and blow'ſt thou whotte, and coulde?
Hereafter, with ſuch double mouthes, I will no frendſhip houlde.
Which warneth all, to ſhonne a double tonged mate:
And let them neither ſuppe, nor dine, nor come within thy gate.

Ars de-

Geffrey Whitney, *A Choice of Emblems and Other Devises*

Sir Philip Sidney (1554-1586)

　イギリスの詩人・軍人・政治家. アイルランド女王代理総督であったヘンリー・シドニー卿の長男として, ケント州ペンズハーストに生まれる. シュルーズベリー校（ここでできた友人 Greville (p.86) が後に彼の伝記を書く）からオックスフォード大学クライスト・チャーチ・コレッジに進むが中退し, 大陸旅行*（グランド・ツアー）に出る. フランスでは聖バーソロミューの虐殺事件* に遭遇し, その後ドイツを経て, イタリア・ルネサンスを体験し, ポーランド, オーストリアも訪問. 帰国後, エリザベス女王の寵臣レスター伯 (p.79) の甥として「宮廷の華」と謳われ, 政治, 文化両面において内外で活躍したが, 爵位を授けられたのは, ようやく1582年のことであった. 同年, フランシス・ウォルシンガム卿 (p.79) の一人娘と結婚. カトリックの大国スペインとの戦いで, オランダ解放のため, 叔父レスター伯を総大将として戦役に赴くが, その地で流れ弾に当たって負傷し死去. 死に際しても, 水を一兵士に譲ったという逸話が伝記に記され, よく知られることとなった. Spenser (p.53) の 'Astrophel' や, Drayton (p.187) の *Idea: the Shepheard's Garland* (1593) に所収のものを初め数多くの哀悼詩が書かれ, Sidney の存在は一つの理想像として, W. B. Yeats* に至るまで深い印象を残している.

　彼の作品は, 生前手稿の形で回覧に付され, 出版は死後である. 牧歌風ロマンス *Arcadia* (1590) は, 妹であるペンブルック伯夫人のために書かれたものだが, 一世を風靡して, 独・仏語に翻訳もされ, 近代小説以前の散文恋愛物語として影響も大きかった. エリザベス朝のソネット・シークエンスの初期の作品, *Astrophel and Stella* (1591) は本書で取り上げたものである. Stephen Gosson* の *The School of Abuse* (1579) に対する文学論争の形で書かれたのが, *An Apologie for Poetrie* (1595) で, 同年 *The Defence of Poesie* のタイトルでも出版された. これは, イギリスで初めての本格的詩論と見做されている. 詩の性質, 詩の分類, 詩の歴史から説き始め, 詩が哲学や歴史より徳の教育に優れているとして, 詩人の想像力を擁護する. また悲劇・喜劇の

守るべき原則や，韻律法といった技巧にも触れている．Chaucer (p.6) 以降の英詩の貧困を古典主義の立場から批判するが，大陸の文学に対抗して，英語でも重大な作品が書かれうるといった予言的発言もしている．優雅なその文体，明晰さ，分析力なども高く評価されている．

Penshurst Place

同上 The Baron's Hall

同上果樹園

The Life of the Renowned Sir Philip Sidney
(by Fulke Greville, 1562)
タイトル・ページ
（Greville に関しては p.86 参照）

ケンブリッジ大学メンバーによる
Sir Philip Sidney 追悼詩集 (p.45) タイトル・ページ

St. Paul's Cathedral のクリュプトにある Old Church に埋葬された人物名のプラークの1枚（⇒の箇所に Sir Philip Sidney 1586 と記されている）と，Sir Philip Sidney の肖像（Old Church に埋葬されたと記録にあるが，その場所は特定できない）．（寺院から許可を得て撮影・掲載．）

> Epitaph on Sir Philip-Sidney lying in
> St. Paul's without a Monument, to be
> Fastned upon the Church door.
>
> Reader,
>
> Within this Church Sir Philip Sidney lies,
>
> Nor is it fit that I should more acquaint,
>
> Left superstition rise,
>
> And Men adore,
>
> Souldiers, their Martyr; Lovers, their Saint.

Edward, Lord Herbert of Cherbury (p.284) による墓碑銘の詩

Sir Philip Sidney の家系図

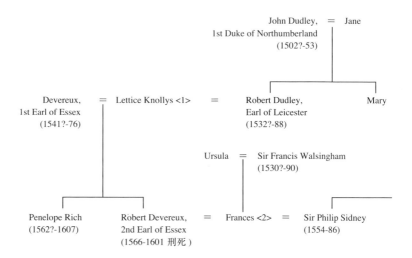

<1> レスター伯ロバート・ダドリー (p.79) の妻 Lettice Knollys は元初代エセックス伯爵夫人．反逆罪で処刑された第 2 代エセックス伯及びその姉ペネロペの母親．ペネロペは Sidney 作 *Astrophel and Stella* で 'Stella' と慕われた女性．リッチ卿と結婚するが，離別し，マウントジョイ卿 (p.181) と再婚を図ったが，国王の許可は得られなかった．

<2> 夫 Sidney の死後，第 2 代エセックス伯 (p.81) と再婚．

<3> 10 人の子供 (男 2，女 8) を出産．長男は未婚のまま死去．二男が第 2 代レスター伯を継ぐ．

<4> 文学サロンのパトロネスとなり，そのサロンには，Edmund Spenser (p.53), Michael Drayton (p.187), Sir John Davies (p.254), Samuel Daniel (p.180) などが集ったといわれる．

<5> Mary Wroth (p. 308)

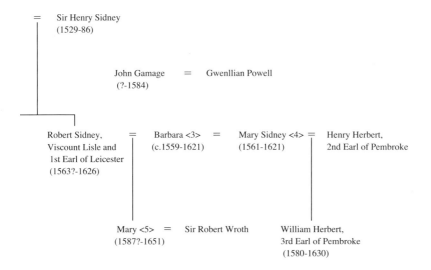

聖バーソロミューの虐殺事件 (1572)　カトリック優勢のフランスで，中産市民層を中心に人口の約1割を占めた新教徒（ユグノー）は侮りがたい勢力を持ち，宗教的紛争は絶えず，ユグノー戦争 (1562-98) と呼ばれた．特に，カトリーヌ・ド・メディチにより聖（セント）バーソロミュー（フランス語ではサン・バルテルミー）の祭日に新教徒が大虐殺され，内乱は激化し，ナントの勅令 (1598) により，新教徒にも信仰の自由が認められるに及んでようやく終結が訪れた．

大陸旅行（グランド・ツアー）　イギリスの上流家庭の子弟に，その教育の仕上げとして行なわせた欧州大陸巡遊旅行のこと．フランス，スイス，イタリアからドイツを経て帰路に就くという道順であった．

W(illiam) B(utler) Yeats (1865-1939)　アイルランドの詩人，劇作家．著名な画家である父の影響を受け，絵画を学ぶが，やがて詩人の道を志す．ロンドンで世紀末詩人との交友があり，また，美術学校時代に始まったオカルティズム，神秘主義，心霊術への関心もこの時期にさらに深まった．1889年に出会った Maud Gonne には以後10数年にわたって熱烈な思いを捧げる．この恋は実らなかったが，彼女が祖国アイルランドの民族自決主義運動家であったため，Yeats も政治的活動に巻き込まれてゆく．この現実主義と上記神秘的ロマン主義の相克が彼のテーマであった．上院議員をつとめ (1922-28)，ノーベル文学賞受賞．

Stephen Gosson (1554-1624)　イギリスの劇作家，批評家のち牧師．*The School of Abuse, containing a pleasant invective against poets, pipers, players, jesters and such-like caterpillars of a commonwealth* (1579) において，自身清教徒ではないが，清教徒の偏狭な道徳の立場から，芸術全般の背徳性を攻撃した．なお，Sidney に献呈されているが，当の本人のあずかり知らぬことであった．

Astrophel and Stella　Sidney の代表作で、アストロフェルがステラをめぐる思いを描き、Songs を含め、108 篇にまとめたソネット・シークエンス。

　ペトラルカの convention に倣った 3 部形式を踏襲し、彼女を讚美しその虜になるものの、拒否され情熱と理性の間で苦しみ、ついには決定的な別れが来るという形を取る。

　このように伝統に則りながら、喜劇的要素を取り込むことで、客観化を図り、より複雑で知的な構築として仕立てているところに、Sidney の独自性が見られる傑作である。

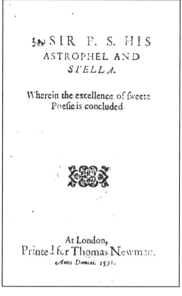

Astrophel and Stella タイトル・ページ

　Sidney の *Astrophel and Stella* では、Cupid が詩全体の流れに一つの役割を果たしている。まず、ほんの少し姿を見せた (5) あと、生まれ故郷を逃げ出し Stella の眼に宿った Cupid が、私の胸に飛び込むまでを描く (8)。その後、Stella と Cupid の関係に少し触れた (9) あと、この 11 番と次の 12 番を費やし、ステラの心が難攻不落であることを言う。ジュピター、マルスとともに (13)、またマルスとヴィーナスの物語にともに描き (17)、次は、その「弓」に軽く言及し (19)、再び全編、自分の心臓が Cupid の矢に射抜かれたことを歌い (20)、Stella の難攻不落を、今度は戦いの比喩で愛の神との関係の内に扱った (29) のち、導入部分が終わり、愛の苦悩が深まる 31 番が始まる。この後も、間にソングを挟みつつ、102 番に至るまで、Cupid は、少し姿を見せるだけだったり、呼びかけられたり、全編扱われたりしながら、Astrophel と Stella の間に絶え間なく登場し、2 人の関係の描写により深い面白みを与えていると言えよう。また、詩人と Stella とされる女性と、その夫との三者の微妙な心理的関係が、Cupid のこの複雑な錯綜した描かれ方に反映しているとみられる。あるいはそれがフィクションとしても、そのように読み取れるような書き方をしている。（文中の数字は詩の番号を指す。）

'In truth, O Love, with what a boyish kind'

In truth, O Love, with what a boyish kind
    Thou dost proceed in thy most serious ways,
    That when the heaven to thee his best displays
Yet of that best thou leav'st the best behind.
For like a child that some fair book doth find,   5
    With gilded leaves or coloured vellum plays
    Or at the most on some fine picture stays,
But never heeds the fruit of writer's mind,
    So when thou saw'st in Nature's cabinet
Stella, thou straight look'st babies in her eyes.   10
In her cheek's pit thou didst thy pitfall set
And in her breast bo-peep or couching lies,
    Playing and shining in each outward part,
    But, fool, seek'st not to get into her heart.

「まこと，ああ愛のキューピッドよ，何といかにも小僧っ子らしく」

まこと，ああ愛のキューピッドよ，何といかにも小僧っ子らしく
　　お前は実にしかつめらしく進み続けることか，
　　天がお前にその最上のものを示してくれているというのに
その最上のうちお前はそのまた最上を置いていってしまうとは．
というのもあたかも子供がなにか美しい本を見つけて，
　　金箔押しの頁や彩色の皮表紙を弄び
　　またせいぜいのところ何かきれいな絵にとどまるのみで，
書き手の精神の実りなど気にも留めないように，
　　そのようにお前が「自然」の宝庫の中にステラを見ても
お前たちまち見つけるのは彼女の眼の中の二人の赤ん坊．
彼女の頰のくぼみの中にお前は落とし穴を仕掛け
彼女の胸の中でいないいないばあをし待ち伏せし，
　　外に見えている身体の場所一つ一つで遊んだり顔を輝かせたり，
　　されど愚かなり，彼女の心に入ろうとせぬとは．

Astrophel and Stella 11 番.

1 **Love**　愛の神キューピッド．少年の姿で表わされることから，この行の "boyish" という形容が出てくる．
　　kind　The manner or way natural or proper to any one; hence, mode of action; manner, way, fashion.
2 **serious**　少年なりに "serious" なのだが，それを詩人はからかいをこめて描写している．
3 **That**　以下 2 行が，1.2 の説明となっている．
　　the heaven to thee his best displays　= the heaven displays his best to thee
　　his　前の "the heaven" を受けるが，God なので，男性扱い．
4 **of that best thou leav'st the best behind**　= thou leavest the best of that best behind 前行から続いて，3 つの "best" が出てきて，その best の程度が違う．そして最後の "<u>b</u>est" が次の語 "<u>b</u>ehind" と頭韻を踏むことから，いっそう強調される．
6 **gilded**　< gild 「金（金箔）をかぶせる，金張りする」
　　leaves　< leaf　ここでは「本の頁」を指すが，本来の意味の「葉」の意味も生きていて，"fruit" と縁語を成す．また，2 行前の "leav'st" と音が響き合う．
　　vellum　仔牛（仔羊，仔山羊）皮紙．上質の紙である．
　　With gilded leaves or coloured vellum　これほどの装飾を施されるというのは，相当価値の高い内容の書物であると考えられる．
9 **cabinet**　「飾り箪笥；収納家具，飾り棚」Cf. casket 「宝石箱」両者ともに，宝石や手紙といった貴重品を入れておくもので，それ自体にも装飾が施されている．（右図参照）

　　Nature's cabinet　自然の中のさまざまなものがずらっと展示されているイメージか．Natural history 隆盛時代の世界観を反映している．
10 **straight** (ad.)　1. In a straight direction; not obliquely; directly to a mark of object.
　　2. Immediately, without delay.「ひたと見据える」という 1 の意味も含まれようが，訳は 2 を採った．
　　babies in her eyes　Donne や Shakespeare も，作品の中でこの表現を使っているが，愛が結婚に結びつく場合，最終的には子供の誕生に至ると考えられる．最初，恋人同士が見詰め合ってお互いの両眼の中に自分の姿が小さく映っているのを認めるということがあり，この 2 つの小さい自分の姿が "babies" で，一方，赤ん坊姿のキューピッドも連想させる．また，瞳を指す語 pupil は，ward, orphan を意味するラテン語 pupillus に由来する．
11-12 = Thou didst set thy pitfall in her cheek's pit and bo-peep or couching lies in her breast

11 **pitfall** 「落とし穴」この数語前にある "pit"（えくぼ）と言葉遊びもしている．
12 **bo-peep** 「いないいないばあ」peekaboo とも言う．
    couching < couch To lie down. ベッドが連想される．bo-peep, couching lies ともに名詞．
13 **each outward part** 上記の書物の喩えで言うと "gilded leaves of coloured vellum" を指す．
14 **her heart** これも同様に "the fruit of writer's mind" を指す．

脚韻は abab / abab / cdcd / ee とイタリア形式とイギリス形式を併せた形．前半8行後半6行と切れず，文としては10行目にピリオドを置いている．

「愛」を少年キューピッドに擬人化するのは，ギリシア時代からよく使われている手法だが，読めもしない豪華本に戯れるとしたところが，この詩の狙い目．ただし，これはフランスの詩人 Saluste Du Bartas (p. 200) 作 *Semaines* の 'Premier Jour de la Première Sepmaine' から借りたものである．

> Mais, tous tels que l'enfant, qui se paist dans l'eschole,
> Pour l'estude des arts, d'un estude frivole,
> Nostre veil admire tant ses marges peinturez,
> Son cuir fleur delizé, & ses bords sur-dorez:
> Que rien il ne nous chant d'apprendre la lecture
> De ce texte disert.   (155-60)

(Sylvester (p.199) による英訳 *Divine Weeks*)

> But, as young Trewants, toying in the Schooles,
> In steed of Learning, learne to play the fooles:
> We gaze but on the Babies and the Cover,
> The gawdie Flowers, and Edges guilded-over;
> And never farther for our Lesson looke
> Within the Volume of this various Booke: (177-82)

'With how sad steps, O moon, thou climb'st the skies'

With how sad steps, O moon, thou climb'st the skies,
   How silently, and with how wan a face.
   What, may it be that even in heavenly place
That busy archer his sharp arrows tries?
Sure, if that long with love acquainted eyes   5
   Can judge of love, thou feels a lover's case.
   I read it in thy looks; thy languished grace,
To me that feel the like, thy state descries.
   Then ev'n of fellowship, O moon, tell me
Is constant love deemed there but want of wit?   10
Are beauties there as proud as here they be?
Do they above love to be loved, and yet
   Those lovers scorn whom that love doth possess?
   Do they call virtue there ungratefulness?

「おお月よ，なんと悲しげな足取りで空を昇りゆくのか」

おお月よ，なんと悲しげな足取りで空に昇りゆくのか
　なんと言葉なく，顔はなんと蒼ざめて．
　何だって．天なる場所でも
あのせわしくおせっかいな射手が鋭い矢を射ることがあるのか．
そうなのだ，長く愛を経験してきた眼が
　愛を判じうるのなら，あなたは恋患い，
　その顔つきで私には分かる．あなたのやつれ果てた美しさが，
同じ想いの私に，あなたの状況を教えてくれる．
　ならば，おお月よ，せめて同じ境遇のよしみで教えてくれ．
変わらぬ愛は，そこではただ知性足らずだと思われるのか．
そちらの美しい女も，こちらの女のごとく誇り高いのか．
天の美しい女は愛されるのを好み，それでいて
　あの愛神に憑かれた者を蔑むのか．
　そこでは美徳と呼ぶのか，有難さ知らずを．

Astrophel and Stella 31 番.

Astrophel の愛の，いわば第 2 段階（Nos.31-70）の最初のソネット．

4 **busy**　1. Constantly or habitually occupied; devoted to business, diligent, active, industrious.　2. inquisitive, meddlesome, officious; restless, fussy, importunate. これら両義を含む．
   That busy archer　Cupid を指す．
5 **Sure**　(ad.) = Surely
   if that　= if
   long with love acquainted　= long acquainted with love　この句全体が形容詞句として "eyes" を修飾している．
6 **feels**　主語が "thou" なので feel(e)st であるべき．1651 年版では feelst であり，現代の多くの版でも feelst または feel'st である．Cf. climb'st (1).
   case　1. The actual state or position of matters.　2. An instance or example of the occurrence or existence of a thing (fact, circumstance, etc.).　3. A cause or suit brought into court for decision.　2. の意では，特に An infatuation; a situation in which two people fall in love. の意もあり，また *OED* での 1709 年の初出で The condition of disease in a person. の意でもあるので，ここでは，恋に悩む状態，「恋患い」と訳した．さらに "judge" との縁語で 3 の意も含まれるであろう．
7 **it**　"thou feels a lover's case"(6) を指す．
   languished　満月から欠けて細くなった下弦の月の様子．
8 **the like**　(n.) Such as have been mentioned. 定冠詞を伴って使う．ここでは 'a Lover's case' を指す．
9 **of**　Out of.
10 **there**　月の世界，すなわち "in heavenly place"(3)．これに対し，次行の "here" は詩人の世界，すなわちこの世を指し，後半の 6 行連では天上の世界と地上の世界との対比で，恋の嘆きが歌われ，"there"，"here"，"above" が繰り返される．
12 **above**　(ad.) In heaven.
14 = Do they call there ungratefulness virtue?　すなわち "ungratefulness" を目的語，"virtue" を補語と読む．このテーマは，Boccacio 作 *Decameron* (i. 10)，Tasso 作 *Aminta* (IV. i) などいくつかの詩に表現されている．

脚韻は abba / abba / cdcd / ee とイタリア形式とイギリス形式を併せたものとなっている．前半の 8 行はイギリス・ルネッサンス風のメランコリーに満ち，後半の 6 行では畳み掛けるような疑問で，つれない女性への苦悩と憤懣が語られる．最後の 2 行は愛に潜む逆説や矛盾に対する諧謔で，これもまたイギリス・ルネサンス的である．し

かも，"ungratefulness" という多音節の大仰な言葉の使用が，その諧謔を助長している．
　冒頭は "sad steps"(1), "skies"(1), "silently"(2) と頭韻 (alliteration) を踏む [s] 音が繋ぐ月の描写で始まり，詩の中ほどで，"long"(5), "love"(5), "love"(6), "lover's"(6), "looks"(7), "languished"(7), "like"(8) と，[l] 音の頭韻を踏む語で月と恋する詩人との関係性が示され，最後に再び [l] 音の頭韻で，"love"(10), "love"(12), "loved"(12), "lovers"(13), "love"(13) と，'love' が異なる品詞や意味で多用され，愛の諸相や矛盾を表現している．

　月を女性に見立てる詩が多いなか，この詩では，恋する男性が自分を投影して歌っているところも特色的である．

....

Fulke Greville, Lord Brooke (p.86) 小伝への注

Francis Bacon, Baron Verulam and Viscount St. Albans (1561-1626)

　イギリスの哲学者，法学者．エリザベス女王の寵臣エセックス伯 (p.81) の腹心となるが，1601 年の反乱では法律家として彼を告発，事件の公開文書作成にあたった．1607 年法務次官就任を皮切りに国璽尚書，大法官と昇り詰めるが，汚職の嫌疑で失脚，一時ロンドン塔に収監された．こうした政治家としての面より，むしろ哲学者，特に経験主義科学方法の先駆者として，科学革命の一翼を担った．主著に *Essays* (1597), *The Proficience and Advancement of Learning* (1605), *Novum Organum* (1620), *New Atlantis* (1626), *De augmenis scientiarum* (1623), *Sylva Sylvarum* (1627) などがある．

'Come, sleep, O sleep, the certain knot of peace'

Come, sleep, O sleep, the certain knot of peace,
The baiting place of wit, the balm of woe,
The poor man's wealth, the prisoner's release,
The indifferent judge between the high and low,
   With shield of proof shield me from out the press 5
Of those fierce darts despair at me doth throw.
O make in me those civil wars to cease;
I will good tribute pay if thou do so.
   Take thou of me smooth pillows, sweetest bed,
A chamber deaf to noise and blind to light; 10
A rosy garland and a weary head;
And if these things, as being thine by right,
   Move not thy heavy grace, thou shalt in me,
   Livelier than elsewhere, Stella's image see.

「来たれ, 眠りよ, おお, 眠りよ, 平安の確かな結び目よ」

来たれ, 眠りよ, おお, 眠りよ, 平安の確かな結び目よ,
知性を憩わせる場, 哀しみの慰め,
貧しき者の富, 囚人の解放,
身分の上下を問わぬ公平な裁き主よ,
　不貫通の盾で私を守護してくれ,
絶望が私に投げつける獰猛な矢の突進から.
おお, 私の内なるあの内乱を止めてくれ,
もし汝がそうしてくれるなら, 充分な貢物を差し出そう.
　私から奪い取れ, 肌触り滑らかな枕, この上なく寝心地のよいベッド,
物音一つ聞こえず, 一条の光とて射し込まぬ寝室,
バラの花綱と疲れた頭を.
そしてたとえこれらのものが, 当然汝のものなのだから,
　汝の重い心を動かさないとしても, 汝は私の中に
　他のどこでよりも生き生きと, ステラの面影を見ることになろう.

Astrophel and Stella 39 番.

1 **knot** (n.) 1. Something that forms or maintains a union of any kind; a tie, bond, link. 2. A bond or obligation; a binding condition: a spell that binds. *Obs.* Cf. love knot (= A knot or bow of ribbon tied in a peculiar way, supposed to be a love token. Also, a representation of such a knot.) いわゆる「恋結び」の連想もあるのであろう. Campion の注 (p.234) 参照.

2 **baiting** (n.) *Attrib.* The action of giving food to horses, or taking refreshment, upon a journey. The place at which, or occasion when, a halt is made for refreshment on a journey.

wit (n.) The faculty of thinking and reasoning in general, mental capacity, understanding, intellect, reason.

balm (n.) *Transf.* or *fig.* A healing, soothing, or softly restorative, agency or influence. 一般にミルラノキなどから採取する樹脂,香油で,鎮痛剤.技巧としてはペアになるフレーズ "baiting place of wit" と "balm of woe" をそれぞれペアの alliteration (頭韻) で歌っている.

5 **proof** (n.) *Fig.* Impenetrability, invulnerability. *arch.* Often in phrase *armour* (etc.)*of proof.*

shield (vt.) To protect (a person, object) by the interposition of some means of defence; to afford shelter to. 命令形.同一行に "shield" という語の名詞,および動詞を配している. "proof" と "press" は頭韻.

from out 前置詞 + 副詞.

press (n.) The condition of being crowded; a crowd, a throng, a multitude. *Arch.*

6 "darts" と "despair" の間に関係代名詞 'which' または 'that' を補って読む. "doth" も含めての頭韻.

7 **make ... to cease** = make those civil wars in me cease 使役構文.初期近代英語では to 不定詞を用いた. "those civil wars" とは,眠りたい願望と眠りを寄せ付けない絶望 (l.14 のステラへの恋の行方?) との戦いを指す. "shield"(5), "darts"(6) と戦いに関連する縁語を並べた上で,自分の心中の「内乱」へと集約し, "peace"(1) と対立を成す.

9 **Take thou of me** = Take (thou) from me 命令文.目的語は "smooth pillows" から "a weary head"(11) までを含む.9 行目から 11 行目にかけての眠りに伴う日常的で具体的な事物の列挙は Chaucer, *Book of Duchess* (ll. 250-61) に拠る,との指摘がある.

10 **chamber** (n.) A room or apartment in a house; usually one appropriated to the use of one person; a private room; in later use esp. a sleeping apartment or bedroom. この語に続く "deaf" と "noise", "blind" と "light" は,それぞれ対立関係にある縁語.

11   **rosy**   (n.) Abounding in, decorated with, roses; composed of roses. バラは古代ギリシアではアフロディテに捧げられたことから，愛，性愛を表すとされた．また，新婚の夫婦はバラを撒き散らした床に結婚式のときのバラの花輪を持って寝た，という．

   garland   (n.) A wreath made of flowers, leaves, etc., worn on the head like a crown, or hung about an object for decoration.

12-13   **if these things, ... thy heavy grace**   = if these things (do) not move thy heavy grace ここで "these things" の指すものは "Take"(9) の目的語と同じ．

12   **as being thine by right**   = as (these things) are thine by right

13   **heavy**   (a.) Grave, severe, deep, profound, intense.

   grace   (n.) Favour, favourable or benignant regard or its manifestation (now only the part of a superior); favour or goodwill, in contradiction to right or obligation, as the ground of a concession. Somewhat *arch*.

13-14   **thou shalt in me, ... Stella's image see**   = thou shalt see Stella's image in me

14   この行では [l] 音が Livelier, elsewhere と3回重ねられて，最後に恋慕の相手の女性の名前である "Stella's" の [l] 音に収斂する．

　脚韻は abab / cdcd / efef / gg．脚韻形式上はイギリス形式になっているが，意味上の構成は，前半8行と後半6行に分かれ，イタリア形式の影響を残している．イタリア形式からイギリス形式へと発展していく過渡期の作品として位置づけられる．頭韻としては注で言及した以外にも多々見られる．たとえば，3行目 "poor" と "prisoner's"，5行目 "proof" と "press"，6行目 "darts" と "despair" と "doth"，7行目 "make" と "me"，"civil" と "cease"，9行目 "smooth" と "sweetest"，12行目 "these" と "thine"，13行目 "thy" と "thou"．

　この詩には対立概念が多くみられる．第1番目の4行連では対立概念を配して，「眠り」は貧富，身分の上下を問わず，万人に平安をもたらすものだ，と歌う．第2番目の4行連ではこの平安を得られない自己の現状を "shield of proof" と "fierce darts" という対立する戦闘道具を使って訴えている．ここにはキューピッドの放つ恋煩いをもたらす矢も想起される．第3番目の4行連では平安な眠りにあずかるべく，その代償として差し出すものを列挙しているが，快眠を誘い与えると期待されるものの最後を "a weary head" で結んでいるところは興味深い．「疲れた頭」は快眠を求めるものであって，主従逆転しているといえよう．

Sir Arthur Gorges (1557-1625)

　イギリスの詩人，翻訳家．父親は船乗り，母親は Sir Walter Ralegh (p.73) の従姉．2年間オックスフォード大学で学んだ後，1576年，宮廷に職を得るが，虚偽発言の廉で宮廷裁判所監獄に収監される．その後も何度か投獄の憂き目に遭う．

　1584年の最初の結婚は，妻の父親の許しを得ていなかったため，すぐに公式手続きに至らず，誕生した長女は，父の爵位を受け継いだ叔父によって changeling（取り替えっ子）（『選集 CC』p.170）だと主張される．妻，娘と相次いで亡くなり，娘の母方からの財産相続権のために，娘が嫡出子であることの正当性を求めて奔走する．妻の母親の再婚相手の相続権を法的に剝奪しようと働いて，告発されながらも，自らの相続権を主張し続けた．

　1597年の2度目の結婚では，女王の承認を得なかったゆえにフリート監獄に投獄される．一方，1584年から1601年までの間に，いくつかの自治区や州で議員を務めてもいる．

　友好関係にあった親戚 Ralegh が投獄された折，ウィリアム・セシル卿 (p.79) に手紙を書き，Ralegh が女王と謁見するための許可を求めた．また，Ralegh の大西洋諸島探検では船長を務め，彼から「最上のラピア（細身の剣）とダガー（短剣）」を遺贈されている．

　スチュアート王朝に代わった1603年には，バイ陰謀事件*の嫌疑で再び捕らえられるが，ほどなく釈放される．ジェームズ1世からは所領や年金，さらには商業権も与えられるも充分ではなく，ヘンリー王子 (p.77) にも庇護を求めて，大西洋諸島の探検記録や，それに続く著作 *Excellent Observations and Notes Concerning the Royall Navy and Sea-Service*（Ralegh 作として，1650年，*Judicious and Select Essayes and Observations* に収められて出版）を捧げた．セシル卿を介して王子の領臣となったが，王子は1612年に夭逝，哀悼詩 "The Olympian Catastrophe" を綴った．

　宮廷詩人としては，重要な位置を占めていた．彼の抒情詩の多くは手稿 "The Vanytyes of Sir Arthur Gorges Youthe" として残っているが，主として

ロンサール*，デポルト*，デュ・ベレィ*の翻訳や模倣である．それらには George Turberville* や *Tottel's Miscellany* (p.6)，さらには Spenser (p.53) や Ralegh の影響が見られる．ただし convention（常套表現）を重んじるあまり，描かれたペトラルカ風情熱も冷めた表現に過ぎないとの評価もある．Gorges の作品は Ralegh の作品と併せて保存，出版された．最初に世に出た，ローマの詩人ルカーヌス（Marcus Annaeus Lucanus, 39-65）の翻訳には，Ralegh の手になる献詩が幾篇か付されている．Francis Bacon (p.107) の *Essays* のフランス語翻訳もしている．

1625年疫病で死去，チェルシーのトマス・モア教会に葬られた．

Chelsea Old Church (Thomas More Church)

教会前の Thomas More (p.263) の像
（白い台座にも MORE の文字が刻まれている）

バイ陰謀事件 (**Bye Plot**)　1603年，司教ウィリアム・ワトスン率いるカトリック教徒による，ジェームズ1世への陰謀事件．非国教徒寛容令の完遂を要求して，王の監禁を企てた陰謀事件．首謀者であるワトスンは反逆罪で絞首刑に処せられた．

ロンサール (**Pierre de Ronsard**, 1524-85)　フランスの詩人．プレイアード派 (les Pléiads) のリーダー．古典の形式，韻律に新しい工夫を加えてフランス詩に新風を吹き込んだ．『オード』(1550-52)，『恋愛詩集』(1552-78)．スコットランド王ジェームズ5世の妃マドレーヌにつき従って3年間をスコットランドで過ごしている．

デポルト (**Philippe Desportes**, 1546-1606) フランスの詩人．仕えていたルピュイ司教に伴ってイタリアを訪れ，そこで学んだペトラルカ，アリオスト，ベンボなどの影響を強く受けた．のち，アンリ3世，4世の愛顧を得る．ロンサールを師と仰ぎ，流麗，軽妙洒脱な詩を書いた．カトリックの立場からの『詩篇』の翻訳がある．

デュ・ベレィ (**Joachim Du Bellay**, 1522-1560) フランスの詩人．古典の模倣を通じてフランス語の可能性を追求しようとした．『オリーヴ』(1547) はフランス語で書かれた最初のペトラルカ風恋愛ソネット集．他にも『哀惜詩集』(1558)，『ローマの古跡』(1558) などのソネット詩集がある．

George Turberville (c.1540-c.97)　イギリスの詩人，翻訳家．*Epitaphs, Epigrams, Songs and Sonets* (1567) の他，blank verse（無韻詩）によるオウィディウスの翻訳 *Heroycall Epistles of Ovid* (1567) がある．ドーセットシァの旧家 Turbervill 家は Thomas Hardy に *Tess of the d'Urbervilles* を書かせる契機を与えたとされる．

Arthur Gorges の墓（上の肖像画は Thomas More）

墓のモニュメント（妻，子どもたちを伴った家族の肖像）
（上の写真のモアの肖像画の下に設置されている）

（許可を得て撮影・掲載）

'Yourself the sun, and I the melting frost'

Yourself the sun, and I the melting frost,
   Myself the flax and you the kindling fire,
Yourself the maze wherein my self is lost,
   I your disdain, yet you my heart's desire,
Your love the port whereto my fancies sail,   5
   My hope the ship whose helm your fair hand guides,
Your grace the wind that must my course avail,
   My faith the flood, your frowns the ebbing tides,
Yourself the spring and I the leafless tree,
   Myself the bird, the closèd cage your breast,   10
You are the flower and I the toiling bee.
   My thoughts in you, though yours elsewhere, do rest.
You are the brook and I the deer embossed.
My heaven is you, yet you torment my ghost.

「君こそは太陽，そして僕は融けゆく霜」

君こそは太陽，そして僕は融けゆく霜，
　　僕こそは亜麻，そして君は燃えたたせる火，
君こそは迷路，その中で僕は迷う，
　　僕は君の蔑み，でも君は僕の心の望み，
君の愛は港，そこに向かって僕の恋心は帆走する，
　　僕の希望は船，その舵輪を君の美しい手が操る，
君の恵みは風，僕の行く手を助けるはず，
　　僕の誠心は満潮，君の顰める眉は引き潮，
君こそは春，そして僕は裸の木，
　　僕こそは小鳥，そして君の胸は閉じた籠．
君は花，そして僕は働き蜂．
　　僕の想いは君の中，君の想いはどこか他所にあるけれど．
君は小川，そして僕は追いつめられた鹿．
僕の天国は君，でも君は死者となった僕をも苦しめる．

'The Vanytyes and Toyes of Youth' 64番目

この作品はさまざまな詩型の100篇からなり，手稿で残っているのみ．

5 **fancies** < fancy 1. In early use synonymous with imagination. 2. Amorous inclination, love. *Obs.*
6 **helm** The handle or tiller, in large ships the wheel, by which the rudder is managed.
7 **avail** To be of use an advantage to; to benefit; to help, assist (the obj. was at first dative.)
12 **rest** 1. To lie or consist in something. 2. To be at ease or in quiet. 後で述べるように，1の意味であるが，2の意味も言外に潜ませている．
13 **embossed** p.p. < emboss (vt.) To drive (a hunted animal) to extremity. *Obs.* ここは他動詞ではあるが，(vi.) Of a hunted animal: To take shelter in, plunge into, a wood or thicket *Obs.* の意も含み，「追いつめられて川に飛び込む鹿」を意味するか．
14 **ghost** 1. The spirit, or immaterial part of man, as distinct from the body or material part. 2. The soul of a deceased person, spoken as inhabiting the unseen world. *Obs.* 両義から「僕の魂」の意と「恋に死んだ亡者の僕」が読み取れる．

5-7行では，"the port", "sail", "the ship", "helm", "the wind", "avail" と，航海に関する語を多用して，恋の旅路を歌う．

11行目まで，あれこれと「君は…，僕は…」の対比を綴り，その究極が12行目の「僕の想い」と「君の想い」のずれに集約される．「君は…，僕は…」と「僕は…，君は…」が交互に繰り返されるところにも，翻弄される恋心が表現されていると読める．

次いで，13行目の対比では，恋する男は追い詰められ思い詰めて恋に死ぬ．最後の14行目で，主語が "you" や "yourself" ではなく "my heaven" に変わり，かつその行が "my ghost" で終わることで，「僕」にとっての天国である「君」の存在のありようと，死に至るほどの「僕」の恋のありよう，死して天国に行ってもなお恋に苦しめられる「僕」と，「君」との関係が印象づけられる．

また "flax" と "fire"(2)，"disdain" と "desire"(4)，"hope" と "helm" と "hand"(6)，"faith" と "flood" と "frowns"(8)，"closèd cage"(10) と，関連する語の頭韻で思いが運ばれていく．彼女の胸の "closèd cage" に閉じ込められたいものの，既に閉め出されているゆえに僕の想いと君の「いる」(rest) 場所がずれて，僕は「安らぐ」(rest) ことができない．

加えて最初の4行連句のababの脚韻が，"frost" と "lost"，"fire" と "desire" と，恋に燃える熱い想いと絶望や不安の冷たい心を巧みに表現する．この詩行は最後の2行連句の "embossed" と "ghost" の脚韻に繋がり，恋に死ぬまでに到る．

George Chapman (?1559-1634)

　イギリスの詩人，劇作家，翻訳家．ハートフォードシャのヒチン近くで生まれる．オランダやフランスで兵役に服していたらしいが，詳細は不明．その作品からして相当の教育を受けたと思われ，おそらくオックスフォードを出た，とされる．初期の作品は詩で，闇と光についてのネオプラトニズム的ともされる 2 篇より成る *The Shadow of Night* (1594)，オウィディウスのコリンナへの求愛のアレゴリーである *Ovid's Banquet of Sence* (1595) を出版，また Marlowe* の未完の *Hero and Leander* を完成した (1598)．同年，最初の喜劇が出版された．現存する作品のうち，喜劇としては，*An Humorous Day's Mirth* (1599)，*All Fools* (1605)，*The Gentleman Usher* (1606)，*Monsieur D'Olive* (1606) などがある．*Eastward Hoe* (1605) は，Ben Jonson（『選集 CC』p.4）を含む 3 人の共作であったが，スコットランドに対する諷刺により，作者たちは投獄の憂き目を見た．悲劇には，連作 *Bussy D'Ambois* (1607)，*The Revenge of Bussy D'Ambois* (1613)，さらに Fletcher (p.45)，Jonson などとの共作 *The Bloody Brother* (1639)，その他がある．仮面劇のうち現存するのは，王女エリザベスの結婚を祝して上演された *The Memorable Mask* (1613) で，舞台装置は Inigo Jones（『選集 CC』p.29）による.

　詩作も続け，*Euthymiae Raptus: Or the Teares of Peace* (1609) などがあるが，翻訳家としても，哲学詩や宗教詩と共にペトラルカの恋愛詩の翻訳を含む *Seven Penitential Psalms* (1612) を刊行し，さらにギリシアの詩人ムーサイオス* やヘシオドスの訳も発表している．しかし，何より彼の名を高からしめたのはホメロスの翻訳で，「この仕事のために生まれた」と自認し，Keats（『選集 SS』p.77）はその読後の感激をソネットに歌ったほどである．エセックス伯 (p.81) のアイルランド出航を記念して出された *Seven Books of the Iliad* (1598) を嚆矢として，1 行 14 シラブルの有韻詩として訳したことで知られる『イーリアス』，『オデュッセイア』の全訳は，群小作品も含め，最終的に *The Crown of all Homer's Works* (1624) としてまとめられた．

Christopher Marlowe (1564-93)　イギリスの劇作家．カンタベリーに生まれ，ケンブリッジのコーパス・クリスティ・コレッジを出る．犯罪に近いこともしており，大陸をしばしば訪れているのもスパイ目的ではなかったかとされる．最後は，ロンドン近郊の酒場での支払いが元で起こった喧嘩沙汰で殺害されたが，これにも政治が絡むと言われる．大学在学中に書いた *The Tragedie of Dido, Queene of Carthago* (1594) を手始めに，*Tamburlaine I* (1587), *II* (1587-88) で人気が爆発する．これは，Earl of Surrey が導入した blank verse（無韻詩）を発展させ，悲劇性を人物の内面に探ったという点で画期的な作品で，以後も，*The Tragicall History of the Life and Death of Doctor Faustus* (1589), *The Jew of Malta* (1589), *Edward II* (1594) など人間の欲望とその悲劇性を主題とした傑作を残した．形式と内容の両面において Shakespeare に与えた影響は多大である．*Hero and Leander* (1598) などを書いた抒情詩人でもあり，オウィディウスなどの翻訳もある．

St.Giles-In-The-Fields (London)

Chapman の墓標
教会裏の墓地はとり壊され，墓標は内陣の片隅に他のものに混じっておかれていた．
（教会の許可を得て撮影・掲載）

ムーサイオス　5世紀ごろのギリシアの詩人.『ヘーローとレアンドロス』は各国語に訳され広く読まれている.

ヘシオドス　8世紀ギリシアの叙事詩人.代表作は『神統記』.

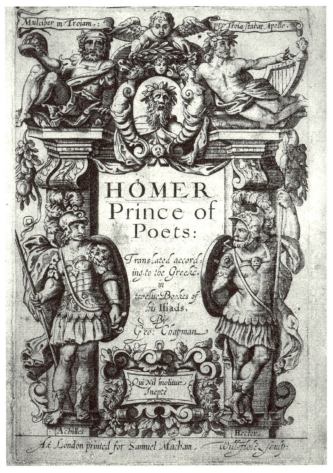

Homer Prince of Poets: Translated according to the Greek in twelve Bookes of his Illiads タイトル・ページ
（展覧会 'The Lost Prince, The Life and Death of Henry Stuart,' 2013 の図録より）

A Coronet for his Mistress Philosophy

i

Muses that sing love's sensual empery,
    And lovers kindling your enragèd fires
    At Cupid's bonfires burning in the eye,
    Blown with the empty breath of vain desires,
You that prefer the painted cabinet
    Before the wealthy jewels it doth store ye,
    That all your joys in dying figures set,
    And stain the living substance of your glory,
Abjure those joys, abhor their memory,
    And let my love the honoured subject be
    Of love, and honour's complete history.
    Your eyes were never yet let in to see
The majesty and riches of the mind,
But dwell in darkness, for your god is blind.

恋人フィロソフィーへの花冠詩(コロネット)

i

詩神(ミューズ)たち，愛の官能の絶対的支配を歌い，
　　そして虚しき欲望の空虚な息を吹き込まれ，
　　眼の中で燃えるキューピッドのかがり火で
　　狂乱の火を燃え立たせる恋人たちを歌う者たちよ，
お前たち，豊かな宝石よりもそれをお前たちのために蓄える
　　塗り立てた宝石箱(キャビネット)を好み，
　　お前たちのあらゆる喜びを死にゆく姿の中に置き，
　　お前たちの栄光の生ける本質を穢(けが)す者たちよ，
こうした喜びを捨て去れ，その記憶を忌み嫌え，
　　そしてわが愛をこそ愛の名誉ある主題となし
　　名誉の完全なる史書とすべし．
　　お前たちの眼は未だかつて決して
精神の威厳と豊かさを見るために嵌(は)め込まれたことはなく，
ただ暗黒のうちにいるのだ，お前たちの神は盲目なるゆえに．

ii

But dwell in darkness, for your god is blind.
    Humour pours down such torrents on his eyes,
    Which, as from mountains, fall on his base kind
    And eat your entrails out with ecstasies.
Colour, whose hands for faintness are not felt,
    Can bind your waven thoughts in adamant
    And with her painted fires your hearts doth melt,
    Which beat your souls in pieces with a pant.
But my love is the cordial of souls,
    Teaching by passion what perfection is,
    In whose fixed beauties shine the sacred scrolls
    And long-lost records of your human bliss,
Spirit to flesh and soul to spirit giving.
Love flows not from my liver, but her living.

ii

ただ暗黒のうちにいるのだ，お前たちの神は盲目なるゆえに．
　体液は，かかる激情の迸りをその眼へと注ぎ込み，
　　その迸りは，山から落ちるごとく，その卑しい性(さが)へと流れ落ち，
　　恍惚としてお前たちの臓腑を食い尽くす．
文色(あいろ)の支配の手は，微かなるゆえ，それとは感じられぬが，
　お前たちの揺れる想念を堅固に結わえることもでき，
　　その時々の色の炎でお前たちの心を溶かしもする．
　　そして心は魂を千々に打ち砕いて息絶え絶え．
だが，わが恋人は魂の強心剤，
　熱情によって完全とは何たるかを教える．
　　彼女の揺るぎなき美においてこそ，お前たちの人としての至福の
　　聖なる巻物と長く失なわれていた記録が輝く，
霊を肉体に，魂を霊に渡して．
愛は私の肝臓からではなく，彼女の生ける生から流れ出る．

iii

Love flows not from my liver but her living,
    From whence all stings to perfect love are darted,
    All power and thought of prideful lust depriving,
    Her life so pure and she so spotless-hearted,
In whom sits beauty with so firm a brow
    That age, nor care, nor torment can contract it.
    Heaven's glories shining there do stuff allow
    And virtue's constant graces do compact it.
Her mind, the beam of God, draws in the fires
    Of her chaste eyes, from all earth's tempting fuel,
    Which upward lifts the looks of her desires
    And makes each precious thought in her a jewel,
And as huge fires compressed more proudly flame
So her close beauties further blaze her fame.

iii

愛は私の肝臓からではなく，彼女の生ける生から流れ出る．
　そこから愛を完全にするため，あらゆる棘刺(はり)が放たれ，
　すべての力と想念から傲岸不遜な欲望を奪う．
　彼女の生はまことに清純，その心はまことに汚れなく，
彼女の中には美がまことに堅固不変の顔つきをして座しているので，
　老齢も心労も苦悩もその美を縮小することはできない．
　そこに輝く天の栄光は素材を与え
　美徳の不変の恩寵がそれを引き締める．
彼女の精神は神の光輝そのもの，すべての地上の誘惑の燃料を
　とりこみ，彼女の貞節な双眼の炎となす．
　その精神は，彼女の願望の眼差しを上方へと向け，
　彼女の内なる貴重な想念一つ一つを宝石となし，
巨大な炎が圧縮されていっそう誇らかに燃え上がるように，
彼女の凝縮された美質は彼女の名声をさらに輝かせる．

iv

So her close beauties further blaze her fame,
    When from the world into herself reflected
    She lets her shameless glory in her shame,
    Content for heaven to be of earth rejected.
She, thus depressed, knocks at Olympus' gate,
    And in th'untainted temple of her heart
    Doth the divorceless nuptials celebrate
    'Twixt God and her, where love's prophanèd dart
Feeds the chaste flames of Hymen's firmament,
    Wherein she sacrificeth, for her part,
    The robes, looks, deeds, desires and whole descent
    Of female natures built in shops of art.
Virtue is both the merit and reward
Of her removed and soul-infused regard.

iv

彼女の凝縮された美質は彼女の名声をさらに輝かせる,
 　この世から彼女自身へと思いを向けたとき
 　彼女は自らの恥のうちに恥じることなき栄誉を取り込み,
 　天国がこの世に拒否されていることに甘んじる.
彼女は,かくしてこの世に失望してオリンポスの門をたたく,
 　そして彼女の心の穢れなき神殿で
 　神と彼女の離婚なき婚礼を執り行なう,
 　そこでは卑俗な愛の矢が
ハイメンの蒼穹の貞節の炎を養う,
 　そこにおいて,彼女の分として差し出す,
 　犠牲として,衣装,外見,行い,望みを
 　芸術の工房で作り上げられ継承されてきた女性らしさの全ても.
美徳は美点でもあり褒賞でもある,
この世を離れ,魂を吹き込まれた彼女の慮りの.

V

Of her removed and soul-infused regard,
    With whose firm species, as with golden lances,
    She points her life's field, for all wars prepared,
    And bears one chanceless mind in all mischances.
Th'inversèd world that goes upon her head
    And with her wanton heels doth kick the sky
    My love disdains, though she be honourèd
    And without envy sees her empery,
Loathes all her toys and thoughts cupidinine,
    Arranging in the army of her face
    All virtue's forces to dismay loose eyen
    That hold no quarter with renown or grace.
War to all frailty, peace of all things pure
Her look doth promise and her life assure.

V

この世を離れ，魂を吹き込まれた彼女の慮りを以って，
　黄金の槍を携えるがごとく，その毅然たる風貌で
　彼女は，あらゆる戦いに装備万端，彼女の生の戦野に向かい，
　いかに運なき時も，運に支配されぬ一つの精神を持ち続ける．
逆立ちになって気ままな踵で
　空を蹴る，逆しまの世界を
　わが恋人は蔑む，たとえその世界が讃えられるとしても．
　その支配権を眼にしても妬むことはなく，
世間のくだらぬ気紛れも情欲に駆られた想念も嫌悪し，
　彼女の顔(かんばせ)の軍隊に，あらゆる美徳の兵士を
　配備して，定まらぬ眼を狼狽させる，
　彼女の眼は名望や幸に陣営を敷いているのではないのだから．
全ての弱きものには戦いを，全ての浄らなるものには平和を，
彼女の面立ちは約束し，彼女の生が保証する．

vi

Her look doth promise and her life assure
    A right line, forcing a rebateless point
    In her high deeds through everything obscure
    To full perfection. Not the weak disjoint
Of female humours, nor the Protean rages   5
    Of pied-faced fashion that doth shrink and swell,
    Working poor men like waxen images
    And makes them apish strangers where they dwell,
Can alter her. Titles of primacy,
    Courtship of antic gestures, brainless jests,   10
    Blood without soul of false nobility,
    Nor any folly that the world infests
Can alter her who with her constant guises
To living virtues turns the deadly vices.

vi

彼女の面立ちは約束し，彼女の生が保証する，
　　直線を．曖昧なるもの全てを貫いて，
　　彼女の高貴な行為において欠陥なき点が並ぶことを強要し，
　　十全の完璧へ至らせて．女性的気質という
弱い関節も，まだら顔流儀のプロテウスの激情も
　　彼女を変えることはできない．
　　伸縮自在なプロテウスは
　　憐れな人間を蝋人形のように細工し，その住む場所で
猿まねをする余所者に仕立てるのだが．第一位の称号も，
　　おどけた身振りの求愛も，気の利かない冗談も，
　　魂を伴わぬ見せ掛けの高貴な血統も，
　　この世に横行するいかなる愚行も，
彼女を変えることはできない．彼女は不変の流儀で
死に至る悪徳を生ける美徳に変える．

vii

To living virtues turns the deadly vices,
    For covetous she is of all good parts:
    Incontinent, for still she shows entices
    To consort with them, sucking out their hearts;
Proud, for she scorns prostrate humility,
    And gluttonous in store of abstinence;
    Drunk with extractions stilled in fervency
    From contemplation and true continence;
Burning in wrath against impatience
    And sloth itself, for she will never rise
    From that all-seeing trance, the band of sense,
    Wherein in view of all souls' skilled she lies.
No constancy to that her mind doth move,
Nor riches to the virtues of my love.

vii

死に至る悪徳を生ける美徳に変える,
　というのも彼女は貪欲——欲しがるのは全ての良き部分だから.
　自制しない——というのも常に見かけを誘惑し
　それらに取りつき, その心臓を吸い尽くすから.
誇り高い——というのも屈辱的な謙遜など彼女は軽蔑するから,
　そして大食——節制に備えて.
　熟考と真の自制から
　熱を当てて抽出された蒸留酒に酔って.
怒りに燃える——不寛容に対して,
　怠惰そのもの——というのも彼女は
　全てを見通すその陶酔たる感覚の束縛からは起き上がることはないから,
　そして陶酔のうちに, 全ての魂を見る力(わざ)にすぐれて.
どんな不変性といえども彼女の心をそこへと,
ましてやどんな富も私の恋人の美徳へと動かすわけではない.

viii

Nor riches to the virtues of my love,
    Nor empire to her mighty government,
    Which fair analysed in her beauty's grove
    Shows laws for care and canons for content.
And as a purple tincture given to glass
    By clear transmission of the sun doth taint
    Opposèd subjects, so my mistress' face
    Doth reverence in her viewers' brows depaint,
And, like the pansy, with a little veil
    She gives her inward work the greater grace,
    Which my lines imitate, though much they fail,
    Her gifts so high and time's conceits so base.
Her virtues then above my verse must raise her,
For words want art and art wants words to praise her.

viii

どんな富も彼女の心をその美徳へと動かすわけではない,
　ましてやどんな帝国とて彼女をその強大な支配へと動かすわけでもない,
　彼女の美の森で公正に仔細に検討して
　心労を解決する市民法と充足をもたらす教会法を示す支配へと.
太陽の光の澄明な透過で
　ガラスに施された深紅の色合いが
　その向こうにある物の色を染めるように,わが恋人の面立ちは
　見る者の表情に崇高さを描く.
また,パンジーのごとく,微かにヴェールをかけて
　彼女は内なる作をさらに美しい恩寵溢れるものとする.
　それを我が詩行は映さんとするも,まったくもって巧くはゆかぬ.
　彼女の資質は余りに高貴,韻文の比喩は余りに卑俗.
ならば彼女の美徳こそが,わが詩を超えて,高みへと彼女を昇らせるはず,
彼女を称えるには,言葉では技巧が,技巧では言葉が不足なるゆえ.

ix

For words want art and art wants words to praise her,
    Yet shall my active and industrious pen
    Wind his sharp forehead through those parts that saise her,
    And register her worth past rarest women.
Herself shall be my muse, that well will know
    Her proper inspirations and assuage
    With her dear love the wrongs my fortunes show,
    Which to my youth bind heartless grief in age.
Herself shall be my comfort and my riches,
    And all my thoughts I will on her convert.
Honour, and error, which the world bewitches,
    Shall still crown fools and tread upon desert,
And never shall my friendless verse envy
Muses that fame's loose feathers beautify.

ix

彼女を称えるには，言葉では技巧が，技巧では言葉が不足なるゆえ，
　しかし，わが活動的で勤勉なペンは，
　その鋭いペン先を彼女にそなわる数々の部分にあまねく走らせて，
　比類なき女性たちをも凌ぐ彼女の価値を記録することになるべし．
彼女自身がわが詩神(ミューズ)となるべし．わが詩神(ミューズ)は彼女独自の卓越した霊感を
　充分に認識し，また，彼女の気高き愛によって
　わが運命が見せる不当な仕打ちを軽減してくれよう，
　長年の失意の悲哀を私の若き日に縛り付ける仕打ちを．
彼女自身がわが慰めと富になるべし，
　だからわが思念すべてを彼女に向けよう．
　この世を眩惑する名誉や誤謬は
　常に阿呆者の頭を飾る冠となり，賞罰を踏みつけるべし．
友なきわが韻文は妬むこと決してなかるべし，
名声のすぐにも抜け落ちかねない羽毛が飾る詩神(ミューズ)たちを．

X

Muses that fame's loose feathers beautify,
   And such as scorn to tread the theatre,
   As ignorant, the seed of memory
   Have most inspired and shown their glories there
To noblest wits and men of highest doom
   That for the kingly laurel bent affair.
   The theatres of Athens and Rome
   Have been the crowns and not the base impair.
Far then be this foul cloudy-brow'd contempt
   From like-plumed birds, and let your sacred rhymes
   From honour's court their servile feet exempt
   That live by soothing moods and serving times.
And let my love adorn with modest eyes
Muses that sing love's sensual emperies.

                              Lucidius olim.

X

名声のすぐにも抜け落ちかねない羽毛が飾る詩神(ミューズ)たち,
　　無知ゆえに劇場に足を運ぶことを軽蔑するような者どもよ,
　　記憶の種は劇場で
　　最も霊感を与え自分たちの栄光を見せてきた,
最高位の月桂冠を求めて詩作に力を注いだ
　　最も高貴な知識人や最も気高い宿命を持った人々に対して.
　　アテネやローマの劇場は
　　常に名誉の冠であり, 卑しい汚点であったことはない.
かくしてこの腐りきった翳る額の軽蔑すべき輩は,
　　同じように羽根のある鳥たちとは大違い, 名誉の宮から出てきた
　　お前たちの聖なる韻文を彼らの屈辱的な詩脚から切り離せ,
　　彼らは慰めの気分や時勢に媚びる奉仕をたよりに生きているのだから.
そしてわが恋人に慎ましやかな眼で飾らせて欲しい
愛の官能の絶対的支配を歌う詩神たちを.
　　　　　　　　　　　　　　いずれ明白なるべし.

Ouids Banquet of Sence. A Coronet for his Mistresse Philosophie, and his amorous Zodiacke. (1595) 所収.

"A Coronet for his Mistress Philosophy"（恋人フィロソフィーへの花冠詩(コロネット)）は10篇のソネットより成る．詩歌はしばしば「花，あるいは華」に喩えられる（『選集 SS』p.112 参照）が，さらに 'coronet'（花冠）は，その花を繋いで冠と成したものである．各詩の最終行を次の詩の第1行として，次々と繋がっていき，そして第10篇の最終行が再び第1篇の第1行目として戻ってくる形になっている．これらの行は，使われている言葉，その並びは全く同じであるが，シンタックスが変わり，意味合いが変わってくるケースもあり，そこにも面白さが見いだせる．

当時流行していた世俗の愛を歌った恋愛詩シークエンスに対抗して，理性の炎を燃やし，Sophy = Sapience（知）を愛する女性，Mistress Philosophy なる恋人に捧げたものである．従って，全体としては，詩論の詩になっている．興味深いことに，詩集の中では，この前には 'Banquet'，あとには2篇の翻訳詩が置かれ，いずれも肉体の愛を歌ったものである．最終篇でアテネ・ローマからの伝統である演劇を称え，それを貶めている作家を非難していることから，詩や劇の世界で Shakespeare のライヴァルが Chapman だとする説の強力な根拠だとされている．そもそも Chapman はその詩論・知論である *The Shadow of Night* (1594) で Shakespeare などに対抗すると見做されるような姿勢を表明している．その主題は "A Coronet for his Mistress Philosophy" に重なる．一方 Shakespeare は *Love's Labour's Lost* の中で "School of Night" という言葉を用いて，あるグループ（第9代ノーサンバーランド伯ヘンリー・パーシー (p.76) のサークルで，Ralegh (p.73)，Marlowe (p.120) などがメンバー）に属する Chapman を非難したと考えられる．こうしたことが，Shakespeare と Chapman はライヴァル関係にあったとされる根拠である．

Ouids Banquet of Sence. A Coronet for his Mistresse Philosophie, and his amorous Zodiacke.
タイトル・ページ

i

1 **Muses that sing love's sensual empery** 前頁で説明したように, x の最後の 1 行が（単数複数の違いがあるとはいえ）この行と同じ.
  Muses 自分たちの恋人を muses として称え, 世俗的な愛を書いている詩人たちを指す. 左記の説明に従えば, Shakespeare を筆頭としてそうした詩人たちを, この詩は非難していることになる.
  empery Absolute dominion.
2 = And (that sing) lovers kindling your enragèd fires
  kindling 以下, enragèd, fires, bonfires, burning は縁語.
  your "Muses" を指す.
  enragèd Of desires, passions, etc. Inflamed, ardent, furious *obs.* or *arch.*
3 **bonfires** < bonfire 「かがり火, 焚き火」なお, 次の語 "burning" と 頭韻を成す. 神殿にかがり火があるイメージから, キューピッド信仰（最終行の "your god" に繋がる）を窺わせる.
4 **Blown with the empty breath of vain desires** "Blown", "breath" は前行から続く頭韻で, 翻弄される様を印象づける. また "empty", "vain" は, 同義語を重ねて, 欲望の果ては虚しく息は空っぽという虚しさを強調する.
5 **painted** 本来の「彩色した」の意から派生して, *Fig.* Coloured so as to look what it is not; unreal, artificial, feigned, disguised, pretended. の意もあり, 表向き派手な色が塗り立てられているが, 実は……という前行で強調された虚しさを受ける.
  cabinet p.102 "cabinet"(9) の注参照. 次行の "jewels"（精神的なもの）を入れる「肉体」の比喩として用いられている.
5-6 **prefer … / Before …** = prefer … to … なお関係代名詞 "that"(5) を主語とする動詞は, "prefer", 同じく "that"(7) に対する動詞は "set"(7), "stain"(8) で, ともに "You"（呼格）(5) を先行詞とする.
6 **it doth store ye** = (which) it stores you この "you" は与格 (= for you). また, "it" は, 前行の "the painted cabinet" を指す. なお, "ye" は 2 行後の "glory" と韻を踏ませるためこの形をとった.
7 **That all your joys in dying figures set** = That set all your joys in dying figures
  dying 次の語 "figures" はいずれ死んでいくもので, 死すべき存在であるということ, つまり, eternal に対して mortal であるということをいう. なお, "in dying figures" は世俗的な愛は「滅びの状態に」あるということと, ライヴァルの詩人たちが「下らない詩行に」書くということを表す. また, "dying" は次行の "living" と対を成し, "dying figures" が "the painted cabinet" に, "the living

substance" が "the wealthy jewels" に相当する.
7 **figures** 1. a. The form of anything as determined by the outline; external form; shape generally. b. In generalized sense, as an attribute of body. c. Appearance, aspect; also, attitude, posture. 2. a. Of a living being: Bodily shape, *occasionally*. including appearance and bearing. Now *chiefly* of persons. b. The bodily frame, considered with regard to its appearance.
9 **Abjure those joys, abhor their memory** 同じ構文（動詞＋形容辞＋名詞）の繰り返し，および "<u>A</u>bjure", "<u>a</u>bhor" の頭韻により，命令の意が強調されている．
   memory 古代，記憶術は記録に代わる技能であった．古代の，事象を静的な事物におきかえる古典的記憶術は，中世からルネサンスに至る間にヘルメス主義的カバラ哲学やネオプラトニズムと結びつき，神秘的・魔術的記憶術へと変容していく．ダンテは記憶の働きで，詩想を得ると考えた（『神曲』地獄篇第 2 歌 7-9）ここでは "figures"(7), "subject"(10), "history"(11) とともに，記録，文筆に関わる語として使われ，互いに縁語となっている．そして coronet 全体のテーマが詩論であることへの伏線となっている．
10 **my love** Cupid に捧げる "love's sensual empery"(1) を歌う "Muses" に対して，Mistress Philosophy に捧げる愛が主題であることを宣言する．この "my love" は Mistress Philosophy そのものでもあるのだが，それについては全体を読めば深い理解にたどり着けるように構成されている．
10-11 **subject be / Of love** 2 行が enjambment（行またがり）によって繋がる．またこの 2 行の中で "love" を 2 回，さらに，"honoured" と "honour's" という同族語を使用することで，主題が love であることを強調する．
11 **history** 1. A relation of incidents; a narrative, tale, story. 2. A written narrative constituting a continuous methodical records, in order of time, of important or public events, *esp.* one connected with a particular country, people, individual, etc.
12 **Your eyes** Cf. the eye (3) このようなありさまだから，精神の豊かさが見えない．この coronet において，眼は重要な意味を持つことが，読み進めるにつれ明らかになってくる（v. 2 "species" の注参照）．
   never "But"(14) と呼応する．
   let in 1. To admit. 2. To insert into the surface or substance of a thing. 本来の 1 の意から派生した 2 の意と解した．
13 **riches** Cf. "wealthy"(6)
   <u>m</u>ajesty and <u>r</u>iches of the <u>m</u>ind 頭韻で強調され，さらに "m<u>ind</u>" が次行の "bl<u>ind</u>" と脚韻を踏むことにより，さらに印象が深まり，次行の頭韻で強調される暗愚な様と成す対比をいっそう鮮やかなものとする．
14 **<u>d</u>well in <u>d</u>arkness** 濁った [d] 音の頭韻で，暗愚な様を強調する．さらにこの音は，"go<u>d</u>", "blin<u>d</u>" と語の最後で重ねられることで印象を決定づける．

14 **your god** 3行目に出ていた Cupid. 目隠しをしているので "blind". (Cf. Love is blind.) そうした Cupid の姿は 23 頁の図参照.
　　2 行目において "your" は "Muses" を受けていたが，やがてその "Muses" の歌う "lovers" とも重なってきている．さらに，ここで，"your god" は，gods である「詩神たち」の「神」と解するよりは，"your" が "lovers" を指すと読み，「恋する者たち」の「神」と解する方が自然である．このように，代名詞の指すものが一定していないことは，ii. 7, 14 の "her" においても見られる．また，v. 5-9 行目の注参照．

　脚韻は aba'b / cdcd / dede/ ff と，4-4-4 / 2 のイギリス形式であるが，意味の上では，4-4 / 3-3 (8 行 + 6 行) とイタリア形式になって，ずれが生じている．次の ii 参照．

ii

2 **Humour** 1. Moisture; damp, exhalation; vapour. *Obs.* 2. Any fluid or juice of an animal or plant, either natural or morbid. now *rare* or *arch*. そこから 3. Four chief fluids (blood, phlegm, yellow bile (choler), black bile.) *Obs.* 4. その「体液」から生じる，それぞれ pretholic (sanguine), phlegmatic, choleric, melancholic の「気質」．ここでは，これら全てを含意しての原義と解釈し，和訳は「体液」とした．
　　torrents < torrent 1. A stream of water flowing with great swiftness and impetuosity. 2. *Fig.* A violent or tumultuous flow or onrush, e.g. of words, feeling etc. もっとも，2. の意の *OED* での初出は 1647 年である．湿り気，液体を表す "Humour"(2) との縁語．「体液」から生じる「気質」ゆえの感情の迸りを意味する．
3 **kind** The character or quality derived from birth or native constitution; natural disposition, nature.
4 **your** 1 行目の "your" は，前篇最終行の 'your' を引き継ぎ，"Muses" を指す．そこからさらに，この行では，"Muses" の感化を受ける詩人，その詩人が歌う "lovers" へと指すものが移動する．
5 **Colour** Outward appearance, show, aspect, semblance of something; generally, that which serves to conceal or cloak the truth, or to give a show of justice to what is in itself unjustifiable. *OED* に用例として挙げられている *A Table of Colours or appearances of good and evil*. で，Francis Bacon (p.107) が使っているように，一つのものが両側面をもっていて，定まらない「様相」．内面の "Humour"(2) に対する外面を示す．
　　さらに，"Colour" を識別できるはずのない "blind" な "Muses" (かつ "lovers") の想念を，その "colour" が縛るという逆説的書き方が面白い．

6 **waven** 1595年版では'waxen'. 1941年のPhyllis B. Bartlettの版（以降B版と記す）*でも'waxen'としている．一つのものの二面性を考えると，次のadamantに対する語として，また，次行の"melt"との呼応からも，'waxen'の方がふさわしいと言える．（*Chapmanの詩は文法的にも内容的にも読み難く，後世の版も数少ない．本選集での読みにあたっては，1595年版に基づくB版を大いに参考にした．本書の底本の編者はBartlettに依拠しているものの，かなり改変を加えている．）

    adamant 堅硬石．後世，金剛石とも磁石とも考えられた伝説的な鉱物．硬さの象徴．

7 **her** "Colour"(5)を受ける．

    her painted fires "paint"の意味についてはi. 5の注参照．火の炎の色がその時々で変わることに重ねて，人の外見がまたその時々で変わり，時に真実と異なる様相を見せること．そこから，恋心をかき立てる，そうした外面の刺激をいう．

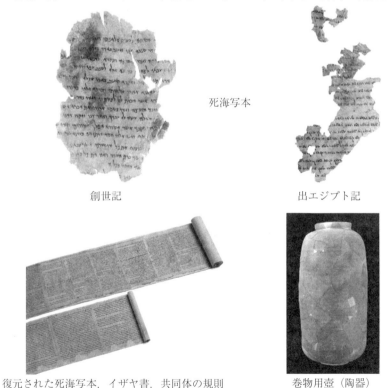

死海写本

創世記 　　　　　　　　　出エジプト記

復元された死海写本，イザヤ書，共同体の規則　　　巻物用壺（陶器）

（「キリスト降誕2000年東京大聖書展」図録より）

Cf. "the painted cabinet" (i. 5). "Colour"(5) と "painted" は縁語.
8   **which beat . . . a pant**   "which" の先行詞は "hearts". なお "beat", "pant" は共に "hearts" の鼓動に関わる語で縁語. 恋愛における「心 (heart)」の「鼓動」が「魂 (soul)」を粉々にするという 7, 8 行目の 2 行が, 同じく「心 (cordial)」,「魂 (soul)」を表す語を用いて後半の 6 行に繋がっていく. それらの語を, 前半では世俗の愛の意で, 後半では精神的愛の意で用いることで, 当時主流であった恋愛詩への批判になっている.
9   **cordial**   < Lat. cor (=heart).   A medicine, food, or beverage which invigorates the heart and stimulates the circulation; a comforting or exhilarating drink.
11   **the sacred scrolls**   "scroll" はパピルス, 羊皮紙などで作った巻物状の古代の書物. 聖書は初めはこの形であった（前頁の図）ことから, "the sacred scrolls" は聖書を連想させ, [s] 音の alliteration（頭韻）がそれを強調する. 次行の "long-lost record"(12) から, 一度は書き記されたことが読み取れ, "history"(i. 11) と響きあって, 文字に残されるべきものが "my love" であり, それこそが "your ("Muses" または "lovers" を受ける) human bliss" として, 詩に歌われるべきであることが語られる. このことは, [l] 音の "long-lost" での alliteration と, その前後の "scrolls", "bliss" での繰り返しによって強調される. 前篇の "memory"(9), "history"(11) と併せ, "record", "scrolls" は縁語.
12   **bliss**   Blitheness; gladness; joy; delight.
13   **Spirit to flesh and soul to spirit giving**   肉体的存在である人間が魂を理解するのは難しいが, 霊を間に介在させることにより可能になる. 7 行目と併せ, "heart", "soul", "spirit", "flesh" の関係を歌いこみ, 人間の精神と肉体についての議論を取り入れている.
14   **liver**   古くは, 愛, 勇気などの感情の源と考えられた.
   her   "my love" (9) すなわち Mistress Philosophy を指す.
   living   The action of passing or conducting one's life in a particular manner, whether with reference to moral considerations or to food and physical conditions; *obs.* manner of life. なお "her living" は "my liver" に対するものとして, 我が恋人 (Mistress Philosophy) の生きている存在. このように "living" は, このシークエンスを通じて重要な語, 概念である. Cf. ". . . dying figures . . . the living substance . . . " (i. 7-8), "deadly vices" (vi. 14). その意味で, "liver" と "living" は, [l] の頭韻に加え, 共に 'liv'[liv] を語頭にもち, 聴覚的にも視覚的にも効果的である.

脚韻は abab' / cdcd / efef' / gg とイギリス形式であるが, 内容的には 8 行, 6 行でまとまり, イタリア形式である.

頭韻は，"liver" と "living"(14) 以外にも，"dwell in darkness" (1), "eat your entrails out with ecstasies"（"eat" とは視覚韻的効果がある）(4), "for faintness are not felt"（"for" は極めて弱い）(5), "painted ... in pieces with a pant" (7-8), さらに次に響いて "Teaching by passion what perfection is" (11) と多用され, 詩が進むにつれてその効果を強めていく．

恋愛詩人から恋する者へと意味の移った "you (your)" と, Mistress Philosophy を恋人とする話者（詩人）の "I (my)" とが対比をなし, それとともに前者が崇める愛神の "he (his)" と, Mistress Philosophy の "she (her)" も対比をなす．恋愛詩でよく使う語, "passion" (10), "beauties" (11) を, 精神の深さを表現する語としてこの詩で使い, それぞれに "perfection", "fixed" を関係づけている．

iii

2 **whence** 関係代名詞．現在は副詞として用いることが多い．先行詞は "her living"(1).

stings < sting (n.) In many *fig.* uses, e.g. an acute pain or sharp wound inflicted on the mind or heart; something which (or that element in anything which) inflicts acute pain; the point of an epigram or sarcasm; something which goads to action or appetite; a sharp stimulus or incitement.

to perfect love "to perfect" は不定詞で "stings" を修飾する形容詞的用法とも, "are darted" を修飾する副詞的用法とも解せる．なお, "perfect" は "what perfection is" (ii. 10) に繋がる．古典によれば, キューピッドは愛を誘う矢を射るとされるが, ここでは Mistress Philosophy が世俗の愛を浄化し, 完全なる愛にするための棘刺を放つ, と歌っている．

3 **All power ... depriving** = depriving / all power and thought / of prideful lust
1595 年版及び B 版では 'All powre, and thought of pridefull lust depriuing,' となっている．従って, "All power" と "thought of prideful lust depriving" は "all stings"(2) と並列で, 「(すなわち) あらゆる力と, 傲慢な欲望を奪う思想が (放たれる)」とも解釈できる．

lust (n.) 1. Pleasure, delight. *Obs.* 2. Desire, appetite, relish or inclination for something. 3. Sexual appetite or desire. Chiefly and now exclusively implying intense moral reprobation: Libidinous desire, degrading animal passion. (The chief current use.)

4-6 **so ... that** の構文．Her life (being) so pure and she (being) so spotless-hearted, / In whom sits beauty with so firm a brow / That ... "whom" の先行詞は "Her" と "she".

5　**brow**　(n.) 1. The whole part of the face above the eyes, the forehead, esp. as the seat of the facial expression of joy, sorrow, shame, anxiety, resolution, etc. *poetic.* 2. *fig.* Fronting aspect, countenance. Cf. viii. 8.
6　= That (neither) age, nor care, nor torment . . .
　contract　(vt.) 1. To enter into, incur, become involved, acquire. 2. *Fig.* To make smaller, reduce in amount, diminish the extent or scope of; to narrow. 彼女の美しさは，老齢，心労，苦悩とは関わることがないので，損なわれることがない，ということをこの1行が示している．
　it　"beauty"(5) を指す．
7　**there**　彼女という存在そのもの．限定的には "a brow"(5) を指すか．
　do stuff allow　= do allow stuff　主語は "glories".
　allow　(vt.) To allot, assign, bestow.
8　**compact**　(vt.) To join or knit (things) firmly and tightly together or to each other; to combine closely into a whole; to consolidate by close conjunction. *Fig.* to confirm, give consistency to. *Obs.*
　it　"stuff"(7) を指す．
9　"Her mind" と "the beam of God" は同格．B版では 'Her minde (the beame of God) drawes in the fires.'
　draws　< draw (vi.)　In combination with adverbs. draw in. *Fig.* To induce or bring as a consequence. *Obs.* 彼女の精神は神の光そのものであって，地上の欲望へと誘惑する燃料を，(むしろ逆に) 誘導して，貞節な双眼に清らかな炎としてとりこむ，つまり，俗世の欲望を燃え立たせる糧が彼女にとりこまれることによって浄化され清らかな願望に変わると歌っていて，"vice" を "virtue" に変えるという，vi さらには vii のテーマの伏線となり，最終的には x に繋がる．
　fires　< fire(n.) In certain figurative application of sense. a. A burning passion or feeling, esp. of love or rage. b. Ardour of temperament; ardent courage or zeal; fervour, enthusiasm, spirit. c. Liveliness and warmth of imagination, brightness of fancy, power of genius, vivacity, poetic inspiration.　Cf."fires"(13).
10　**fuel**　(n.) *Fig.* esp. something that serves to feed or inflame passion, excitement, or the like.
11　**Which**　"Her mind, the beam of God"(9) を受ける．主格で，動詞は "lifts"(11) および "makes"(12).
13-14　**as huge fires compressed . . . flame / So her close beauties . . . blaze**　相関構文．なお "compressed" は "compact"(8) と響きあっている．
13　**flame**　(vi.) To burn with a flame or with flames; to emit flames; to blaze.
14　**close**　(a.) Having the atoms or component parts very near together. Of substance: dense or compact in texture or consistency (without interstices or vacuities).

頭韻や類音が多用されている. 例えば, "power ... prideful"(3), "so ... so ... spotless"(4), "beauty ... brow"(5), "care ... can ... contract"(6), "constant ... compact"(8), など, ほとんど各行に見られる. また, 縁語などの多用も目立つ. 例えば, "stings"(2) と "darted"(2); "contract"(6), "compact"(8), "compressed"(13), "close"(14); "fires"(9,13), "fuel"(10), "flame"(13), "blaze"(14). 類語としては, "prideful"(3) と "proudly"(13).

また "beauty"(5), "virtue's constant graces"(8) とギリシア古典の美とキリスト教の徳とをあわせ備えていることが示唆され, さらに "Her mind, the beam of God"(8) 以下の6行によって, 彼女の愛は貞節であり, その精神はキリスト教の神に繋がっている.

iv

2 **reflected** (having) reflected

3-4 **She lets her shameless glory in her shame, / Content ...** "Content" は主格補語. 1595 年版, および B 版には shame のあとにコンマがないので, S＋V＋O＋C の構文とも読めるが, 文法的には可能でも "glory" に対して "content" は不自然であろう.

3 **lets** < let Fuller は 'lets: hinders' と語注を付けている. これは to allow 「させる」の意の let と同綴異語の単語で OED では 'arch. To hinder, prevent, obstruct, stand in the way of (a passion, thing, action, etc.)' と定義されている. Shakespeare の Romeo and Juliet にも用例があり, この読みも可能であるが, 「"shameless glory" を "shame" に入れない」 というのはあまりに平凡な一般論なので, let を 'To leave: to allow to pass' (「甘んじる」にあたる OED の定義) と読み, さらに以下の注のように解した.

her shame 後半と関連付け, 最終行の "soul" の世界とは対比される. 恥ずべきものの受けた恥と考えれば, この世で受け入れられず, philosophy がないがしろにされていることを指す.

4 **for heaven to be of earth rejected** ＝ for heaven to be rejected of earth この世の人が天国の徳を受け入れないということ.

5 **Olympus'** < Olympus ギリシア神話で神々の住む山. Olympus という語により, 古代の詩に帰ろうというメッセージが読み取れるが, 一方 "temple"(6), "divorceless"(7), "God", "prophanèd"(8), "chaste", "firmament"(9) の縁語はキリスト教にも繋がる.

6 **untainted** Cf. painted (i. 5, ii. 7)

temple 前行 "gate" と共に建築の縁語, また "sacrificeth"(10), "robes"(11) とともに宗教的儀礼の縁語を成す. Olympus の門をたたく彼女は, その "temple"(神殿) を訪れるが, 舞台はこのギリシアの世界から, "her heart" という "th'untainted temple"つまり，キリスト教の「寺院」へとこの言葉を軸として，鮮やかに移る．直前の"untainted"で繰り返された [t] 音がこの"temple"でまた登場してこの語への注目度を高める．

7 **divorceless** カトリックでは離婚は許されない．そこで，ヘンリー8世はアン・ブーリンと結婚するためカトリックと離別し，最初の妻アラゴンのキャサリンと離婚，英国国教会を樹立した．この詩は直接政治的含みをもつものではないが，"divorceless"という語が殊更に入っていることに，こうした歴史的背景が微かに読み取れる．この語は否定の接尾語を付けて成り立っているので，前行の"untainted"が，否定の接頭語が付いて成り立っていることと響きあって，軽く読み過ごせないものがある．

8 **where** 前の"in th'untainted temple" (6) を指す．
prophanèd = profaned < profane To make (anything of value) the property of the vulgar crowd, to vulgarize. ここの love's dart は「キューピッドの矢」で，キリスト教から見ると，ギリシア・ローマ神話は異教で，従って"prophanèd"ということになる．

9 **Hymen's** < Hymen [ギ・ロ神] 結婚の神．トーチとヴェールをもった若い男の姿で表わされる．この語の前後の単語"flames"と"firmament"に頭韻が見られる．上記"prophanèd"とは逆の"chaste"，すなわちキリスト教世界を描いた"untainted" (6) と共通する意味合いをもつ形容詞を使って，ギリシア・ローマ世界が描かれる．キリスト教的"God"との結婚を司るのが，異教の神というところにも，二つの世界が見られる．

10 **Wherein** (in) the chaste flames (9) を指す．
sacrificeth この語からはギリシアの生贄の儀式のイメージとキリスト教の「犠牲」の思想が読み取れる．前行の"flames"の縁語．

11-12 **The robes, ... art** 世俗的なものを並べあげた．最初"robes"，"looks"と流音で滑らかに始め，次に [d] 音を"deeds"，"desires"，"descent"と重ねて，たたみかけている．12行目は主に身を飾るものを指している．これらを生贄として炎に投げ込んで焼いてしまう．

12 **shops** < shop 1. A building or room set apart and fitted up for carrying on of some particular kind of handwork or mechanical industry; workshop. 2. *Fig.* A place where something is produced or elaborated, or where some operation is performed.

13 **reward** 次行の"removed"，"regard"とともに，語頭を全て"re"，語尾を"d"で揃えた単語である．彼女の世界の印象を深める．

14 **removed** 「犠牲を払い，この世を捨てて」の意．
soul-infused 「神の"soul"を吹き込まれた」の意．Cf.『創世記』2章7節「主なる神は土のちりで人を造り，命の息をその鼻に吹きいれられた．そこで人は生きた者となった．」*OED* では，infuse が 'Used specially of the work of God in the

imparting of grace, and of nature in the implanting of innate knowledge' と定義されており，聖書の上記の引用，およびこの詩のこの箇所の意味が理解される．さらに，'to imbue or inspire (a person or thing) with some infused quality' という定義もあり，詩人が詩神に inspire されるというギリシア古典以来の文学的伝統に繋がる言葉でもある．

14 **regard** 1. Attention, heed, or consideration given *to* a thing or person, as having an effect or influence on one's actions or conduct; respect or deference paid to, or entertained *for*, some authority, principle, etc. 2. Esteem, affection, kindly feeling. "love" 以上に重んじられるもの，心を向けるもの．

この詩においては，ギリシア・ローマの古典世界とキリスト教の世界が複雑な絡まりあいを見せている．

v

1 **Of** iv では "reward" を修飾する形容詞句 "of her ... regard" が，v では副詞的に "(being) of her ... regard" として機能している．ゆえに訳としては iv と変えた．
2 **firm** 「堅固不変」は，"my love" すなわち Mistress Philosophy の重要な特質で，"so firm a brow" (iii. 5) とともに "loose eyen" (v. 11) と対照をなす．
   species Appearance; outward form. *Obs.* Fuller は 'emanation *OED* 5a' と語注をつけている．すなわち *Metaph.* A supposed emission or emanation from outward things, forming the direct object of cognition for the various senses or for the understanding. *Obs.* The spieces affecting the senses were classed as sensible (divided into audible, visible, etc.) and distinguished from the intelligible. と定義されている．この詩の中で 'eye' が重要な意味をもち (i. 3, 12, ii. 2, iii. 10, そして v. 11, x. 13), 視覚に与える俗世的外観の刺激と，"my love" の眼から射す真理の光が，対立するイメージとして表現されていることから，この意味も包含されていると読む．
   lances < lance 「(中世の騎士の) 槍」以下 3-4, 10-12, 13-14 行目と戦争のイメージでこの詩は構成され，戦争に関係する多くの縁語が使われている．
4 **bears** < bear 1. To carry about with one, or wear, ensigns of office, weapons of offence or defence. 2. To wield. 戦争用語として読む．
   chanceless この語は *OED* にはないが，反意語の chanceful (dependent on chance, *arch.*) から考えて，independent of chance の意と読む．
5 **inversèd** *Rare*. Inverted, turned upside down.
6 **wanton** 1. Undisciplined. *Obs.* 2. Lascivious. 3. Capricious, frivolous. *Obs.* これら全ての意を含む．
5-9 これらの行に出てくる "her", "she" は，"Th'inversèd world" (5) を指す．最初の 4 行連句で "my love" (Mistress Philosophy) を指す "she", "her" が，第 2 の 4 行連

句から第3の4行連句の1行目までは，逆の価値観の "world" を指し，その後は再び，"my love" (Mistress Philosophy) を指す．このように，このソネットの代名詞の使用は，整然としていない．

5   **Th'inversèd world that goes upon her head**　誤った価値観をもった世界，すなわち世俗のものに価値をおく "wanton" な世界．世俗の愛の詩が称えているような世界．

8   **empery**　意味は i. 1 と同じ．この coronet では同一語の繰り返しが一つの技巧である．同じ意味の場合もあり，異なる意味の場合もある．上記 "firm" は，iii と全く同じ意味で，同じく Mistress Philosophy の形容として使われている．一方この "empery" は，同じ意味でありながら，i および x では "love's sensual empery (emperies)" の表現で世俗の愛の支配，v では "her empery" の表現で「世界（この世）」の，また viii では派生語 "empire" で一般的な世俗の支配の表現に使われ，その内容はこことは異なる．

9   **toys**　< toy　1. A foolish or idle fancy; a fantastic notion, odd conceit; a whim, crotchet, caprice. *Obs.* 2. Amorous sport, dallying, toying; with *pl.*, an act or piece of amorous sport, a light caress. *Obs.* ここでは，第一義的には 1 の意味で，2 の意味も含まれる．

   cupidinine　Cupidinous, full of desire or cupidity. この語は *OED* にない．おそらく，押韻のために，ラテン語の cupido (longing, desire; physical desire, most often of love) の変化形からの造語．

11 **forces** < force　A body of armed men, an army. In *pl.* the troops soldiers.

   loose　1. Of the eye: Not fixed, roving. *Obs.* 2. Of persons, their habits writing etc.: Free from moral restraint, lax in principle, conduct or speech. 1 の意義の上に，その眼の持ち主に関して 2 の意義が重なる．

   eyen　(*pl.* 古形) < eye　古形の使用は "cupidinine" (9) と押韻するため．

9-12 通常恋愛ソネットに歌われる女性の顔には美しい目鼻立ちが配されて，それが恋愛の武器となる．しかし，Mistress Philosophy にとっては諸々の美徳がその役を担う．女性の顔がいわば戦いの場なのである．

12 **hold**　Military. To keep forcibly against an adversary, defend; to keep possession of, occupy. 4 行目の "bear" と響きあっている．

   quarter　A part of a gathering or assembly, army, camp, etc. *Obs.*

   hold no quarter with　< hold quarter with　To remain beside.

   grace　The share of favour allotted to one by Providence or fortune; one's appointed fate, destiny, or lot; hap, luck, or fortune.「神の恩寵」と「美」の両方を込める．

13-14 = Her look promises war to all frailty, and her life assures peace of all pure things. すなわち "assure" の前に "doth" を補って読む．

vi

2 **right** (a.) 1. Straight; not bent, curved, or crooked in any way. 2. Agreeing with some standard or principle; correct, proper. Also, agreeing with facts; true. "A right line" は「まっすぐな直線」を意味する．次の "rebateless" とは [r] の頭韻を踏み，欠点や欠陥のない，正しい線であることを強調している．"line" と "point" は縁語．

rebateless rebate+less rebate = rabbet (n.) 1. A channel, groove, or slot (usually of rectangular section) cut along the edge of face of a piece (or surface) of wood, stone, etc., and intended to receive the edge or end of another piece or pieces, or a tongue specially wrought on these to fit the groove. 2. A rectangular recess made along a projecting angle or arris. 建築用語でいうところの，「さねはぎ」の溝，あるいはその溝穴を指す．この語は 'less' という接尾語がついて，溝穴つまり継ぎ目がない，の意．Fuller の付した注では "undiminished" (< diminish = To make or cause to appear less or smaller; to lessen; to reduce in magnitude or degree.) ここでは比喩的に使われていて，彼女の生き方にはどの点から見ても欠点がなく，高貴な一貫性があり，周囲の人間にもその影響を及ぼすということ．

4-9 "Not the weak disjoint / Of female humours, nor the Protean rages / Of pied-faced fashion ... (主部) / Can alter her. (述部)" enjambment（行またがり）を使っている．ll. 9-14 も同じ．

5 **humours** < humour (n.) Senses denoting mental quality or condition. Constitutional or habitual tendency; temperament. 同じ単語だが ii. 2 の「液体，体液」とは意味が異なり，「気質」の意．

Protean (a.) < Proteus ［ギ神］海の神で，変幻自在に姿を変える力と予言能力をもつ，とされる．海神ポセイドンの従者であるが，またその息子とも考えられている．多くは老人の姿で描かれる．

rages < rage (n.) 1. Madness; insanity; a fit or access of mania. *Obs. exc. poet.* 2. Madness, folly, rashness; an instance of this, a foolish act. *Obs.*

6 **pied** (a.) Parti-coloured; originally, black and white like a magpie; hence, of any two colours, esp. of white blotched with another colour; also of three or more colours in patches or blotches. Also, wearing a parti-coloured dress. ここではプロテウスの変幻自在な流儀を表現している．

that 先行詞は "Protean"(5).

7 **Working** < work (vt.) To produce by (or as by) labour or exertion; to make, construct, manufacture; to form, fashion, shape.

waxen (a.) Made of wax. *waxen image*: spec. an effigy in wax representing a person whom it was desired to injure by witchcraft. The victim was believed to waste away

as the wax melted at the fire, and to suffer pain from stabs or the like inflicted on the effigy.
8   **apish**   (a.) < ape   An animal of monkey tribes.   姿形が人間に似ていて，人間の行動を真似るところから，比喩として軽蔑的に冷笑的に，物真似するもの，さらに道化という意味で使われる．
9-14 **Titles of primacy ... , / Nor any folly ...**   = (Neither) Titles of primacy ... , / Nor any folly ...
9   **primacy**   (n.) The state or position of being 'prime' or first in order, rank, importance, or authority; the first or chief place; pre-eminence, superiority.
10 **antic**   (a.) 1. *Arch. and Decorative Art.* Grotesque, in composition or shape; grouped or figured with fantastic incongruity; bizarre. 2. Absurd from fantastic incongruity; grotesque, bizarre, uncouthly ludicrous: in gesture.
12 **infests**   < infest (vt.) To attack, assail, annoy, or trouble (a person or thing) in a persistent manner; to molest by repeated attack; to harass.
13 **guises**   < guise (n.) Manner of carrying oneself; behaviour, carriage, conduct, course of life. *Obs.*

　頭韻，類音，対立語，類語が多用されている．例えば頭韻では，"l̲ook ... l̲ife"(1), "f̲aced ... f̲ashion"(6), "W̲orking ... w̲axen"(7), "g̲estures ... j̲ests"(10), "v̲irtues ... v̲ices"(14), 類音では，"shri̲n̲k ... swe̲l̲l"(6), 対立語では，"shrink ... swell"(6), "living ... deadly"(14), "virtues ... vices"(14), 類語では，"gestures ... jests"(10).

　Mistress Philosophy の不変性が，その対極である変幻自在のプロテウスを引き合いに出して強調される．彼女の不変性は構文上の上からも，"Not(4) ... , Can alter her(9)" および "Nor(12) ... Can alter her(13)" と重ねることで効果的に表現される．自らは変わらぬ「彼女」が，対立概念を並列して，最後には "deadly vices" を "living virtues" に変える，と論じる．

　自らの姿を変え，また人間を蝋細工のごとくあやつるプロテウスは道化と結びつけられている．そこには当時の演劇への揶揄が込められている．また，9行目から12行目にかけては当時の浮薄な世相，宮廷の虚栄などへの批判が読み取れる．

vii

　Seven Deadly Sins（キリスト教の7つの大罪）に対応して，本来の vices を逆手に取って virtues に仕立てているのがポイントで，彼女の存在が世界を変え，vices さえ virtues になると，論理を展開していくところがこの詩の腕の見せ所．たとえば，10行目の "sloth itself" は正に次に続く "she will never rise" なのであるが，さらに11行目に

156

続く説明により，内容的には逆になるという面白さがある．

covetous	(2)	Deadly Sins における covetousness に相当する（以下同じ）
incontinent	(3)	lust
proud	(5)	pride
gluttonous	(6)	gluttonousness
wrath	(9)	anger
sloth	(10)	sloth

Seven Deadly Sins の内の envy は，この詩にないが，v. 8 と ix. 13 で登場する．ちなみに，virtues の方は，Prudence, Justice, Temperance, Fortitude（以上，四枢要徳＝自然徳），Faith, Hope, Charity（以上 7 つで，キリスト教道徳の Seven Principal Virtues or Cardinal Virtues（七元徳））で，Bunyan 作 *Pilgrim Progress* でおなじみのものである．

2 **covetous** 1. Having an ardent or excessive desire *of* (or *for*) anything 2. Culpably or inordinately desirous of gaining wealth or possessions; *esp.* of that which belongs to another or to which one has no right; greedy, grasping, avaricious

 parts この語には privy parts の意味もあり，consort (4) にも to have sexual commerce with の意味があり（Chapman 自身この意味で使っている詩がある），いずれも，表にはこれらの意味は出てこないものの，敵対する詩人並の sensual love は書けるという技を示したものか．

傲慢

怠惰

　　　大食　　　　　　　淫欲

　　嫉妬　　　　　　憤怒　　　　　　貪欲

ジャック・カロ作『七つの大罪』（エッチング）
（「ジャック・カロ——リアリズムと奇想の劇場」展（2014年）図録より）

3 **she shows entices**　= she entices shows
   shows　1. In generalized sense: Ostentatious display.　2. In generalized sense: Empty appearance.　3. An appearance (*of* some quality, feeling, activity etc.) assumed with more or less intention to deceive; a feigned or misleading appearance, a simulation or pretence. Also, a half-hearted or inchoate attempt or 'offer' (*of* doing something). Formerly often *pl*.
4 **consort**　Accompany, keep company with.
   them　"shows"(3) を指す.
7 **extractions**　「抽出」錬金術を連想させる語.
   stilled < still　= distil　同じく錬金術を連想させる語.
   fervency　この coronet の中での重要語 "fire" に繋がる語.
10 **for**　3, 5行目では, 形容詞のあとコンマですぐ "for" が続いていたが, ここは "sloth" が名詞でもあり, "itself" をつけたので, 位置が変わっている.
11 **that all-seeing trance, the band of sense**　"that" は「彼女独自の」を意味する. 普通 "trance" は恍惚状態で "all-seeing" とは逆説関係にあるように思われるが, ecstasy と同義と見做せば, 魂と肉体が乖離し, 魂が肉体に束縛されることがなく, 明晰すなわち "all-seeing" で, これは coronet 前半に出てきた "blind" に対立する. また, "the band of sense" は, 感覚が束縛するのか, 感覚が束縛されるのか, 解釈が分かれるところである. そもそも "sense" は, 「感覚」ではなく, それと対立する知の世界の語, 「意味」と解することもできる. そして, "that all-seeing trance" と "the band of sense" が同格とも, "trance" と "the band of sense" が同格とも読める. このように読みが錯綜する箇所であるが, 「通常, 陶酔においては, 感覚が麻痺した状態になっている. しかし, 彼女の陶酔においては感覚が束縛されてこそ, 知の眼によって明晰に見える」と解した.
12 **in view of all souls' skilled she lies**　= she lies skilled in view of all souls' (views) つまり, 魂は完璧な "view" をもっているということ. なお, B版及び1595年版は "she lies in view of all soules skils" と読んでいる. Fuller が B 版に基づきながら, なぜあえて "souls' skilled" と変えたのかは疑問として残った.
   skilled　Cf. skill (n) 1. The power of discrimination. *Obs.* Capability of accomplishing something with precision and certainty.　2. A sense of what is right or fitting. *Obs.*
13 = No constancy moves her mind to that　恋愛詩では, amourous constancy はキー・ワードとなる需要な概念であるが, この世のものなら如何なる "constancy" も彼女の精神をそれ（彼女の美徳）へと動かすことはない. なぜなら彼女が美徳そのものであるから. ここで vice と virtue の価値は逆転しているが, それまでの, 全ての "vices" を受けて, たった一つの "constancy" で "virtues" を代表させていて, この語の含む意味は重い.
   that　次行の "the virtues of my love" を指す. そしてこの "the virtues" は1行目の

"living virtues" に繋がる．また "that all-seeing trance" (11) を指し，それがすなわち "the virtues of my love" である，とも読める．
14　= Nor riches (moves) (her mind) to the virtues . . .
13-14　この最後の結句も，さまざまに解しうる．他所で触れた代名詞の揺れと共に，決定的な読みを妨げる曖昧さは Chapman によく見られ，読みを難解にしている．ここは，いわゆる恋愛詩の枠組みで読めば，「私の彼女への "constancy" ですら，私の愛の美徳へと，彼女の心を動かせない」ということになろうが，"my love" は他では全て「私の恋人」を指すので，無理がある．それまで，我が恋人は "vices" を "virtues" に変えると述べてきているので，"constancy" も普通は美徳とされるところを逆転させて解した．普通の恋愛詩のフレームを使いながら，それとは異なる我が恋人を歌う，自分独自の詩を書いているところにこの詩のポイントがある．さまざまな "vices" を列挙した挙句，最後に "virtues" が登場し，1 行目の書き出し，"living virtues" に戻っていくのも腕の見せ所である．

　脚韻は abab / cdcd / dede / ff（最後の "love" は当時は "move" と韻を踏む発音がされていた）．
　頭韻や同音また類音は数多く見られるが，特に効果的なものとしては，"still she shows entices"(3)，また "incontinent"(3)，"contemplation . . . continence"(8)（以上は cont- までも同じ），"consort"(4)，"constancy"(13)，さらに "all-seeing trance . . . sense"(11)，"souls' skilled she" (12) などがある．

viii

1　前篇の最終行同様，"her mind doth move" (vii. 13) を補って "Nor riches doth move her mind to the virtues of my love" と読む．次行も同様．他にもさまざまな読みの可能性があるが，coronet の形を重視する読みに徹した．
2　縁語を成す "empire" と "government" は，それぞれ俗世の権力と Mistress Philosophy の支配たる精神世界を表し，内包するところは反対である．
3　**Which**　先行詞は "government"(2)．次行の動詞 "shows" の主語．本詩は政治的な詩ではないが，この関係節の内容には，当時のイングランドでの市民法，教会法が必ずしも国民の "care" と "content" に繋がらず，"fair" な判断がなされていなかったことへの批判があるとも読める．
　　fair　(ad.) = fairly　Equitably, honestly, impartially, justly; according to rule.
　　analysed　< analyse　1. Of things material: to dissect, decompose. *Obs.* In general sense. 2. To examine minutely, so as to determine the essential constitution, nature, or form, aspect from extraneous and accidental surroundings. *OED* において，1 の意味での初出は 1605 年，敷衍して非物質的なものについては 1758 年，2 の

意味では 1809 年，特定的に化学や物理学では 1758 年，文学では 1619 年頃．1595 年出版のこの作品での使用は，これらの意味での使用の先取りといえる．

3 **grove** 鎮守の森，神を崇めるために植樹して作った森．ここで "beauty"（彼女の美）が神格化されている．同義の 'sylva (silva)'「詩集」を意味することを読みこむと，「Mistress Philosophy の美質を歌った詩」を含意するとも読める．

4 **content** 同行の "care" と頭韻を踏んで，市民・教会両法が，国民に持つ意味を印象づける．Cf. iv. 4. どちらも「満足，充足」を意味するが，天国がこの世に拒否されていることに甘んじること (iv) と神によって与えられる人々の充足 (viii) と，その内容が異なる．

5 **purple** Tyrian purple. フェニキアのテュロスを産地とする貝から得る深紅色の染料．かつてローマ皇帝や教皇庁の枢機卿の衣では最高位の職位を表したことから，Mistress Philosophy の崇高さを示す．

6 **the sun** 「太陽」'Son'(= Jesus) の pun.

taint 1. To colour, dye, tinge (< Lat. tingo). 2. To convict, prove guilty (< attaint). 教会のステンドグラスを通して射す光線に照らされて赤く染まることに，神の教えに照射されて，そこにいる者の罪深さが露わになることを重ねている．赤は罪を表す色でもある．

7 **Opposèd** 1. Placed or set over against; facing, opposite. 2. Standing in opposition, contrast, conflict; contrary or opposite. ステンドグラスを挟んで，外から射し込む太陽 (sun, Son) と，中にいる人間の位置関係に加え，その本性の違いを表現している．訳としては表の意味に訳出した．

face Cf. "the army of her face" (v.10).

8 **brows** < brow Fronting aspect, countenance.

depaint To represent or portray in colours, to paint; to depict; to delineate. 前出の "purple tincture"(5), "faint"(6) と縁語．

9 **pansy** < Fr. pensée < penser この語源から，パンジーの花言葉は「楽しき想い」．ここでは，Mistress Philosophy の喩えゆえ，「思想，思考」すなわち "her inward work" を象徴する．学名 Viola wittrockiana が示すように viola（スミレ）科に属する．Viola (violet) の花言葉は「無邪気な愛・誠実・謙虚」などであることから，"a little veil" の表現が選ばれている．また，この比喩は，シークエンスの最後 x での virtue の一つ "modest" への伏線となっている．

10 **grace** 1. Pleasing quality, gracefulness. The quality of producing favourable impressions; attractiveness, charm. 2. In scriptural and theological language. The free and unmerited favour of God. これら両義を含み，そのように訳出した．Cf. v. 12 参照．

先の "pansy" の比喩の仄めかす謙虚さが，それゆえに一層，彼女の内なる作である思想を美しく，恩寵あるものとする．なお [g] 音の頭韻 "greater grace" が，

"gives"(10),"gifts"(12) とも響きあって Mistress Philosophy の特質を強調する.
この頭韻は "government"(2)、"grove"(3)、"given"(5)、"glass"(5) とも遠く響きあっている.

12 **gifts** < gift 1. A natural endowment, faculty, ability, or talent. 2. The things given. ここでは 1 の意味だが,"gives"(10) の派生語で縁語となっていることを考えると,2 の意味,すなわち "her inward work" に与えられた "the greater grace" も含意される.

time's < time *Ancient. Prosody.* A unit or group of units in metrical measurement. 「韻律」そこから「韻文」と解釈した.「時」と読んで,次の "conceit" を 2 の意味「うぬぼれ」に解釈すると,Mistress Philosophy の美は時を経ても変わらない,という内容を含意すると読める.

conceits < conceit 1. A fanciful ingenious, or witty notion or expression; now applied disparagingly to a strained or far-fetched turn of thought, figure etc., an affectation of thought or style. ここでは本来の意味にとって「比喩」.16 世紀後半から 17 世紀にかけては conceit（奇想）と呼ばれる奇抜な比喩,凝った表現が好まれ,Chapman がこの詩で批判している.当時人気を博した恋愛詩人たちも好んで使用した.これら詩人への批判も込めていると読める.さらに 2. Personal vanity or pride; conceitedness も含意する.

12 **base** Cf. "on his base kind" (ii. 3).

13-14 我が恋人 Mistress Philosophy は,言葉では表現しきれず,詩の技法をもってしても言葉を補いきれないが,その美徳の美や崇高さという主題の貴さゆえに,この頌詩が彼女を称えるに値するものとなるであろう,という意味.

最後の 4 行で,"lines"(11),"time"(12),"conceit"(12),"verse"(13),"words"(14),"art"(15) 等の縁語を並べ,この連作のテーマである詩作のあり方に焦点を向けている.ここから,続く ix, x の詩論へと繋がり,世俗の恋愛詩に言及する i の書き始めの意味が明確化する.

ix

3 **Wind** (vt.) 1. To wield (a weapon, an implement). *Obs.* or *dial.* 2. To put into a curved or twisted form or state; to bend; to twist; to wring. *Obs.* 当時は羽ペンを使っていたことが想起される.

saise = seize (vt.) 1. To settle, establish in a place, set, fix. *Obs.* 2. To take hold of, to take possession of, to take root. この語は "praise"(1) と音声的にも視覚的にもパラレルに呼応しあって効果的.

5 **Herself** B 版では 'Her self'. 9 行目の 'Herself' についても同じ.

5 **my muse** Mistress Philosophy を指す．Cf. "Muses"(14).
that 関係代名詞．先行詞は "Herself" または "my muse"(5). 動詞は "will know"(5) と "assuage"(6).
6 **proper** (a.) 1. Belonging to oneself or itself; (one's or its) own; owned as property or quality of the thing itself, intrinsic, inherent. 2. Such as a thing of the kind should be; excellent, admirable, fine, goodly, of high quality. ここでは 1, 2 両方の意を含むと解した．
assuage (vt.) To mitigate, alleviate, soothe, relieve, (physical or mental pain); to lessen the violence of (disease). 目的語は "the wrongs (which) my fortunes show"(7).
7 "the wrongs" と "my fortunes" の間に関係代名詞が省略されている．
dear (a.) Glorious, noble, honourable, worthy. *Obs.*
fortunes < fortune(n.) 1. Chance, hap, or luck, regarded as a cause of events and changes in men's affairs. 2. A chance, hap, accident; an event or incident befalling any one, an adventure. *Obs.* 3. The chance or luck (good or bad) which falls to any one as his lot in life or in a particular affair. Also in *pl. obs.* 'extreme fortune' (= L. *res extremæ*): the last extremity.
8 = Which bind heartless grief in age to my youth 関係代名詞 "which" の先行詞は "wrongs"(7). 彼の作品が世間に受け入れられず，酷評されていること．
bind (vt.) 1. To tie fast to (on, upon). 2. To tie together, to unite. 1, 2 の両義を含み，「悲しみが絶えずつきまとって離れないこと」を表す．
heartless (a.) Destitute of courage, enthusiasm, or energy; spiritless; out of heart, disheartened, dejected. ここでの "heartless grief" は，彼の詩作についての考えが，当時の他の詩人たちと相容れないことから生じる悲しみ．
age (n.) A period of time. A long but indefinite space of time, marked by the succession of men. この意味では形容辞を伴うか複数で使うのが普通であるが，韻律や脚韻の関係で "in age" となっていると考える．青春期と老齢との対立概念を意識しての表現である．
10 = And I will convert all my thoughts on her
convert (vt.) *Fig.* To turn, direct.
11 **error** (n.) The condition of erring in opinion; the holding of mistaken notions or beliefs; an instance of this, a mistaken notion or belief; false beliefs collectively.
bewitches < bewitch (vt.) *Fig.* To influence in a way similar to witchcraft; to fascinate, charm, enchant. Formerly often in a bad sense, but now generally said of pleasing influence. 関係代名詞 "which" の先行詞は "Honour" と "error". これら二つはいずれも 'bewitch' するものであるから，コンマで区切って単数扱いしている，と解した．
12 **crown fools** Shakespeare の芝居では fool や clown がしばしば重要なキャラクター

として登場し，世相の諷刺や批判などの役割をはたしていたことを意識しているのであろう．

12 **tread** (vi.) To step on (something in one's way); to put the foot down *upon* accidentally or intentionally, esp. so as to press upon.
   desert (n.) Deserving, the becoming worthy of recompense, i.e. of reward or punishment, according to the good or ill of character or conduct; worthiness of recompense, merit or demerit.
13 **my friendless verse** 他の詩人たちとは異なる考えの私の詩歌．
14 **Muses** ここでは世間一般の名声を博している詩歌．Cf. i. 1 の注．
   fame's loose feathers 名声，人気などは時流のままに移り変わり，頼み難いものであるところから，風の吹くままに軽々と飛んでいく羽毛で表象される．また，この "feather" には pen の意があり，羽根ペンで書いているライヴァル詩人たちの作品をも含めているのであろう．詩人は締め括りの 13-14 行目で，この頼み難い名声を追う彼らとの違いを鮮明にしている．

詩人自身の詩神は世間一般とは異なり Mistress Philosophy であるという詩論を展開する．その考えは "my" が 8 回，"her" が 6 回頻出することで強調されている．

x

1 **Muses** ここでは（世俗的名誉を求める）「詩人たち」を指している．
2 **such as** "as" は関係代名詞．
3 **the seed of memory** 集合名詞 "seed" は複数扱いされているので，次行で "Have (most) inspired and shown" となり，"their" で受けている．ただし，この "their" は "Muses" を受けているという読みもありうる．また "memory" は古典に関わる語で，この coronet の最初の i にすでに出ていて，ここで円環が繋がる．
4 **most** 次行でも "noblest"，"highest" と最上級が続いて，Chapman の演劇への強い思いが窺える．
   there = in "the theatre" (2)
5 **wits** <wit A person of great mental ability, a learned, clever, or intellectual person; a men of talent or intellect. 狭義では，当時の University Wits（エリザベス 1 世時代のオックスフォード，またはケンブリッジ大学出身の劇作家たち．Marlowe (p.120)，Nashe (p.30) など）を念頭に置いてもいるのであろう．
6 = That bent affair for the kingly laurel
   That 先行詞は "noblest wits and men of highest doom" (5)．
   laurel 栄誉の印．文学・文筆関係の縁語．
   bent < bend Direct or turn; ply, apply oneself to.

6 **affair**　What one has to do; business, operation.　ここでは「詩作」.
7-8　2-3 行で言及されている演劇を軽蔑する人々に対して，ギリシア・ローマの偉大な古典的伝統を根拠に演劇を弁護する．
8 **impair**　= impairment < impair　To make worse, less valuable, or weaker, lesson injuriously, to damage, injure.
9-10　= then this foul cloudy-brow'd contempt be far from like-plumed birds,
9 **cloudy-brow'd**　< cloudy　Darkened or clouded by ignorance, etc.　Cf. "dwell in darkness" (i. 14).
　contempt　Object of contempt. *Obs.*「軽蔑されるべき詩人たち」
10-11　= let your sacred rhymes exempt their servile feet from honour's court
10 **like-plumed birds**　古典の詩人たちを指し，"fame's loose feathers"(1) で身を飾る詩人たちとは対比を成す．同じく羽根があるとはいえはるかに差がある．*OED* では plume と feather の定義をする際，plume を feather と説明し，またその逆というふうに相互の単語を使用するので，ほぼ同じ意味を持つと言えるが，さらに plume には次の定義がある．*Fig.* With various reference to the feathers of birds as used in flight, displayed in pride, raised or ruffled in excitement, or borrowed in pretentious display (as the peacock's plumes assumed by the jackdaw in the fable). 一方，feather には，A pen. *Obs.* と A feather in the cap, hat; a decoration, mark of honour という記述が見られる．
　rhymes　feet(11), moods, times(12) とともに詩に関する縁語でまとめて，この詩のテーマを印象づける．
　your sacred rhymes　Mistress Philosophy を歌うので "sacred"．この形容詞は "the sacred scrolls" (ii. 11) と使われていて，それが聖書を連想させることから，Mistress Philosophy にキリスト教的精神性の含みを持たせる．「君たち」というのは，自分の追及する詩の世界を共に歌う者としての読者を想定している．つまり，読者として書き手，詩人を想定しているということ．
11 **honour's court**　この「宮廷」という語には，政治的含みが感じられる．
　exempt　To take out or away, put far away, remove, cut off.
11-12　their servile feet (exempt) / That live by soothing moods and serving times 軽蔑されるべき詩人に関わる形容は，すべて [s] 音で統一されていて，特に "servile" と "serving" は同音がつらなり，さらに，"serving times" はその直前で並列される "soothing moods" と，下線部の音が順番に対応していてリズムが生まれて，耳に心地よい．しかし，ただ心地よいだけで，中身のない詩人たちを皮肉を込めて描いている．この箇所は，自分たちの muses に仕え，パトロンを求めるために作品を書く演劇作家仲間を指し，彼らを非難している．また，"feet" という語は，Chapman 以降，繰り広げられることになる「歩格」を音節の長短で読むべきか，強弱で読むべきかという新旧論争に繋がると読める．

13 「名声のすぐにも抜けそうな羽毛で飾る」という1行目の彼らの高慢さに対するに Mistress Philosophy は virtue の一つである modesty を備えている．彼らへの批判を "modest" 1語に込め，アイロニカルな重い語となっている．Cf. vii. 13 "constancy."

14 この行で，この coronet の一番最初に戻る．
   Lucidius olim. ラテン語．Fuller は "[it will be] clearer in the future" と注を付けていて，将来は自分の主張が受け入れられるだろうとなる．ただし，"olim" は，「過去，現在，未来」いずれも指すので，「過去（ギリシア・ローマの時代）はこのようなことは明らかであった」「今，自分（また私と詩の世界を共有する人たち）にとってこのようなことは明らかである」とも解しうる．ただし将来に期するというのが coronet 全体としてふさわしいのではないか．また，形容詞 lucidus ［英語の lucid（聡明な）すなわち，full of light の意］の比較級中性単数を人名のように仕立てて，「現代のルキディウス」と署名したとも考えうるが，これは Coleridge（『選集』CC, p.184）などに同種の例があるものの，この時代には見られないとのことで，無理があるかもしれない．

「我が恋人」の姿が明確化することにより，この coronet が全体として詩論の詩であることが明らかになった．自分の求める詩は，ギリシア・ラテン演劇の古典の伝統を引き継ぎ，キリスト教的 virtue を備えたものであるとして，愛の官能の恋愛詩を描く詩人たちとは一線を画すという立場を鮮明にする．

'A Coronet for his Mistress Philosophy' の全体像

1) 同じ語の再登場例
2) 各篇における同語・類語一覧
3) 'A Coronet for his Mistress Philosophy' の概要
4) 全10篇の coronet としての構造図式化

以下に詳述する．

1) 同じ語の再登場例

　2) の表から，特に同じ単語を取り上げて，coronet 全体での配置を見ることにより，Chapman が各語をいかに関連付けているかが分かる．離れた各篇において同じ単語を登場させて，その単語の表すものを想起させたり，発展させたりして，全体の緊密な関係を構成している．同じ単語だが，異なる意味で使ったり，同じ意味ながら，異なる状況で使ったりと，技巧を凝らしている．
　その典型が，God, god(s); Muse, muse; love; live, living, life ⇔ dead(ly), death であるが，数が多すぎるので，ここでは取り上げない．しかし，数が多いということからしてもわかるように，これらの語こそ，この coronet の主題そのものである．
　[なお，全体で coronet を成すため，最終行が次の最初の行となり，その中の単語は当然繰り返される．従って繰り返しの行に関しては省いた．ただし第10篇から第1篇への立ち帰りについては例外とした．]

empery(-ies)	i, v, x　（viii では "empire"）
fire(s)	i, ii, iii
burning	i, vii
painted	i, ii
jewel(s)	i, iii
glory(-ies)	i, iii, iv, x
memory	i, x
honour, honourèd	i, v
eye(s, n)	i, ii, iii, v, x
riches	i, vii, viii, ix
mind	i, iii, v, vii
humour(s)	ii, vi
base	ii, viii, x
soul(s)	ii, v, vi, vii
perfect, -ion	ii, iii, vi
beauty (-ies), -ify	ii, iii, viii, ix
sacred	ii, x
firm	iii, v
virtue(s)	iii, iv, v, vi, vii, viii
grace(s)	iii, v, viii
earth	iii, iv
look(s)	iii, vi
fame	iii, iv, x
constant, -cy	iii, vi, vii
world	iv, v, vi, ix
content	iv, viii
envy	v, ix
face	v, viii
line(s)	vi, viii
part(s)	iv, vii, ix
verse	viii, ix
crown, tread	ix, x

2) 各篇における同語・類語一覧

	eye	darkness	火 水	heaven earth God	fame honour glory shame	empery	riches	virtue & vice	
								virtue, constancy	vice
i	the eye, Your eyes, see	darkness, blind	kindling, your enragèd fires, Cupid's bonfires, burning		your glory, (honour's),	love's sensual empery, majesty	the wealthy jewels, riches		
ii	his eyes (2)	darkness, blind	Humour, pours down, torrents, her painted fires	human bliss				adamant, perfection	base kind, (waven), melt
iii	a brow, her chaste eyes, looks		the fires, tempting fuel, huge fires, flame, blaze	Heaven's glories, the beam of God, all earth's	All power and thought, her fame (Heaven's glories)		a jewel	perfect, pure, virtue's constant graces	
iv			blaze, chaste flames	the world, heaven, earth, Olympus' gate, God, Hymen's firmament	her fame, her shameless, glory, her shame, the merit and reward			Virtue sacrificeth,	
v	loose eyen			th'inversèd world, the sky, world	honourèd with renown or grace	her empery		All virtue's firm species, virtue's forces, (grace), pure	envy, all frailty, her wanton heels
vi				the world	Titles of primacy, Blood			her high deeds, full perfection, her constant guises, living virtues,	the weak disjoint of female humours, the Protean rages pied-faced fashion, poor men, waxen images, apish strangers, Courtship of antic gestures, brainless jests, false nobility, folly, the deadly vices

beauty	soul spirit mind	flesh heart passion	love		poetry	life, death	その他
			spiritual love	sensual love, lust			
	(the wealthy jewels), the mind	the empty breath, the painted cabinet	my love	lovers, (Cupid's), vain desires, your joys, those joys, your god	Muses, sing, their memory, the honoured subject of love, honour's complete history	dying figures, the living substance	
Colour, (painted), fixed beauties,	your souls, cordial of souls, spirit(2), soul,	entrails, ecstasies, hands, waven thoughts, your hearts, pant, passion, flesh, my liver	my love, Love	your god	the sacred scrolls, long-lost records	her living	
beauty, her close beauties	Her mind, precious thought in her	my liver, spotless-hearted	Love, love, her desires	prideful lust		her living, Her life	stings, age, care, torment
her close beauties	soul-infused regard	her heart	love's prophanèd dart, desires		shops of art		th'untainted temple, nuptials, robes, looks, deeds, whole desent Of female natures
	soul-infused regard, one chanceless mind,	her head, (her wanton heels), her toys and thoughts cupidinine	My love			her life's field, her life	武器他、戦争のイメージを表す諸々の語 war, peace, the army of her face, Her look
	soul					her life	Her look 建築用語 a right line, rebateless point

vii	shows, all-seeing, view		fervency, Burning in wrath				riches	living virtues, the virtues,	the deadly vices, 諸々の vices, constancy
viii	her viewers' brows			the sun		empire, her mighty government	riches	the virtues, reverence, her gifts so high, Her virtues	time's conceits so base
ix				the world, desert	Her world Honour, (fame's), (loose feathers), (error)		my riches		the wrongs, error, envy
x	modest eyes				(fame's loose feathers), their glories, the kingly laurel, the crowns, honour's	love's sensual emperies			scorn, base impair, this foul cloudy-brow'd contempt

分類はあくまでも便宜的なものである．

[凡例]
* 語（句）の後の（　）内に数字が入っているのは，その語（句）がその回数，詩の中に出てくることを示す．
* 作者によって否定的に捉えられているものに網掛けをつけ，肯定的，または中立と捉えられているもの，さらにいずれとも決め難いものはそのままにしてあるが，あくまでも便宜的なものである．
* 項目の中で，virtue と vice, spiritual love と sensual love を対立概念として，分けた．
* 同じ語（句）が，2つの項目に取られていることがあり，一方を（　）に入れた．
* 同じ語が異なる意義で用いられている場合，項目には入らないが，語としての繋がりに意味を持たせているとき，あるいは重層的な意味を含ませているとき，[　]に入れた．

	sense, all souls', her mind	their hearts, trance	my love			(living virtues), (deadly vices)	extractions
her beauty's grove, a purple tincture, taint, depaint, the greater grace		my mistress's face	my love, (my mistress's face)		[subjects], her inward work, my lines, imitate, my verse, [time's conceits], words(2), art(2)		laws, care, canons, content, glass, pansy, a little veil
beautify	my thoughts	his sharp forehead, those parts, heartless grief,	her dear love		words(2), art(2), my active and industrious pen, my muse, Her proper inspirations, fools my friendless verse, Muses, fame's loose feathers,		my fortunes, my youth, age, my comfort
beautify		(cloudy-brow'd)	my love		Muses(2), fame's loose feathers, the theatre, the seed of memory, have inspired, the noblest wits, men of highest doom, The theatres, like-plumed birds, your sacred rhymes, their servile feet, serving times, sing	live	affair, soothing moods

3) A Coronet for his Mistress Philosophy の概要

　ペトラルカの影響のもと，エリザベス朝時代に流行した恋愛詩のソネット・シークエンスの形を使って，一つの詩論を展開する詩といえる．

　[全体] 導入 (i)——前半 (ii-iv)——転換点 (v)——後半 (vi-ix)——結び (x) の構造をなし，最後の x が coronet として i に戻って詩全体のテーマが明らかになる．

　[導入] ソネット・シークエンスに則った詩の，形や展開の仕方から，読者は「愛の歌」と思って読み始めるが，i から既に，「わが恋人を名誉ある主題とし，完全なる史書とする」と，この詩の主題が仄めかされる．実は，明言されているのだが，「わが恋人」が何者か明かされていない書き出しでは，巷の詩人たちや恋人たちは，彼らの称える愛神（キューピッド）同様盲目ゆえ気づかない，と始める．[i]

　[前半部] 流行の恋愛詩の主題となる恋人と，わが恋する女性とを対比し [ii]，次第に，専ら「わが恋人」の描写に移っていくうちに，「わが恋人」の何たるか，すなわち汚れなき心と美，変わることなき美徳を有する神の栄光を示す存在であることが見えてくる [iii]．このあたりから世俗的愛を表現する言葉が次第に影をひそめる．「わが恋人」が，堕落したこの世から自らへと意識を移してオリュンポスに向かい，ハイメンのもとで神と結婚することにより，キリスト教とギリシア古典の融合を歌い，さらに，この詩のテーマが詩論であることが浮かび上がる [iv]．

　[転換点] 世俗的愛と精神的愛という両価値の戦いを想定した戦いのイメージが歌われるが，この段階では，詩全体のテーマである詩論は明確ではない [v]．

　[後半部]「わが恋人」の特質を堅固な不変性に集約，「悪徳を美徳に変える」と価値観の転換が示され [vi]，その転換が具体的に歌われる [vii]．次いで，主題たる「わが恋人」の資質が高邁ゆえ，彼女を自分の貧弱な詩で称讃するのは至難であると [viii]，「わが恋人」が，詩の主題としての恋人のみならず「わが詩神」とされるとき，この詩のテーマが詩の在り方，すなわち世俗的愛ではなくキリスト教的精神性を備えた愛を主題とし，かつギリシア古典詩の伝統を意識すべしということが見えてくる [ix]．

　[結び]「わが恋人」が世俗の愛を歌わせる「詩神」に取って代わり，世俗の愛の詩で歌われる恋人が Mistress Philosophy であることを願ってこの詩は完結する．演劇，劇作家，古典への言及がこの詩のテーマを補強している [x]．最後の 1 行が，詩全体の最初の行に連環する．つまり，最初に否定された世俗の愛の詩は，しかるべき主題を

備え，古典を意識することで，永続的価値のある詩となりうるが，それは叶わぬまま，最初に戻るのである．

　左頁に述べた詩想が，言葉やイメージの使われ方にも表れている（解説1), 2)参照)．たとえば，sensual love は i-iii でのみ登場し，viii 以下では spiritual love が歌われて，coronet 全体のテーマが「私」の恋する相手，Mistress Philosophy であることが明確化する．このことは，poetry が最初 i, (ii) で仄めかされ，やがて viii 以下に，詩作に関する言葉が集中して，詩作がテーマとなることと重なる．結局，恋人 Mistress Philosophy を歌う詩が「私」にとっては詩そのものであって，coronet が円環を成すため，最初は，sensual love を歌う詩人との対立は漠然としていたが，最後に，鋭い対立を示すライヴァルとして，詩作上の立場の違いが明確化する．
　最初に見られる fire と sensual love との呼応も，詩論が関わって fire のイメージが iii で転換した後消える．また，darkness (= ignorance) も最初のみで消えていく．逆に eye の意味が深められ，愛の詩，詩そのもののあるべき姿が理解されていく展開に呼応している．
　対立概念として常に相関関係にあると意識される virtue と vice，soul と heart なども，最初は vice が多いのが詩の進行につれて次第に逆転していく．

4) 全10篇の coronet としての構造図式化

(MP = Mistress Philosophy；⇔対立関係；→移行)

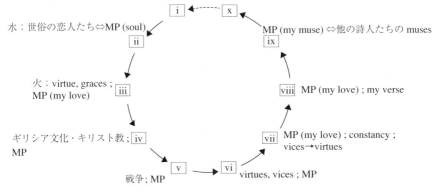

Henry Constable (1562-1613)

　イングランドの詩人．16 歳でケンブリッジ大学，セント・ジョンズ・コレッジに入学，1579-80 年には評議会の特別の計らいで学士課程に進級した．だがその後は不明な点が多い．かなり若いときにカトリック教徒になり，パリに住んだ．1584 年 7 月，および翌 85 年 4 月にパリからサー・ウォルシンガム卿 (p.79) に宛てた手紙は，彼がしばらくの間イングランド政府のスパイを務めていたことを示す．彼の手稿の韻文はイングランドの友人たちの間で回覧され，好評を博したが，彼がカトリック教徒であることだけが足枷になった．エリザベス女王の王位継承をめぐり，イングランドにおけるカトリック教徒抑圧緩和を条件にスコットランド王ジェームズ 6 世を王位につける計画が進められ，彼は 1589 年にはローマ教皇からの委任を受けてエディンバラに赴いた．だが，ジェームズ 6 世は彼との会見を拒否した．パリへ帰還後はフランスに留まることを決心し，97 年 10 月には，フランス王からの年金の受給者となった．件のジェームズがイングランド王ジェームズ 1 世として即位したのに伴い，危険を冒してイングランドへ戻るが，1604 年 6 月ロンドン塔に幽閉された．ロバート・セシル卿 (p.80) に忠誠心を訴え，同年 12 月前には釈放された．その後，1613 年リエージュで死去．その他，詳細は不明．

　彼は Sidney (p.92) や Edmund Bolton* の友人であった．1592 年 23 篇のソネット・シークエンス *Diana, The praises of his Mistress, in certain sweete Sonnets* を出版．Sidney の *Apologie for Poetry* (1595) に 'To Sir Philip Sidney's Soul' と題する 4 篇のソネットを寄稿．また，この時代の最も美しいアンソロジーと評される *England's Helicon* (1600) に 4 篇の pastoral（牧歌）を寄稿．その 4 篇には 'Diaphenia'，'The Shepheard's song of Venus and Adonis' が含まれ，後者は Shakespeare の *Venus and Adonis* を連想させる．前述の Bolton の *Element of Armoury* (1610) に寄稿したソネットもある．

　彼のソネットは風変わりなコンシートが多すぎる嫌いがあるが，語彙やイメジャリは真の熱情と詩的情感の豊かさを示している．宗教詩には純粋な宗教的熱誠が息吹いている．それに比して pastoral（牧歌）は気楽に書かれており，そのさわやかな調べを特徴とする．

Edmund Bolton (Boulton) (1575?-1633?)　イギリスの歴史家，詩人．カトリック教徒として育ち，終生その信仰に生きた．ケンブリッジ大学のトリニティ・ホールで自費生として長年過ごしたのち，イナーテンプル法学院に移り，貴顕紳士たちと交わった．とはいえ，宮廷，文学の両面においてそのカトリック信仰は妨げとなり，晩年は債務不履行者を収容するフリート監獄，宮廷裁判所所轄のマーシャルシー監獄に投獄されており，正確な没年は不明．Sidney (p.92)，Spenser (p.53)，Ralegh (p.73) らとともに *England's Helicon* の寄稿者となっている．歴史書としては，John Speed (1552?-1628) の *Chronicle* に 'Life of King Henry II' を担当することになっていたが，St. Thomas à Becket（カンタベリー大司教．ヘンリー２世と対立して暗殺された）に好意的すぎるという理由で掲載を拒否された．

Diana, The praises of his Mistres
タイトル・ページ

'Uncivil sickness, hast thou no regard'

Uncivil sickness, hast thou no regard
    But dost presume my dearest to molest,
    And without leave dar'st enter in that breast
    Whereto sweet love approach yet never dared?
Spare thou her health, which my life hath not spared.   5
    Too bitter such revenge of my unrest:
    Although with wrongs my thought she hath oppressed,
    My wrongs seek not revenge; they crave reward.
Cease, sickness, cease in her then to remain,
    And come and welcome, harbour thou in me,   10
    Whom love long since hath taught to suffer pain.
So she which hath so oft my pains increased,
      (Oh God, that I might so rewarded be!)
    By my more pain might have her pain released.

「無礼な病よ，汝は我が最愛の女(ひと)に敬意を払わず」

無礼な病よ，汝は我が最愛の女(ひと)に敬意を払わず
　それどころか生意気にも痛めつけるのか，
　しかも許しも得ず大胆にもあの胸の中へ入り込むのか，
　そこへは甘い愛もいまだ決してあえて近寄ったこともないのに．
彼女の健康を損なってくれるな，彼女は僕の命を斟酌しなかったが，
　僕の心労ゆえのそのような復讐は苦すぎる．
　彼女は僕の思いを不当な仕打ちで圧迫してきたとはいえ，
　僕の受けた仕打ちが求めるのは復讐ではない，切望するのは報酬だ．
止めよ，病よ，だから止めよ，彼女の中に宿るのは，
　そして来たれ，歓迎だ，宿れ，僕の中に，
　僕には愛が久しく苦しみに耐えることを教えてきたのだから．
　そうしてかくもしばしば僕の苦しみをいや増してきた彼女には
　　（おお，神よ，僕はそのように報われんことを！）
　　僕のさらなる苦しみによって彼女の痛みが免除されんことを．

Diana, The praises of his Mistress, in certain sweete Sonnets (1592) 6 番.

Diana が詩人の虚構なのか，実在の人物なのかは不明．一説では詩人の従姉妹であるシュルーズベリ伯爵夫人だとも言われる．94 年出版の第 2 版には，第 1 版の詩篇も併せ 76 篇のソネットが含まれる．

1 **Uncivil** (a.) 1. Not civilized; barbarous; unrefined. 2. Undeveloped; rude; primitive *Obs*. 3. Not civil or courteous, impolite; rough, rude, lacking in manners.
   sickness (n.) 通常の生理的な「疾病」と心理的な「恋煩い」の二つの意味が重ねられている．
2 **presume** (vt.) With *inf*. To be so presumptuous as; to take the liberty; to venture, dare (to do something).
   dearest (a.) The adj. is often used *absol*.='dear one', especially in 'dear' or 'my dear' addressed to a person; also in the superlative degree, 'dearest', 'my dearest'.
   molest (vt.) Of disease: To afflict, affect. Also *fig*. *Obs*.
4 **Whereto** (ad.) to there 関係副詞．「そこへ，それに対して」
   love (n.) Viewed as an abstract quality or principle. (Sometimes personified.) 11 行目の "love" も同じ．この詩では，抽象概念としての愛または愛の神キューピッドのどちらを指すのか，判別しがたい憾みがある．
5 **Spare** (vt.) To leave (a person) unhurt, unharmed, or uninjured; to refrain from inflicting injury or punishment upon; to allow to escape, go free, or live. Usually with personal subject.
   which 先行詞は "her".
6 **such revenge** (n.) 彼女が病を得て健康を損なうことを指す．なお，"bitter" は "sweet"(4) の対立語．
   unrest (n.) Absence of rest; disturbance, turmoil, trouble.
7 **wrongs** < wrong (n.) Unjust action or conduct; evil or damage inflicted or received; unfair or inequitable treatment of another or others; injustice, unfairness.
8 **crave** (vt.) To ask earnestly, to beg for (a thing), *esp*. as a gift or favour.
10 **harbour** (vi.) To shelter oneself, lodge, take shelter; to encamp; later, often with some notion of lurking or concealment. *Arch*. or *Obs*.
11 **Whom** "me"(10) を受ける．動詞 "hath taught" の目的語．主語は "love".
   since (ad.) Ago; before now. With time specifies, or preceded by *long*.
   suffer (vt.) 1. To undergo, endure. 2. To go or pass through, be subjected to, undergo, experience.
12-14 **So she ... her pain released** = So she (which hath so oft my pains increased) ... might have her pain released (by my more pain).

13 that I might so rewarded be!　祈願文. 'I wish' を補って読む.
14 have her pain released　"have" は使役動詞.「彼女の苦しみが解き放たれる」

　脚韻は abba / abba / cdc / ede. 脚韻上では 8 行連句と 6 行連句に大きく分かれ, イタリア形式に近いが, 詩句の配列形式上では 3 つの 4 行連句と 2 行連句というイギリス形式になっていて, 変則的である.
　このソネットの大きな特徴は, 同じ語, または同族語の繰り返し, 縁語, 対比語を使用して, 否定辞を重ねることで詩想を展開している点にある. 語意の上でも, "pain" に疾病からくる「痛み」と恋ゆえの「苦しみ」など, 重層的な表現がみられる.
　同じ語, または同族語："sickness"(1, 9), "love"(4, 11), "reward"(8) と "rewarded"(13), "C(c)ease"(9), "come" と "welcome"(10), "pain"(11, 14, 14) と "pains"(12), "S(s)o"(12, 13).
　縁語："sickness"(1, 9) と "pain"(11, 14, 14), "pains"(12).
　対比語："sweet"(4) と "bitter"(6), "revenge"(6, 8) と "reward"(8), "rewarded"(13).

　構文上の詩想の展開を, 相手の女性, 病, 愛, そして詩人自身の 4 者に分類して図表にしてみると以下のようになる.

She	sickness(thou)	love	I
	hast no regard (1)		
	dost presume my dearest to molest (2)		
	dare'st enter in that breast (3)	⇔ approach...never dared (4)	
my life...not spared (5) ⇔	*Spare...her health (5)		
with wrongs...hath oppressed (7)	⇔		→ my wrongs seek not revenge (8)
			→ they (my wrongs) crave reward (8)
	*Cease in her to remain (9)		
	*Come and...harbor...in me (10)		
		hath taught to suffer pain (11)	
hath...my pains increased (12)			→ By my more pain...have her pain released (14)

　この図解で見られるように "not spared" ⇔ "spare"（sickness / thou に命令しているのは同じく * を付した他の 2 か所と同様 "I" ゆえ）, "with wrongs...hath oppressed" ⇔ "My wrongs seek not revenge", "hath my pains increased" ⇔ "By my more pain might have her pain released" と "she" と "I" が相反する姿勢を見せつつ, "I" の引き受ける "sickness" の苦しみが増すことが "she" の健康という幸せに繋がり, 苦しみ＝喜びの逆説となる. そこに至る要となっているのが "love" で, 彼女の胸に入るかどうかで "sickness" と対立しつつ, "hath taught to suffer pain" と逆説を引き出す.

Samuel Daniel (1562-1619)

　イギリスの詩人，劇作家．音楽教師の息子．17歳でオックスフォード大学モードリン・コレッジに入学し，3年間在籍したが，学位を取得せず退学．86年にはフランス大使であったスタフォード卿に仕え，イタリアに同行した．1590年以後，ウィリアム・ハーバートの家庭教師を務めた．ハーバートの母，第2代ペンブルック伯爵夫人メアリ (pp.284, 328) は Sidney (p.92) の妹であり，彼女から文学面での励ましを受けた．彼の27篇のソネットが Sidney の *Astrophel and Stella* (1591) の巻末に印刷されたことにより詩人として知られるようになった．これは Nashe (p.30) の画策によるもので，本人の意に沿うものではなかった．翌92年，*Delia. Contayning certaine sonnets, with The Complaynt of Rosamond* として，ソネットと物語詩を同時出版．94年にはセネカに倣った悲劇 *Cleopatra* も出版．この頃には彼の文芸上の名声は確立していたようで，Spenser (p.53) の *Colin Clouts come home again* (1595) 中に彼への言及が見られる．95年には長篇歴史詩 *First Fowre Bookes of the Civile Wars between the two Houses of Lancaster and Yorke* を出版．この書にはエセックス伯 (p.81) やマウントジョイ卿*への讃辞があり，当時の貴顕紳士と知己になっていたようである．1602年，文学論争に携わり，*The Defence of Rhyme* で英語本来の強弱に基づく韻律を擁護した．これは Campion (p.229) がその著 *Observations in the Art of English Poesie* (1602) で，音の長短に基づく古典的韻律を唱道し，英語は押韻に適さないと論じたのに対する反論である．

　主な劇作品は masque（仮面劇）で，王妃や侍女たちによって上演された．ギリシアの伝記作家プルタルコスの『アレクサンドロス大王伝』に依拠した3幕の悲劇 *Philotas* を1605年に出版．だが，大王への反逆陰謀の廉で処刑されたフィロータスを同情的に描いたため，故エセックス伯に擬したのではないかと，宮廷人からの嫌疑を受けた．その弁明にマウントジョイ卿の名を出したために，卿から譴責され，長い詫び状を出す羽目になった．牧歌的悲喜劇 *Hymens Triumph* (1615) は，アン王妃に献呈され，貴族の結婚式に上

演されて衆目を集めた。この作品については Coleridge (『選集 CC』p.184) が彼の天才的資質を最も効果的に示すものと主張し、また Lamb (『選集 SS』 p.7) も *Dramatic Poets* で言及している。

　彼の詩は同時代人の Drayton (p.187)、Drummond of Hawthornden (p.292)、Carew (『選集 CC』p.3) をはじめ、先述の Coleridge、Lamb に加え、Hazlitt* ら、眼識鋭い詩人や批評家たちによって称讃された。しかし Drayton は、彼が詩よりも散文に適していたと言い、Jonson (前掲書 p.4) は、詩人ではないとまで断言している。また、彼のソネットはリズムの甘美な滑らかさなどは注目に値するが、フランスやイタリアからの借用も少なくない、と評されている。

マウントジョイ卿 (Charles Blount, Earl of Devonshire and Eighth Lord Mountjoy, 1563-1606)

オックスフォード大学に在籍ののち、イナーテンプル法学院で学び、宮廷での立身出世をめざした。その美貌によって女王の寵愛を受けたが、エセックス伯の嫉妬を招き、後者の言辞がもとで決闘に至った。二人はその後、友好関係を結んだ。国会議員に選ばれ、ナイト爵位を授与されたが、さらに軍功による出世を望み、Sidney (p.92) が致命傷を負った現場にも居合わせた。エセックス伯が反逆罪で告発された折、宮廷はアイルランド鎮定にマウントジョイの存在は不可欠と判断し、共謀の嫌疑をもみ消した。1603年にはデヴォンシャ伯爵位を授与されたが、私生活面ではスキャンダルに悩んだ。リッチ卿の妻、エセックス伯の姉で Sidney の愛人であったレイディ・リッチ (p.96) と関係を結び、5人の子供をもうけた。エセックス伯の死後、夫のリッチ卿が離婚訴訟を起こし離婚の認可を得たので、マウントジョイ卿は彼女との再婚を強行した。しかし、離婚訴訟の過程で姦通が公になった彼女の再婚は認可されず、上記の5人の子供も嫡出子とは認められなかった。

William Hazlitt (1778-1830) 　イギリスの批評家・随筆家。ユニテリアン派の牧師の息子として生まれ、教育を受けたが、Coleridge との出会いを契機として、美術・文学へ転向する。代表作には *Characters of Shakespeare's Plays* (1817)、3つの連続講義録 *On the English Poets* (1818)、*On the English Comic Writers* (1819)、*On the Dramatic Literature of the Age of Queen Elizabeth* (1820)、また Shelley (『選集 SS』p.34) を攻撃した *Table Talk* (1821) などの著書がある。

'Care-charmer sleep, son of the sable night'

Care-charmer sleep, son of the sable night,
    Brother to death, in silent darkness born,
    Relieve my languish and restore the light,
    With dark forgetting of my care's return.
And let the day be time enough to mourn 5
    The shipwreck of my ill-adventured youth.
    Let waking eyes suffice to wail their scorn
    Without the torment of the night's untruth.
Cease, dreams, th'imag'ry of our day-desires,
    To model forth the passions of the morrow. 10
    Never let rising sun approve you liars
    To add more grief to aggravate my sorrow.
Still let me sleep, embracing clouds in vain,
And never wake to feel the day's disdain.

「憂いを魔力で鎮める眠りよ，漆黒の闇夜の息子よ」

憂いを魔力で鎮める眠りよ，漆黒の闇夜の息子よ，
　　静寂の暗闇の中に生まれた，死の弟よ，
　　私のやつれを救い，光を取り戻してくれ，
　　私の憂いが戻るのをうかつにも忘れさせて．
そして，昼間だけで足れりとせよ，
　　拙劣にも危険に身をさらした私の青春の難破を嘆くには．
　　夜の不実という拷問の責め苦はなしにして，
　　醒めた眼がその受けた嘲りにむせび泣くだけで充分とせよ．
夢よ，白日の欲望が作り出す幻影よ，
　　翌朝の情念を形に表出するのを止めよ．
　　昇る太陽に決して是とさせてはならぬ，お前たち嘘つきが
　　さらに悲哀を加えて私の悲しみをいっそう重くするのを．
やはり，私を眠らせよ，雲を空しくかき抱くといえども．
そして決して目覚めることなく，昼間の侮蔑を感じさせることなかれ．

Delia and Rosamond Augmented (1592) 49 番.

パトロンであるペンブルック伯爵夫人への献辞に始まり，若いころの恋の冒険が綴られているが，Delia が誰であるかは不明．Constable の *Diana* (p.178) を想起させると指摘されている．

1 **Care-charmer**　charmer < charm (vt.)　To overcome or subdue as if by magic power; to calm, soothe, allay, assuage.
　　sable　(a.) The colour of black clothing, also, esp. as a symbol of mourning. *Poet*. and *rhet*. "sleep", "son", "sable" は頭韻．
1-2 **son of the sable night, / Brother to death**　ギリシア神話では，闇夜が死の神（タナトス，兄）と眠りの神（ヒュプノス，弟）を生んだとされる．さらに眠りの神ヒュプノスは夢を生み，二つの門を持つ．その一つである象牙の門から出る夢は，実がなく偽りのごまかしごとを教える．他方の角（つの）の門から出る夢は，実のある，真正な，確かな正夢であるという．眠りと死，さらに夢はしばしば結びつけられる．Cf. Shakespeare, *Hamlet*, III. 59-87.
3 **Relieve**　(vt.) To raise (a person) out of trouble, difficulty, or danger; to rescue, succour, aid or assist in straits; to deliver from something troublesome or oppressive. Now somewhat *rare*.
　　languish　(n.) The action or state of languishing. To languish (vi.) = Of living beings (also of plants or vegetation): To grow weak, faint, or feeble: to lose health, have one's vitality impaired; to continue in a state of feebleness and suffering.
　　restore　(vt.) 1. To give back, to make return or restitution of (anything previously taken away or lost). 2. To make amends for; to compensate, to make good (loss or damage). Now rare or *Obs*.
　　light　(n.) 1. A gleam or sparkle in the eye, expressive of animated feeling or the like. 2. *Spec*. The illumination which proceeds from the sun in day-time; daylight. Also, the time of daylight; day-time, day-break. (Usually *the light*. Also *the light of day*.) ここでは，悩みから解放された明るい精神状態を指すのであろうが，"light" はあくまで昼間を連想させ，次行の "dark" とは矛盾する．
4 **dark**　(a.) 1. Obscure to 'the mind's eye', or to memory; indistinct, indiscernible. 2. Not able to see, 'partially or totally blind; sightless. *Obs*. exc. *dial*. 3. Void of intellectual light, mentally or spiritually blind; unenlightened, uninformed, destitute of knowledge, ignorant.　暗くてものが良く見えないことから，ものを知らない，無知蒙昧である，の意味であろう．次の "forgetting" という動名詞を修飾する．
　　forgetting　< forget (v.) 動名詞．続く "of" は目的を表す．
5 **day**　(n.) The time of sunlight.「昼間」の意．

6　**ill-adventured**　< ill-adventure　ill (ad.) (1.wickedly, sinfully, blameworthily, 2. badly, faultily, improperly; unskillfully) + adventured (p.p., a.) (risked, staked; which one has run a risk for, gained at a risk, or put in danger) 過誤の導くままに彷徨した青春，の意で，恋の道，権謀術策うずまく宮廷での失敗などを含めているのであろう．

7　**suffice**　(vi.) To be enough, sufficient, or adequate for a purpose or the end in view.
　wail　(vt.) To bewail, lament, deplore. Now *poet.* or *rhet.*
　their　この行の "waking eyes" を指す．「醒めた眼が受けた」の意．

8　**untruth**　(n.) 1. Unfaithfulness; lack of fidelity, loyalty, or honesty. Now *arch.* and *rare*. 2. Unbelief; lack of faith. *Obs.* 3. Falsehood, falsity.

9　**th'imag'ry**　= the imagery (n.) Images collectively, carved figures, or decorations; image-work, statuary, carving. More rarely referring to pictures. Also in *pl.*「心象」
　th'imag'ry of our day-desires　「昼間の欲望が心象をつくりだしてそれが夢となって現われていること」の意で，"dreams" と同格．"dreams" と "day-desires" は頭韻をなし，非現実性の意を強めている．

10　**model**　(vt.) To present as in a model or outline; to portray or describe in detail. Also with *forth, out. Obs.*
　passions　< passion (n.) 1. A fit or mood marked by stress of feeling or abandonment to emotion; a transport of excited feeling; an outburst of feeling. 2. Amorous feeling, strong sexual affection; love; also in pl. amorous feelings or desires.
　morrow　(n.) The day next after the present; the day subsequent to any specified day.

11　**approve**　(vt.) 1. To make good (a statement or position); to show to be true, prove, demonstrate. 2. To attest (a thing) with some authority, to corroborate, confirm. *Obs.*
　you liars　"dreams"(9) を指す．

12　**aggravate**　(vt.) To put weight upon. Esp. Of things evil: To increase the gravity of, to make more grievous or burdensome; to make worse, intensify, exacerbate.

13　**Still**　(ad.) With reference to action or condition: Without change, interruption, or cessation; continually, constantly, on every occasion, invariably, always. *Obs.* exc. *poet.*
　clouds　< cloud (n.) *Transf.* and *fig.* Anything that obscures or conceals; any state of obscurity or darkness. 内容としては "th'image'ry of day-desires"(9) を指す．眠りの世界ではすべてが定かではなく，朦朧としていて掴みどころがないことを表象しているのであろう．

14　**never wake to feel**　結果を表す．決して目覚めることなかれ，ということは「死」に繋がる．

脚韻は abab' / bcbc / dede / ff．3 つの 4 行連句と 2 行連句からなり，イギリス形式となっている．内容的にも 3 つの 4 行連句の想念を最後の 2 行連句で締め括っており，Shakespeare によるイギリス形式完成への梯となったことが *Delia* の最大の功績，と言われるゆえんである．

同一語，同族語の多用が顕著に見られる．"Care-charmer"(1) と "care's"(4), "sleep"(1, 13), "night"(1) と "night's"(8), "darkness"(2) と "dark"(4), "l /Let"(5, 7, 11, 13), "day"(5) と "day-desires"(9) と "day's"(14), "waking"(7) と "wake"(14), "N/never"(11, 14).

また，頭韻や類義語，対比語が多用されている．

頭韻："Brother ... born" (2), "death ... darkness" (2), "Relieve ... restore" (3), "languish ... light" (3), "waking ... wail" (7), "suffice ... scorn" (7), "dreams ... day-desires" (9), "model ... morrow" (10), "let ... liars" (11), "add ... aggravate" (12), "Still ... sleep" (13), "day's ... disdain" (14).

類義語："sable"(1) と "darkness" (2) と "dark" (4), "mourn" (5) と "wail" (7), "scorn" (7) と "disdain" (14).

対比語："night" (1) と "day" (5, 14), "darkness" (2) と "light" (3) など．

この詩のテーマは，夜には己の欲望が夢となって現われ，束の間の喜びを与えてくれるが，それは所詮，幻影であって，夜が明けると，そのような幻影に欺かれていた自分を昼間の現実が嘲る．この嘲りを受ける苦しみは，夜見る夢そのものを拷問の責め苦に変えてしまう．とはいえ，詩人としては，昼間の世界で侮蔑に耐えるよりは，空しいと分かりつつも夢をいだきつつ，眠り続けたい，と読む．

Michael Drayton (1563-1631)

イギリスの詩人．ウォリックシァのハーツヒルに生まれ，父は肉屋また皮なめし屋であったなど諸説ある．コベントリーで教育を受けたとされる．グッディア卿に仕え，そのもとでさらに研鑽を積んだ．やがて，詩人になるべく，またパトロンを求めるべく，ロンドンに出た．グッディア卿の死後，ベッドフォード伯爵夫人，アストン卿の庇護を受ける．

詩人としては，Spenser (p.53) と Marlowe (p.120) を規範とした．*The Harmonie of the Church* (1591) の処女出版の後，内容，形式ともに全く異なった *Idea: The Shepeardes Garland in Nine Eglogs* (1593) でかなりの成功を収めた．これは，Spenser 風の，エリザベス女王讃歌，Sidney (p.92) への追悼詩を含む．作詩のインスピレーションを与えた女性 Idea はグッディア卿の娘アンとされ，また詩人が生涯独身であったことを，このアンへの思いのゆえとする説もあるが，いずれも確かなところは不明である．いずれにせよ，ソネット・シークエンス *Ideas Mirrour: Amours in quaterzains* (1594) および *Idea in Sixtie Three Sonnets* (1619) にも Idea が登場する．オウィディウス風の *Endimion and Phoebe: Ideas Latmus* (1595) は韻を踏んだ 10 音節の二行連句の使用に関して，Shakespeare の *Venus and Adonis* の影響を受けたと見られるが，この作はのちに Keats (『選集 SS』，p.77) に *Endymion* を書かせる一つの要因となった．

次に，歴史をテーマとした詩をいくつか出版した．1597 年に出版され，翌年に拡大版が出た *Englands Heroicall Epistles* は，オウィディウス作 *Heroides* に倣ったもので，歴史上の人物が交わした韻文の恋文の形を取っていて，Drayton の歴史詩の中では一番と押す批評家も多い．この分野では他に，*The Barrons Wars* (1603) などあるが，諷刺詩 *The Owle* (1604)，*Poems Lyrick and Pastorall* (1606) や宗教詩も発表した．演劇にも手を染めたが，共同作品が一つ現存するのみである．

そして，イギリスで一つの詩としては最長を誇る *Poly-Olbion* は，第 1 部

が1612年に出版されたが，第2部出版は1622年までかかった．タイトルは「多くの祝福」を意味するが，また 'Mulitple Albion' でもあり，さまざまな国が一つにまとまるという 'Greater Britain' を表している．イギリスの風土の美しさと，当時ヨーロッパで最強を誇った栄光を過去にさかのぼって称え，さながら地理的，歴史的絵巻となっていて，topographical poetry（地誌詩）の傑作の一つとされる．よく文通していた Drummond (p.292) に，この作への高い評価を感謝する手紙を残している．1627年に発表された *The Battaile of Agincourt* は Dr. Johnson（『選集 CC』，p.28）が称讃している．その後も，叙事詩，田園詩など幅広い作品を書き，死の前夜に書いたとされる詩も残っている．初期の作品に手を加えることが多かったものの，あまりその成果は見られないとされる．才は大いにあったとはいえ，多作すぎると見なされるが，これは，パトロンを必要とする当時の詩人としては，避けがたかったと言える．総合的な評価の高さは，ウエストミンスター寺院に葬られたことで裏付けられよう．

Poly-Olbion
タイトル・ページ

『同』フロント・ピース
(本書はヘンリー王子(p.77)に捧げられた．)

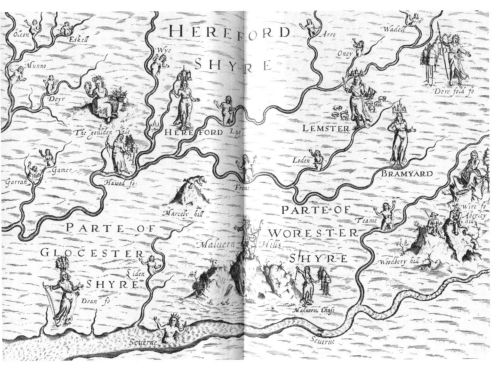

『同』The Seventh Song のイラスト地図
（各歌に地図が付加されている）

'Since there's no help, come let us kiss and part'

Since there's no help, come let us kiss and part.
Nay, I have done: you get no more of me,
And I am glad, yea glad with all my heart
That thus so cleanly I myself can free.
Shake hands for ever, cancel all our vows, 5
And when we meet at any time again,
Be it not seen in either of our brows
That we one jot of former love retain.
Now at the last gasp of love's latest breath,
When, his pulse failing, passion speechless lies, 10
When faith is kneeling by his bed of death
And innocence is closing up his eyes,
    Now, if thou would'st, when all have given him over,
    From death to life thou might'st him yet recover.

「もうどうしようもないのだから，さあ，接吻を交わして別れよう」

もうどうしようもないのだから，さあ，接吻を交わして別れよう．
いや，僕の方はもう終りだ．君はもう僕から何も得られない．
それで僕は嬉しいのだ，そうとも全く心から喜んでいるのだ，
こんな風にすっかり我が身を自由にできることを．
これを最後に握手を交わし，僕らの誓言すべてを取り消そう．
そして僕らが再会する時はいつでも，
僕らのどちらの顔にも見られないようにしよう，
以前の愛を少しでもまだ抱き続けていることを．
ところで，愛が最後の息のその最後のあえぎで，
その脈拍が弱り，情熱が無言で横たわる時，
その臨終のベッド脇に信誠(まこと)が跪き，
純真無垢がその両眼を閉ざす時，
　さあ今や，もしも汝が望むならば，すべてが愛を見放す時，
　死から生へ汝は愛をまだ蘇生させられるかもしれない．

Idea in Sixtie Three Sonnets (1619) 61 番．（紙面配置の都合で 11 番を後にした．）

Idea in Sixtie Three Sonnets (1619) は，初めて発表された 10 篇を除き，残りはすべて Drayton がそれまでに発表していた詩集から選択採録して編集されたソネット・シークエンスである．いわば Drayton の集大成にあたる作品で，かつ，この 61 番は最高傑作との定評がある．ソネット・シークエンスは 1599 年以前に出版されていて，その後 1619 年までの 10 年間に出版されたのは 5 作に過ぎず，Drayton のソネットに対する執着は当時の主流からはずれていた．しかし彼のソネット形式に対する挑戦はつづき，この 61 番の傑作を生むに至った，とされる．1619 年発表の新作はコンシートに論理性が付され，情緒に対して距離が置かれ，諷刺家のソネットになっている，とも評されている．

Idea in Sixtie Three Sonnets
タイトル・ページ

1 **come** (vi.) 間投詞的用法．冒頭の "Since" とともに，この語が韻律上の均衡を崩し，強勢がおかれている効果に留意したい．
2 **Nay** (ad.) No. この反意語は 'yea' (= 'yes') (3)．上記の "come" とともに，この語もまた口語的リズムを補強し，日常性に富む語句を際立たせ，読者に親近感を喚起してこの詩のテーマへと導入する．
  of Out of.
3 **glad** この語が繰り返される強弁ぶりに詩人の心理のありようを読み取りたい．
4 **free** (vt.) To make free; to set at liberty; to release or deliver from bondage or

constraint.
7 **it**   That we ... retain (8) を指す．
   brows   < brow(n.) 眉，額，顔全体，および，そこに浮かぶ表情を含む．
8 **jot**   (n.) The least letter or written part of any writing; hence, generally, the very least or a very little part, point, or amount; a whit. (Usually with negative expression or implied.)
9 **Now**   (ad.) 間投詞的に使われている．13 行目も同じ．
   last   (a.) 'late' の最上級．「順序」の関係を示す．次の "latest" も 'late' の最上級．この行では "last" と "latest" の 2 語の言葉遊びが見られる．また，"love" を挟んで [l] の頭韻を踏み，愛の最後を際立たせている．次項 "gasp" の注参照．
   gasp   (n.) A conclusive catching of the breath from distress, exertion, or the lessening of vital action; also, as a result of surprise. Esp. at the last gasp: at the point of death. Also *fig*. 従って，ここでは，愛の「死ぬ間際，臨終の時，今わの際に」の意．
10 **his**   love's (9) を指す．love = Cupid (pp.23, 103 など参照)．9 行目からの "love" は，擬人化されている．後の "passion"，"faith"，"innocence" も同様．
11 **faith**   (n.) 一般的に Belief, trust, confidence. 詳細に言えば 1. Confidence, reliance, trust (in the ability, goodness, etc., of a person; in the efficacy or worth of a thing; or in the truth of a statement or doctrine). 2. The quality of fulfilling one's trust; faithfulness, fidelity, loyalty. この 11 行目は，愛の臨終の場を，キリスト教信者の臨終場面に重ねている．
13 **thou**   2 行目では相手の女性を "you" と呼んでいるが，ここでは "thou" となっている．別れた後で，今わの際で愛を復活させるのは相手の意思次第，という状況を創作することで，心理的距離感を示しているのであろう．
   given ... over   < give over   *Trans*. To abandon, desert (a person, cause, etc.) *Obs*.

脚韻は abab / cdcd / efef / gg．形式的にはイギリス形式を踏襲しているが，内容的には 8 行と 6 行に分かれる．

前半部 8 行は別れる決意をした男のセリフになっている．注でも一部言及したが，単音節の日常語を用い，口語的な間投詞的な語法（例えば，"come"(1)，"Nay"(2)，"yea"(3)）を多用し，よくある別れ際のセリフと読める．これに反して後半部は "love's"(9)，"passion"(10)，"faith"(11)，"innocence"(12) と抽象概念を擬人化し，ドラマの場面さながらに描き，一種の愛の寓意画に仕立てている．

また，"Now"(9, 13)，"When"(10, 11)，"when"(13) の繰り返しによって臨場感を表現し，"death"(11, 14)，"life"(14) などの縁語を用いて愛の生と死を凝視している．前半部の決別の歯切れよく強い口調は，それだけ後半部の愛の復活願望を推測させる．

'You not alone, when you are still alone'

You not alone, when you are still alone,
O God, from you that I could private be!
Since you one were, I never since was one,
Since you in me, myself since out of me,
Transported from myself into your being, 5
Though either distant, present yet to either,
Senseless with too much joy, each other seeing,
And only absent when we are together.
Give me myself and take yourself again.
Devise some means but how I may forsake you. 10
So much is mine that doth with you remain,
That taking what is mine, with me I take you.
    You do bewitch me. Oh that I could fly
    From myself you, or from your own self I.

「あなたは一人ならず，確かに一人なのではあるが」

あなたは一人ならず，確かに一人なのではあるが，
ああ神よ，あなたから離れ私が自分だけになれるものなら！
あなたが一人だからといって，それ以来決して私は一人ではなかったし，
あなたが私の中に入っているので，私自身はそれ以来私から去ってしまい，
私自身から移されあなたの存在に入り込んだ．
お互いに離れていても，しかしお互いにとって存在しており，
お互いに見つめ合っていると，喜びすぎて無感覚になり，
一緒にいるととにかく存在しないのだ．
私に私自身を取戻しあなた自身を取返してほしい．
どうにかして私があなたを捨てる方法を考え出してほしい．
あなたのもとにある多くが私のものなので，
私のものを取り去れば，私と共にあなたを取り去ることになる．
　実にあなたは私を惑わせる．ああ，私が追い出すことができるなら，
　私自身からあなたを，またはあなた自身から私を．

Idea in Sixtie Three Sonnets 11番.

　前作 *Ideas Mirrour: Amours in quatorzains* (1594) で，ロンサールやデポルト（ともに，p.114）に倣って自分のソネットを Amours と呼んでいることや，Idea という名前が，おそらくポントゥー作 *L'ideé* (1579) から来ていると考えられ，フランスやイタリアの影響が大いにみられる．また，イギリスのソネットの，難船，傷心，不死鳥，四元素といったコンシートを取り入れてもいる．Sidney (p.92) の影響がみられ，次作 *Idea* (1599) においてそれが顕著であるものの，韻律的には前作 *Ideas Mirrour* の方が Sidney に準拠しているところが大きい．恋愛詩としては，小伝にも述べたように，アンへの愛を示す他の証拠と結びつけて考えることもできようが，自伝的なものとして読むべきではないだろう．感情の深い論理性はこの詩集の特筆すべき点といえる．

1　**still**　Notwithstanding.
2　**private**　Of, pertaining or relating to, or affecting a person, or a small intimate body or group of persons apart from the general community, individual, personal.
3　**Since you one were**　= Since you were one
3-4　各行の最初の "Since" は共に 'Because that' で，2つ目の "since" は 'then, thereupon, immediately afterwards'（それ以来）の意．
7　**Senseless**　例えば，"in me" と "out of me"（ともに4），"present"(6) と "absent"(8)，"Give" と "take"（ともに9）というふうにこの詩では常に対比がなされているところから，この語も行末の "seeing" と対比させて考える．
　　each other seeing　= seeing each other
8　**absent**　あなたにとって私が，そして私にとってあなたが存在しない．
9　**Give me myself and take yourself**　あなたの中にいる私自身を，そして，私の中にいるあなた自身を．
10　**but**　Only（強意）．
　　I may forsake you　二人の愛が極まっているからこそ「あなたを捨てる」という逆説的な表現がされる．
11　**So**　次行の "That" に続く構文．
　　much　あとの "that doth with you remain" はこれを修飾する．
　　that doth with you remain　= that remains with you
13　**bewitch**　*Fig*. To influence in a way similar to witchcraft; to fascinate, charm, enchant. Formerly often in a bad sense; but now generally said of pleasing influence. 単純な単語を数少なく使うことで，テーマをより効果的に浮かび上がらせているこの詩にあって，この語の特殊性が際立っている．すなわち，1行目から始まるこの矛盾状態において，あなたと私は対等なのではなく，あくまでもあなたが私を魔法にかけたせいでこうなった，つまりあなたの魅力は絶対だとする．または

"You do bewitch me." を命令文と解して,「いっそ惑わせてほしい, ……ように」と, その内容を "that" 以下にとることも可能.
13　**fly**　(vt.) Flee.
14　**I**　= me　本来は "fly"(13) の目的語なので me とあるべきところを "I" にした. その理由として一つには, 前行の "fly" と韻を踏むため, 二つには, 詩の冒頭の "You" とこの最後の "I" で, 全詩を挟むことで, あなたが私であり私があなたであるという詩のテーマをよりくっきりと表すため.

脚韻は abab / cdcd / efef / gg.

対比に関しては, Senseless(7) の注で少し取りあげたが, 以下にまとめる. 対比は繰り返しによりいっそう浮かび上がることから, 繰り返しも追記した.

行	対比			繰り返し
1	not alone ──	alone		alone
3	one ──	never . . . one		since, one
4	in (me) ──	out of (me)		since, me
5	from ──	into		
6	distant ──	present ──	absent(8)	either
7	senseless ──	seeing		
8	absent ──	together		
9	give ──	take		-self
10-11	forsake ──	remain		
11-12				mine
12				taking, take
14				from, -self

対比に関してはさらに, 文字通り中央に鏡を置いて鏡文字のように対照的になっているわけではないものの,「鏡」が意識されて, 3 行目の "since you one were, I never since was one" は, コンマを境に "since", "one" と同じ単語が使われ, "you" と "I" が入れ替わり, 同じ be 動詞もそれに合わせて変化している. 次行の "Since you in me, myself since out of me" は, "since" と "me" が同じで, "you" と "myself" が入れ替わり "in" と "out of" が対照的に使われている. 9 行目の "Give me myself and take yourself again" は, "give" と "take" を対比させ, それにより "myself" と "yourself" の対比が消える面白さがある. そして, この鏡のような言葉の配置が最終行において, 形の上で "from" は同じで "myself" と "your own self" そして "you" と "I" が対比され, 意味の上でも対比が極まる. そして, その究極からさらに, 注でも触れたように, 最後の "I" が

鏡の向こう，つまり冒頭の "You" と対峙するのである．このように，あなたが私であり私があなたであるという状態を表現するために，他の箇所でも "you" と "I", "you" と "me", "yourself", "myself" が何度も繰り返され，絡まりあっている．同様の効果を狙って，同じ語や類型語が同じ行や隣接する行で多用され，4つの "since"(3, 4), 2つの "alone"(1), "one"(3), "either"(6), "mine"(11,12), "taking" と "take"(12) が見られる．また，離れているが， "much"(7, 11) も2つある．

　宗教詩には，恋愛詩の枠組みがしばしば採られ，またその逆も見られるので，この詩も宗教をテーマとしていると読むことも可能であろう．Chapman の coronet も宗教詩ではないが，恋愛詩の枠組みを使って，別の主題を歌っている例と言える (pp.122-41)．しかし， "I may forsake you"(10) の読みにおいて，神を対象として「神を捨てたい」とすると違和感があり，また "You do bewitch me"(13) においても，神が bewitch するというのはなじまないものがあるのではないか．

Ideas Mirrovr タイトル・ページ

Josuah Sylvester (1563-1618)

イギリスの詩人，翻訳家．ケントに生まれる．出自は定かではないが，毛織物業者トマス・シルヴェスタの遺書から，その息子と推定される．ロンドン近郊で二人の叔父の養育を受け，9歳でサザンプトンの，フランス語教育に優れたグラマー・スクールに入学．3年で去ることになるが，そこでの教育が，のち，ユグノー詩人デュバルタス*の装飾的美文の巧みな翻訳に結実する．

1576年，商業界に乗り出す．冒険商人組合 (p.47) で見習いを務めたのち，東フリースラント（現在オランダ周辺）などで商業術を身につけ，90年頃には冒険商人を自称していた．当時のことは自伝詩 'The Woodman Bear' に描かれている．しかし，彼の関心は商業ではなく詩作にあり，後になって，この時期を無駄であったと振り返っている．

ロンドンに戻って翻訳に専念．ユグノーとしてカトリック軍に勝利したアンリ・ナヴァール*を祝するデュバルタスの詩の翻訳 *Canticle of the Victorie* (1590) を出版．その後聖書に基づく天地創造と世界の歴史についての，同じくデュバルタスによる大作叙事詩 *Les sepmaines* の翻訳に着手．その間，宮廷に職を求めるが，不成功に終わる．救援の手は，詩の愛好家で富裕な郷士ウィリアム・エセックスから差しのべられ，1600年代の初め頃，その家族と共にバークシァに住むようになる．他の翻訳と併せ少しずつ出版された *Les sepmaines* の翻訳はほぼ完成し，1605年にはそれまでに出版された断片や小品も併せ，*Du Bartas his Devine Weekes and Workes* として出版される．ウィリアム・エセックス一家への感情のこもった献辞から，いかにエセックスの家族が Sylvester の詩作を支えたかが窺える．

1603年，デュバルタスの信奉者であったジェームズ1世の即位を期に，王をパトロンと恃み，翻訳の一部 'The colonies' の手稿を王に捧げた．1605年の出版に際しては3言語による凝ったソネット群を王に献じている．同年出版のもうひとつの翻訳 *Pibrac (Tetrastika)* はヘンリー王子 (p.77) に，作者の死後出版された *La seconde sepmaine* の最後の部分の2巻は，それぞれ

ジェームズ1世とヘンリー王子に捧げられた．ヘンリー王子から年金を与えられてウィリアム・エセックスのもとを離れてロンドンに戻り，結婚．教区の記録に，娘の誕生，息子の死産，そして彼の死により妻が未亡人となったことが記されているが，詳細は不明である．

　王からの恩給が何らかの理由で受け取れず，王子の突然の死により年金が打ち切りになってからは貧困に窮することになる．王子へのエレジー *Lachrimae lachrimarum* (1612) (p.77) で，この予期せぬ死をイングランドの罪科にたいする天罰と表している．ジャン・ベルト* の *Panarete* の翻訳 *The Parliament of Vertues Royal* (1614) や自作の諷刺詩 *Tabacco Battered* (1617) の出版に際しては，献辞をチャールズ王子に捧げた．困窮の日々をバーソロミュー救貧院(ホスピタル)で暮らしていたらしい．この困窮から彼を救ったのは，かつて彼がそこから抜け出したことを喜んだはずの商業界であったが，現オランダ，ゼーラント州のミドルブルクでの冒険商人組合の秘書職に名を連ねたものの，翌年死去．この際 Jonson（『選集CC』p.29），Daniel (p.180)，John Davies of Hereford (p.212) といった詩人達が称讃詩を寄せた．フォリオ版の著作集が 1621，33，41 年に出版されたことが，同時代の詩人，知識人たちの間での，彼の詩人としての評価の高さを示している．

アンリ・ナヴァール（**Henri IV de Navarre**，在位 1589-1610）
　ブルボン王朝初代王．ユグノー戦争におけるユグノーの指揮官．1589 年フランス王即位後の聖バーソロミューの虐殺事件に際してカトリックに改宗，内乱を治め，ナントの勅令を発布してプロテスタントの信仰の自由を認めた．国民の支持を集めた王であったが，狂信的カトリックにより暗殺された．

ジャン・ベルト（**Jean de Caen Bertaut,** 1552-1611）
　フランスの詩人．ペトラルカ風の詩から出発し，宮廷に仕えて時事詩，また晩年には専ら宗教詩を書いた．*Recueil des oevres poétiques* (1601) で知られる．

 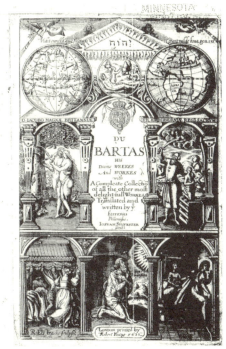

Du Bartas his Devine Weekes and Workes (1633) タイトル・ページ

デュバルタス (Guillaume de Saluste, sieur Du Bartas, 1544-90)
　フランスの新教徒ユグノーの詩人．フランスでは余り知られなかったが，イギリスでは，Spenser (p.53) をはじめ，Jonson, Daniel (p.180) や，Drayton (p.187), Campion (p.229) などに絶賛され，Milton（『選集CC』p.25）など，同時代，後世の詩人達に与えた影響は大きかった．また多くの詩人，著作家に引用され，その回数は Shakespeare をも凌ぐと言われる．

Acrostiteliostichon

J	f patience true could termine passions war	R
O	ur thankefull Harpe had tendred long-ag	O
S	ave that, our Griefs, whose deep-gulfs never eb	B
U	nto you sacred, by the which you se	E
A	h, muse not, then, if all our Muse-work savou	R
H	eart sad, Art bad; yet pray you read the res	T
S	o deare *Mecœnas*, if your patience daig	N
Y	our praises due to publish farre and n	I
L	ifting your Name, the glory of your Sto	C
V	nthrall to Time, for, Time that tryeth s	O
E	lse had th'old Hebrews and brave Worthies al	L
ST	ones wear, steel wasts, too weak to bear their glorie	S
E	ven so devout as wee are found to do	O
R	ecording loftie though wee low begu	N

R	are type of gentrie, and true Vertues Star R
O	ne entire payment of the Zeale wee O
B	reake still the best threades of our busie we B
E	vill the Muses with griev'd mindes agre E
R	uth, more then Youth, and rather cry than quave R
T	is said of somethings, that the last is bes T
N	o praise, but pardon to our new-found strai N
I	will enforce my leaden Thoughts to fl I
C	loude-high, to grave it, in a Diamond Ro C
O	n every thing, forbeares the Muses th O
L	ost with their lives, their Lives memorial L
S	weet learning, yet, keeps fresh their famous storie S
O	ur verse, your Vertues shall eternize to O
N	othing a whit more cleare then radiant Su N

行頭行末語呂合わせ

もし真の忍耐が激情の戦を終結することができるなら，
わが感謝の念こめた「竪琴」がとっくの昔に完済していたはず，
決して退くことなき深き淵を抱える，わが「悲嘆」が，
毀つことなくば．これで，お解りいただけるように，
ああ，だからとて，思うなかれ，たとえわが「詩作」がことごとく
泣き叫ぶとしても，悲しめる心は悪しき「芸術」だとは．
いとも高貴なるマエケナスよ，貴殿の寛容でもって，
称讚ならずとも許しを与えてくれるなら，
貴殿の「名」を，貴殿の「一族」の栄光を，雲の高みにまで称揚し，
「金剛石」に．万事に試練課す「時」も，
さもなくば，古のヘブライ人や勇敢なる「貴顕紳士」もみな，
石は摩耗し鋼は磨滅する，彼らの栄光を担うには弱すぎる．
詩作する我らすら敬虔と知られるごとく，詩歌こそ敬虔なるもの，
我ら始めしは低きとて，高きに記録して，

紳士の類稀なる鑑にしてかつ，真の「徳の星」よ，
わが負える「熱き思い」の支払いを．
聖なる貴殿への，わが意匠を凝らした織物の最高の糸をすら
邪悪にも「詩神(ミューズ)」は悲嘆にくれる心と結び合うもの．
「青年」に劣らず「悲哀」を好み，声震わせるというより
最後まで読まれたし．何事であれ最後が最高とはよく言う話．
我らの新発見になる詩歌，遠近問わず公表されるべき貴殿への頌歌に
鉛のごとく鈍重なる私の「想念」を奮励して飛翔させ，
刻み付けよう，「時」の奴隷となることなき
「詩神(ミューズ)」は寛恕するのだから．
生とともに「生」の記憶も失っていたろう．
だが甘美なる学は彼らの名声ある物語を新鮮に保つ．
わが詩歌も，貴殿の「徳」を不滅のものとしよう．
輝く「太陽」なる貴殿にもまして明澄なるものなきゆえ．

Acrostiteliostichon は，acrostic（各行の始めの文字を綴ると意味のある語になる詩）と telestic（各行の終わりの文字を綴ると語になる詩）の合成語．これは，ヘブライ語やサンスクリット語でも使われていた技法で，聖書でもしばしば使われていた．OED にこの合成語はなく，Sylvester の造語と考えられる．この 2 篇では，1 篇目の行頭語は Josuah (Joshua) Sylvester，その行末語と 2 篇目の行頭，行末語は Robert Nicolson (Nicholson) となる．

Robert Nicolson（Nicholson とも綴る）は，書籍蒐集家で文人のパトロン．彼の保護を最も受けていたのが Sylvester である．*Du Bartas his Divine Weekes and Workes* (1633) に，'Posthumi' として，エレジーやエピタフと共に 26 篇のソネット（必ずしも 14 行からなる狭義のソネットのみではない）が収められている．

そのうちの 5 篇を 'Robert Nicolson' の名を使った acrostic（3 番）や acrostiteliostichon（同じ 6 の番号を付された 2 篇）や anagram（4, 7 番，4 番は同時に 'Josuah Silvester' の acrostic にもなっている）で書いている．本書での Acrostiteliostichon は，上記の 6 番の 2 篇で，それぞれの対応する行が線で結ばれている．

出版時のページ

底本とした版の編者 Fuller は，これらを，それぞれ独立したソネットとして，かつ 2 篇併せて 1 篇の 1 行の長いソネットとして読むことが意図されたと考え，そのように注釈しているが，Sylvester の真意は定かではない．それぞれがソネット同様 iambic pentameter の 14 行から成り，かつ独立した読みがそれなりに可能であることは一考に値する．しかし，初めの 1 篇の独立した読みにはかなり無理があることと，詩人自身が 2 篇に同じ番号を付している（Fuller は別々の番号を付している）ところから，両者を併せて 1 篇のソネットとして読むことにした．

同じく Robert Nicolson の名を使ったもう 1 篇の acrostic のソネット 3 番も，次のような称讚詩である．

An Acrostick, to The
Rare Patron and
right Pattern of virtuous
Gentrie, R. N.

R eviv'd afresh by your Muse-friending favour,
O ur grief-starv'd-Muse begins again to stirre,
B reathing againe, the Breath your Bounty gave-her,
E ven when despaire had hope to burie her.
R estored (thus) by your kinde love, to life,
T hese thankfull lines shall tell the Times that follow,
N o niggard praises of your vertues rife,
I t shall be said you were our *Pen's-Apollo*.
C ount it no blemish to be so accounted;
O ur humble notes, though little-noted now,
L auriz'd (hereafter) 'mong the loftie-mounted,
S hall sing a part that Princes shall allow:
O ur numbers (then) with Time-contemning breath
N ow rais'd by You, shall raise your Name from death.

1 **Jf** = If 16、17 世紀には，母音 i と子音 j の表記の区別がはっきりしていなかった．u と v も同じ (10)．ラテン語のアルファベットには j と v がなかったゆえである（w もなかった）．ここでは，JOSUAH の acrostic のために I ではなく J を選んでいる．

patience 1. The suffering and enduring (of pain, trouble, or evil) with calmness and composture. 2. Sufferance, indulgence. ここでは 1 の意味，7 行目では 2 の意味，とそれぞれ違った意味で使っている．

termine To cause to end *in* or *at* something. = terminate

passions warR = passion's war 多くの詩に現われる激情の静い，相剋．またここでは，詩人のパトロン Nicholson への感謝の熱い思い，詩を書かねばと思いつつ，なかなか書けない葛藤．ここで，"passions" は "Zeale"(2)，"Griefs"(3) の縁語をなす．底本とした版の編者は，現代英語の綴りに変えているので名詞の所有格にはアポストロフィを用いているが，この詩では acrostic や telestic のために綴りが重要であるゆえ，原詩に従っている．"Vertues StarR" も同様である．

1 **gentrie** = gentry What is characteristic of a gentleman; polish of manners, good breeding; also courtesy, generosity, an instance of good-breeding, a gentlemanlike action. *Obs.*

2 **Our** 「私の」自分の意見や言葉に読者をも重ねる言い方 (editorial we, author's we) とも考えられる．

   thankefull = thankful Feeling or expressing thanks or gratitude: prompted by feeling of gratitude.

   Harpe = harp ギリシア神話での，あらゆる鳥獣草木を魅了し，冥府の王の心まで動かすといわれるオルフェウスの堅琴への連想があり，詩人の書く詩歌を表す．"Our thankefull Harpe" は Nicolson への感謝の意を示す Sylvester の詩を意味する．

   tendred < tendre = tender (vt.) 1. Law. To offer or advance (a plea, issue, averment; evidence, etc.) in due and formal terms; *spec.* to offer (money, etc.) in discharge of a debt or liability, *esp.* in exact fulfilment of the requirements of the law and of the obligation. 2. *Arch.* or *dial.* To make less stringent; to mitigate; to soften. 上記 Harp との関連では 2，この行が負債に関わる用語で綴られていることからは 1，これら両義を含む．

   had tendred = would have tendered 1 行目の条件節に対する帰結節．11 行目の "had … Lost" も同じ．

   Zeale = zeal (n.) 1. In a specialized sense: Ardent love or affection; fervent devotion or attachment (to a person or thing). *Obs.* or merged in sense. 2. Intense ardour in the pursuit of some end; passionate eagerness in favour of a person or cause, enthusiasm as displayed in action.

   O = owe 同行の "payment" と縁語で経済用語．先の "tendre" が法律用語であるのと併せ，専門用語を使用している．

3 = our Griefs … Breake … the best threades …

   Save that = save (conj.)

   gulfs < gulf 1. A deep hollow, chasm, abyss. A profound depth (in a river, the ocean); the deep. *Poet.* 2. An absorbing eddy. 深い悲しみの淵に渦巻く思い．

   still In a further degree. Used to emphasize a comparative. ここでは最上級を修飾する．この意味での *OED* での初出は 1730 年であるが，これに近い用法と読む．

   busie = busy Of things: Involving much work or trouble; elaborate, intricate, curious. *Obs.*

   weB = web *Transf.* and *fig.* Something likened to a woven fabric; something of complicated structure or workmanship. Also, the texture of such a fabric. 蜘蛛の巣を詩歌の比喩に用いるのは convention である．Cf. p.48.

   the best threades of our busie weB 1 行の前半の最後の [b] 音を，後半で，alliteration を含めて繰り返して，丹精込めた詩作の出来栄えを強調．その出来栄えは「最

4 **the which** ＝ which　関係代名詞．先行詞は "our Griefs ... weB / Unto you sacred"(3-4).
seE ＝ see　目的語は Evill ... agreE の節
Evill ＝ evil　Doing or tending to do harm; hurtful, mischievous, prejudicial. Nicolson の "Vertues"(13) に対比する vice を表している．
Evill the Muses ... agreE ＝ Being evil, the Muses agree with grieved minds
次行と併せて，微妙な心の震えよりも泣き叫ぶといった，悲しみの感情をおおげさに表現する詩歌が，良しとされていることへの不満を表明している．
Muses　［ギ神］ムーサ，ミューズ．文芸・音楽・舞踏・天文など人間の知的活動をつかさどる 9 女神．ここでは主として詩人の霊感の源泉としての詩神を指す．
5 **muse not ... all our Muse-work ...**　'muse' (v.) (i.e. to ponder over, contemplate) と 'Muse' (n.) という同音異義語を用いて，効果的に詩の価値に言及．'Muse-work' は「詩」．
savouR ＝ savour　To relish, like, care for. *Obs.* or *arch.*
Ruth　Sorrow, grief, distress; lamentation.
quaveR ＝ quaver　To vibrate, tremble, quiver. Of the voice: To shake, tremble.
6 **Heart sad, Art bad**　悲しむ心を直接大仰に歌う詩は，芸術としては質が低い．
yet　not (5) に呼応．
T　＝ 'T ＝ It
7 **deare** ＝ dear　Noble. *Arch.*
Mecænas　Gaius (Cilnius) Maecenas (70?-8 BC). 古代ローマの政治家．アウグストゥス帝の顧問，ホラティウスやウェルギリウスのパトロン．そこから「芸術・文学・音楽等の保護者」を意味する．ホラティウスは『オード』第 1 巻の第 1 歌をマエケナスに捧げている．この詩では Nicolson を指す．その陰に，自分をホラティウス（あるいはウェルギリウス）になぞらえる自負心も読み取れるか．
daigN ＝ daign ＝ deign　To condescend to bestow or grant, to vouchsafe.
praise　作者の詩作に対する称讃．Nicolson への称讃を意味する次行の "Your praises" と対を成している．
new-found　newly-found. 16-17 世紀は大航海時代で，新大陸が発見されたことへの連想もある．Cf. Newfoundland
straiN ＝ strain　A melody, tune; *transf.* a passage of song or poetry.「我らによって新たに見出された詩」とは，2 篇を 1 篇として読ませたり，acrostitc と telestic を同時に使用するなど，新たな技法の詩であること．ここではこの頌歌を指す．
8 **publish**　To make publicly or generally known; to declare or report openly or publicly; to announce.
nI ＝ ni ＝ near

8. **enforce** (vt.) 1. To strengthen in a moral sense; to encourage (*to* with inf.). 2. To add force to, intensify, strengthen (a feeling, desire, influence). *Obs.*
   leaden *Transf.* and *fig.* 1. Of base quality or composition; of little value; opposed to *golden*. 2. Heavy as if made of lead; oppressive, burdensome. "Diamond"(9) の縁語.
   flI = fli = fly　鉛は重い金属であるが，そのように重い「想念」を飛翔させるという対照をなす表現.
9. **StoC** = stoc = stock　A line of descent; the descendants of a common ancestor, a family, kindred. 並記された "your Name" と "the glory of your StoC" とは同格.
   RoC < roc = rock
10. **Vnthrall** = unthrall = not enthrall　接続法.
    sO = so 「そのように」とは，時が奴隷とすること.
    forbeares < forbear　To abstain from injuring, punishing, or giving way to resentment against (a person or thing); to spare, show mercy or indulgence to. Now *rare*.
    thO = tho = though
11. **brave**　Of persons and their attributes: Courageous, daring, intrepid, stout-hearted (as a good quality).
    th' old Hebrews and brave Worthies　旧約聖書の預言者と世俗の有名人.
    their lives, their Lives　"their" は "th'old Hebrews and brave Worthies"(11) を指す. 2度 "lives" を小文字と大文字とで繰り返している．ただし，"lives" は複数形，"Lives" は所有格 (= Live's). 先の "lives" が人間の一生，期間限定された生命を指すのに対して，後の "Lives" はその人の生涯を指し，次行で述べる，詩作品の永遠の生命に繋がる.
    memorial L = memoriall = memorial　Memory, remembrance, recollection.
12. **wear**　(vi.) To waste, damage or destroy by use or by lapse of time.
    wasts < wast = waste
    STones wear, steel wasts　どんなに堅固な石や鉄の遺産も時とともに滅びることを言う．これに対しマエケナス（すなわち Nicolson）をパトロンとする自分の詩は永遠に滅びることはない.
    keeps fresh thir famous storieS = keeps thier famous stories fresh　ここでの "fresh" と "famous" との頭韻は，Nicolson の学識が彼の名声を不滅のものにしていることに注意を喚起する.
13. **devout**　*Generally*, devoted, religiously or reverently attached (to a person or cause). *Obs.* ここでは詩作に対して敬虔であること.
    Our verse . . . toO = Our verse shall eternize your Vertues too　文学作品こそが有限の存在である人間に永遠性を付与するという思想は，幾人もの詩人が歌い，特に Shakespeare のソネット 18 番は人口に膾炙している.
14. 反意の 2 語 "loftie" と "low" に頭韻を踏ませることで，自らへりくだりつつ，価値

あるものとして残る自分の詩こそが Nicolson を高く称揚していくことを印象づけている。ここにも詩作に対する自負心がほの見える。

14　**beguN**　= begun = began
　　Nothing a whit more cleare then radiant SuN　= Nothing (being)... と読む。"Nothing" を "Recording" の目的語と読むことも可能。その場合は "more cleare" は "Nothing" を修飾する形容詞である。Nicolson への讃辞として、"SuN" に "Son" の pun も読み取れる。

2篇のソネットの各行を続けて読むので、それぞれの行が、通常のソネットの1行 (iambic pentameter の10音節) が2つ繋がった20音節からなる形となっている。
　脚韻は、イタリア形式でもイギリス形式でもなく、20音節の各行の最後で踏むのではなく、各行の前半の最後と後半の最後とで踏む。
　意味は6、6、2行でまとまり、イギリス形式的だが、6行+8行とも読める。これは8行+6行のイタリア形式の逆とも読め、まさに "new-found strain" と言える。

最初の6行の意味は、次のように解釈した。
　　パトロンの Nicolson 氏は徳高きお方ゆえ、授けてくださる大変な恩義への感謝の気持ちを詩でお返ししたい強い気持ちがあるにもかかわらず、今の自分にはそれに値する頌歌は書けない、と心に葛藤がある。忍耐強い Nicolson 氏なら拙い詩をも受け止めてくださると思いはするが、しかし、あまり思いが強すぎると、どんなに意匠を凝らした詩を書いても、Nicolson 氏の素晴らしさを駄目にしてしまうだけである。こんな風に、若者にも劣らず辛い思いを書き募ったからとて、むげに否定せず、最後まで読んでいただきたい。

1篇目の詩の各行の行頭を作者自身の名前 "Joshua Sylvester" で始め、その行末をこの詩を献呈する相手の名前 "Robert Nicolson" で、さらに2篇目の各行の行頭と行末を共に "Robert Nicolson" で結んでいる。すなわち、作者 Sylvester からパトロンの Nicolson へ、さらにもう一度重ねて Nicolson へと讃意を高めている。14行目の "though wee low begun" は詩人自身の名前から歌いだしていることを意味し、卑しき自分の名で始まるが最後は高貴なるあなたを称える詩となる、の意。
　また、1行目の "Vertues StarR" は、最後の2行で、同じ "Vertues"(13)（所有格と主格の違いはある）と "StarR" の縁語 "SuN"(14) で締め括られ、徳高く、星のごとく煌めき、太陽にも匹敵して燦然と輝く Nicolson への讃歌であることを印象付ける。さらに14行目（後半）冒頭の "Nothing" はラテン語の 'Nihil' で 'Nichol' を連想させ、"SuN" は "son" の pun であり、この詩全体が Nicholson の名で締め括られていることになる。"Sun" はアポロ神を、"Son" はキリストを意味することも考え併せれば、アポロにも神にも等しい "Nicolson" にまさりてその人格に曇りなく、栄光に輝く人はいないと、頌歌が完結する。

John Davies of Hereford （?1565-1618)

　イギリスの詩人・能書家．オックスフォード大学で教育を受ける．のち，この地で習字の教師をしていたようで，彼の生徒が多数いたモードリン・コレッジを讃美したソネットが1篇ある．最初の妻は移り住んだロンドンのダンスタン教会に葬られ，彼の筆になる記念の碑文を彫り込んだモニュメントがある．当時の最も優れた書家としては定評があったようで，エリザベス女王の銅版彫刻の下に彼の銘刻が見られる．彼の筆跡の選りすぐりの実例はペンズハースト (p.93) に保存されている．

　詩人としては，多作であるが冗漫で退屈と評される．処女作 *Mirum in Modum* (1602) は哲学的な作品で，ペンブルック伯ロバート・シドニー卿，Lord Herbert of Cherbury (p.284) に献呈された．この後の作品もほとんどすべてが当時の慣習に従い，時の権勢者に献呈されている．1603年，ソネットを含む *Microcosmos* を出版．この作品は生理学的・心理学的な主題についての取り留めのない論文集である．*Humours Heau'n on Earth* (1605) も，全体としては冗長であるが，疫病については鮮やかに描かれている．*Wittes Pilgrimage* (1605?) に収められた愛のソネットは彼の最も詩的霊感に富んだ作品．同じ頃，*The Scourge of Folly* を出版．表紙には 'Time' の背に跨る 'Folly' を鞭打つ 'Wit' の絵が描かれていた．彼の作品の大半は，教訓的な宗教詩である．300にのぼるエピグラ

A scourge for Folly (*A scourge for Paper-Persecutors*)

ム (epigram) は大して価値はないが，同時代の文筆家たち，Daniel (p.180)，Jonson (『選集 CC』 p.4)，Fletcher (p.45) に対する評釈は興味深い．その一つは Shakespeare に宛てられており，その Venus and Adonis が人気を博していたことや，この作品についての Nashe (p.30)，Harvey (p.54)，Jonson，Dekker* 等のコメントを知ることができる点でも価値がある．1613 年に彼の生徒であったヘンリー王子 (p.77) が死去し，追悼詩をものしている．17 年に最後の韻文集 Wit's Bedlam を出版し，多数の作家たちが称讃し引用しているが，現物は残っていない．同名詩人 Sir John Davies (p.254) と区別するために出身地を付すのが慣例．ヘレフォードはヘレフォード・アンド・ウスターシァの州都である．

タイトル・ページ　　　　　　　　　　　　　　ペンのもち方

The Writing Schoolmaster

Thomas Dekker (1570?-1632)　イギリスの劇作家・パンフレット作者．ロンドンに生まれ，生涯の大半をここで過ごす．*Old Fortunatus* (1600)，*The Shoemaker's Holiday* (1600)，諷刺詩 *Satiromastix* (1602)，悲劇 *The Honest Whore* (1604)，その他，共同執筆の作品も多い．貧窮に悩み，負債のために投獄されたこともあるが，その作品は明るい素朴さと虐げられたものへの同情ゆえに読者をひきつける．Lamb (『選集 SS』 p.7) は，その作品にみられる抒情性を称讃している．

'When first I learned the ABC of love'

When first I learned the ABC of love,
I was unapt to learn, and since a cross
Crossed my way to them, I was loath to prove
That learning that might tend but to my loss.
The vowels (looks) that spelled mute consonants
I hardly could distinguish what they were.
And since the rest to them were dissonants,
To make them join with vowels cost me dear!
The mutes and consonants, being deeds and words,
Were harsh without sweet vowels (sweetest looks).
My youth was spent, for age such skill affords,
Ere them I knew with, and without, my books.
    But (tears) the liquids, still being in my eyes,
    I saw through them, at last, love's mysteries.

「はじめて恋の ABC を学んだとき」

はじめて恋の ABC を学んだとき
私はその学習には不向きだった．それにある困難が
その ABC に通じる道を遮ったので，続けていく気にはなれなかった，
結局ただ私の失敗に終わりそうなあの学習を．
母音（容貌）それは黙音に音を与えるが，
それがひとつひとつ何なのか，私にはほとんど感得できなかった．
他の子音は母音とは調和がとれず，
それらの子音を母音と合わそうとすると苦労ばかりが多かった！
黙音とそれ以外の子音は行為と言葉，
甘美な母音（いとも甘美な容貌）がなければいかにも手厳しかった．
私の青春は潰え去った，手持ちの書物を使っても，使わずとも
ABC を熟知するまでに．そんな技に長けるには年を重ねねばならぬゆえ．
　だが，流音（涙）がまだ私の眼の中にあって
　　それを通して，ついに見た，恋の不思議を．

Wittes Pilgrimage, Through a World of amorous sonnets, Soule-Passions, and other Passages, Diuine, Philosophicall, Morall, Poeticall, and Politicall (1605?) に含まれる 104 篇のソネット・シークエンス 'Wittes Pilgrimage' 9 番.

ギリシア語初修者が悩まされた，語幹における子音の違いによる活用（ここでは主に動詞活用）を比喩に使った恋愛詩である．ラテン語にも同様の問題があるが，より複雑で学習者を悩ませるギリシア語に焦点をおいていると読む．
ギリシア語の子音は大きく次のように分類される．（子音の分類には種々考え方があるが，この詩の解釈に適した分類に従う．）

単子音	黙音 (mutes)	π, β, φ；κ, γ, χ；τ, δ, θ
	流音 (liquids)	ρ, λ, μ, ν
	刕音 (sibilant)	σ(ς),
複子音		ζ, ξ, ψ

2 **unapt**　Of persons or things; Unfitted or unfit to do something. *Obs.*
　cross　(n.) In a general sense: A trouble, vexation, annoyance; misfortune, adversity, sometimes (under the influence of the verb) anything that thwarts or crosses.
3 **Crossed**　< cross (vt.) To bar, debar, preclude from. *Obs. rare*.
　them　1 行目の "the ABC" を指す．
　prove　(vt.)　To find out, learn, or to know by experience; to experience, 'go through', suffer.
5 **spelled**　< spell (vt.)　To utter, declare, relate, tell. 子音だけでは音がはっきりしないのが，母音が加わることによって明確に聞き取れる音にすること．
　mute　(a.)「黙音の」
　consonants　< consonant「子音」
6 **distinguish**　1. To recognize as distinct or different; to separate mentally (things, or one thing from another). 2. To perceive distinctly or clearly (by sight, hearing, or other bodily sense). ここでは，表のギリシア語学習の意味では 1, 裏の恋愛の意味では 2.
　they　"mute consonants"(5) を指す．7 行目の "them" も同じ．黙音だけではその音を認識し辛く，母音を伴ってはじめて聞き取り発音できること．
7 **the rest**　黙音以外の子音．9 行目の "consonants" と同じ．
　dissonants　< dissonant「不協和音」　A dissonant element; a harsh sound of speech. 黙音以外の子音は母音と併せてもうまく発音できない．
　　共にラテン語 sonare (to sound) を語源とする 2 語 "consonant" と "dissonant" は，接頭辞 con と dis が表すように反意語で，それぞれ，'in agreement, accordance in sound' と 'disagreeing or discordant in sound' を意味する．これらの反意語を

名詞として「子音」,「不協和音」の意で使い,かつ「子音」には母音と調和するものとしないものとがあると,協和音のはずの 'consonant' に不協の側面を読ませる．

8 **them**　"the rest"(7) を指す．
　cost me dear　To cost one dear = To entail great expenditure or loss upon; to involve a heavy penalty. "dear" は副詞．
9 **mutes**　< mute (n.)「黙音」Cf. 5 行目では形容詞．
　consonants　黙音も子音であるが,ここでは黙音以外の子音,7 行目の "the rest".
9-10　ギリシア語学習での,子音で終わる語幹の語形変化の学習が厳しく困難であることに,愛の学習面での,甘美な容姿なくしては,行為や言葉があまりに厳しいものであることを重ねている．
12 **them**　"the ABC" (1) を指す．恋の ABC でもあり,ギリシア語の ABC でもある．
　books　< book Book-learning, scholarship, study, lessons, reading. In later use only pl. ギリシア語学習のテクスト．恋愛では「恋の指南書」を意味する．
13 **liquids**　< liquid (n.)「流音」5 行目の "vowels (looks)" と異なり,括弧書きが前に来ていることに違和感があるが,韻律のためと考えられる．
14 **them**　"(tears) the liquids"(13) を指す．黙音幹の次に流音幹と順次学習し終えて,やっと少しギリシア語が理解できるのと同じように,涙の経験を経てようやく愛の何たるかが見えてくる,の意．ゆえに "still" は,黙音幹で諦めかけたが,「まだ」流音幹の学習があって,その学習を通して理解できた,の意．最終行を,"through", "last", "love's mysteries" と,話題になっている流音を多用して締め括っているのは巧みである．

　脚韻は abab / cdcd / efef/ gg で,イギリス形式．
　love (1) は,当時は [luːv] と発音され,"prove"(3) と押韻している．

　同じ単語や,その派生語,同族後の繰り返しを多用している．例えば "learned"(1) と "learn"(2), "learning"(4); "love"(1) と "love's"(14); "cross"(2) と "Crossed"(3); "vowels"(5, 8, 10); "mute"(5) と "mutes"(9); "consonants"(5, 9); "looks"(5, 10); "sweet"(10) と "sweetest"(10). 言語学習,恋愛の初心者を共に困難に陥らせる複雑さを表出している．
　先の注でも述べたように,ギリシア語の初心者が,名詞,動詞の活用において,語や語幹の最後の音による違いに苦労することを,相手の女性の態度や言葉に悩まされる恋愛での苦労に喩えている．主題の扱い方の異質さが面白い．

'So shoots a star as doth my mistress glide'

So shoots a star as doth my mistress glide
At midnight through my chamber; which she makes
Bright as the sky, when moon and stars are spied,
Wherewith my sleeping eyes, amazèd, wake.
Which ope no sooner than herself she shuts
Out of my sight, away so fast she flies,
Which me in mind of my slack service puts,
For which all night I wake, to plague mine eyes.
Shoot, star, once more! and if I be thy mark
Thou shalt hit me, for thee I'll meet withal.
Let mine eyes once more see thee in the dark,
Else they, with ceaseless waking, out will fall.
    And if again such time and place I lose,
    To close with thee, let mine eyes never close.

「流れ星が落ちる」

流れ星が落ちる，わが恋人が，真夜中
すっとわが閨を通り過ぎるがごとく．彼女は闇に
輝きを与える，月や星々が顔を覗かせた空のように，
それで，わが眠りの眼(まなこ)も，はたと目醒める．
眼を開くやいなや，彼女はその身をわが視界から
閉め出し，瞬時に消え去る．
そこで，われ尽くし足りずと悟る，
それゆえ一夜まんじりともせず，わが眼を苛む．
落ちよ，流れ星，今一度！ われが汝の標的なら
われを撃て，ならば，喜んで撃たれよう．
願わくば闇の中，わが眼が再び汝を見んことを，
さもなくば，わが眼は，ひたすら目醒め続け，凋落し果てることとなろう．
　それでも，そのような時と場を再び逃すことになるくらいなら，
　汝と親しく(ちか)ならんがため，わが眼を閉じさせること永遠になきよう．

Wittes Pilgrimage, Through a World of amorous Sonnets, Soule-Passions, and other Passages, Divine, Philosophicall, Morall, Poeticall, and Politicall（1605?）に含まれる 104 篇のソネット・シークエンス 'Wittes Pilgrimage' の 78 番．（紙面配置の都合で 69 番を後にした．）

2 この行以降，"which she makes . . ."(2)，"Wherewith my sleeping eye . . ."(4)，"Which ope . . ."(5)，"Which me . . ."(7)，"For which all night . . ."(8) と，関係節が畳みかけて続き，心の動きが鮮やかに表現される．
3 **spied** < spy　To catch sight of, to descry or discover.
4 **wake**　ここで最初の 3 行が夢の世界であったことが解る．
5 **Which**　先行詞は 'eyes'(4)．
　ope = open (*arch.* or *poet.*)
　shuts < shut　To bar or exclude (a person) from some possession or enjoyment; to restrain from doing something. *Obs.* 先の 'ope' と呼応して，自分と彼女とのすれ違いを表す．
7 = Which puts me in mind of my slack service　"Which" の先行詞は 5-6 行目．
　slack　Comparatively weak or slow in operation; deficient in strength or activity; dull.
5-7 "<u>sh</u>e <u>sh</u>uts"，"<u>f</u>ast she <u>f</u>lies"，"<u>m</u>e in <u>m</u>ind of <u>m</u>y <u>s</u>lack <u>s</u>ervice put" の [ʃ]，[f]，[m]，[s] 音の頭韻で，彼女が姿を隠し，瞬時にして消え去ってしまう様，その結果，自分の彼女への尽くし方の足りなさを心に思い知ることが示される．この頭韻は最初の 4 行連句にも多用され，この箇所への布石になっている．
8 **plague**　To torment, trouble, vex, tease, bother, annoy.　この行に至って，1 行目で自分の寝室を一瞬横切った愛しい人の姿が夢であったことが解る．
9 **mark**　*Transf.* The thing that is or may be aimed at in shooting or throwing. 同じ行の "Shoot" と縁語．
10 **shalt** < shall　願望を表わす．
　for (conj.) In order that.
　meet (vt.) 1. To agree, conform, satisfy. To fullfil (a demand or need); to satisfy the requirements of. 2. To encounter or oppose in battle.　*OED* では 1 の意味での使用は 17 世紀末ないし 18 世紀からであるが，"Thou shall hit me" に対応して，古くからの 2 の意義から転じて 1 の意味に使われていると読む．自分に狙いを定めて撃ってくる流れ星たる恋人を「受けて起つ」の意味．その意味で "shoot" と "meet" は縁語．ここで "a shooting star" の「落ちる，流れる」の意味を受けて「撃つ」の意味で "Shoot me" と使っている
　withal　Therewith; with that (word, act, or occurrence).
12 **fall**　1. To decline. 2. To come suddenly to the ground. 3. To droop. 眼を醒ませ続けた結果，「駄目になること」と，「瞼が下がってくる」両方の意義を重ねている．

「流れ星」(a falling star) に呼応すると同時に, "lose"(13), さらに "close"(14) とも呼応.

13　**such time and place**　夢の中で彼女の姿を見ること.
14　**close**　1. To shut, to cover in.　2. To bring or come into close contact.　先の "close" は 2, 後の "close" は 1. と, 異なる意味で使っている. 相対応する "ope"(5) と "shuts"(5), また "sleeping" と "wake"(4, 8), "waking"(12) などの語で組み立てた女性との関係のありようを, 同一異義語の "close" で締め括っている.

1 行目の流れ星 'a star' (a shooting star, a falling star) は恋人の比喩として使われている. 前半の 8 行で恋人との関係と彼女への思いを語った後, 後半に至って, 呼びかける 'star' は恋人となっている.

前述 5-7 行目の [ʃ], [f], [m], [s] 音はそれ以前, 以後にも頻出し, それ以外に [w] 音も繰り返し現われる. しかもこれらの音は "shoot", "my (mine)", "mistress", "midnight", "she", "stars", "sleeping", "wake (waking)", "shuts", "sight", "flies", "me", "mark", "meet", "fall" といった重要な意味をもった語に現われる.

音のみならず, 語の繰り返しも, 内容をより印象づけるのに役立っている. 例えば, "wake (waking)" (4, 8, 12), "once more" (9, 11), "let mine eyes" (11, 14).

12-13 行目の各行の最後が "fall", "lose", "close" と [l] 音で繋がり, わが眼は醒めては「役に立たず成り果て」, さりとて閉じては夢にも彼女の姿を「見ること能わず」, ならば「閉じ」なくてもよし, と悲観の思いを描くにも, もう一つ "close" を別の意味で組み込み, せめてもの彼女との「親（ちか）しい関係を」との思いを忍ばせ, 音や言葉の遊びを披露している.

脚韻は abab / cdcd / efef / gg のイギリス形式.

'Give me, fair sweet, the map, well-colourèd'

Give me, fair sweet, the map, well-colourèd,
Of that same little world, yourself, to see
Whether those zones of hot love and cold dread
Be so extreme in you as th'are in me.
If on the heart (that small world's centre great) 5
Such heat and cold their utmost powers employ,
No thoughts could dwell therein for cold and heat,
Which my distempered-dismal thoughts annoy.
But if I find the climes more temperate
In your world than in mine, I'll thither send 10
My thoughts by colonies, in wretched state,
Since there, forthwith, they cannot choose but mend:
    And by your temperance, when they bettered be,
    If you'll transplant them, them replant in me.

「私にくれたまえ，麗しの恋人よ，見事に彩色された地図を」

私にくれたまえ，麗しの恋人よ，見事に彩色された地図を，
あの同じく小世界の地図である君自身を，
酷暑の愛と酷寒の恐れの地域が
私におけるがごとく君においてもかくも極まりしかを見るため．
もし心（あの小さな世界の偉大なる中心）に対し
こうした熱さと冷たさがその最高の力を振るえば，
どんな思いも冷たさと熱さゆえにそこにとどまることができないだろう，
乱れに乱れる私の思いを悩ませるのはそれなのだ．
しかしもし私が私の世界の中より少しは穏やかな風土を
君の世界の中に見つけるなら，そちらに送ろう，
私の思いを，惨めな状態のままに，植民として，
なぜならそこでは，時を移さず，ひたすら良くなるはずだから．
　そしてお願いだから，私の思いが落ち着いたとしても，
　もし君がそれをさらに移民するというなら，せめて戻してくれ，この私の中に．

Wittes Pilgrimage, Through a World of amorous Sonnets, Soule-Passions, and other Passages, Diuine, Philosophicall, Morall, Poeticall, and Politicall (1605?) に含まれる 104 篇のソネット・シークエンス 'Wittes Pilgrimage' 69 番.

1 **well-colourèd** 地図の色分けを言うが，彼女の美しい features（金髪，青い眼といった個々のパーツ）の喩えである．3 行目から "zone" の寒暖に言及しているが，これにさらに乾湿を含めた 4 つの組み合わせにより土・水・空気・火の 4 元素を考えたのが，古代以来のアリストテレスによる世界観の一部である．また，この世界観では，宇宙と地球，あるいは宇宙と人体といったマクロコスモス (macrocosm) とミクロコスモス (microcosm) の対比で世界が考えられた．
2 **same** 君は地球世界と同じように，ミクロコスモスである．さらに，僕も君と同じく小世界であるの意も含まれる．
  little world Cf. small world (5)
3 **those zones of hot love and cold dread** hot zone（熱帯），cold zone（寒帯）という地理関係の語を念頭に置いた表現．
3-4 自分の君への思いは大変熱いが，君から愛されていないのではないかという恐れはこれまた大変強い．
4 **th'are** = they (= those zones) are
5 **heart** ミクロコスモス—little world(2), small world(5)—の中心．（Cf. 天動説ではマクロコスモスの中心は地球．キリスト教的には，世界（地球・宇宙）を創造した神．）知の宿る head に対して感情が宿る場とされる．
7 **therein** = on the heart(5)
8 **Which** 前行の "cold and heat" を指す．
  my distempered-dismal thoughts あなたへの私の恋煩いを言うが，"dis-" の繰り返しで輾転反側する心を表現している．
5-8 君のほうも私のように熱さと冷たさを抱えている．ただし，私の側の熱い思いと，愛されないかもしれないという冷たい恐れに対し，その極まった状態は同じながら中身は違って，君の方は，冷淡さと熱い怒りなので，私はいっそう心乱れる．これと対比を成す 9-12 行では，それほど君の冷たさと怒りが極端ではなく，少しは穏やかで脈があるというなら，植民として私の思いを送ろうと，支配者としての君にひたすら従属する姿勢を示す．
11 **by** By means of, by name of.
  colonies < colony Tiller, farmer, cultivator, planter, settler in a new country. 従属意識があり，次の "wretched state" にも従属国のイメージが読み取れる．
12 **cannot choose but mend** = cannot but mend
13 **temperance** 基本的には temperate condition, moderateness; rational self-restraint, mode-ration など，つまり，「節度」や「穏やかさ」の意だが，初期にはしばし

ば chastity も意味した．この語を含み "by your temperance" 全体で「君の穏やかさというものにすがって」（せめて）となり，"them replant in me" に続く．両極端が描かれる中でのこの語は理想とされた調和の世界を表す．
13 **bettered**　前行の "mend" と共に，植民地では今より状態がよくなると繰り返し述べていて，植民地政策をとる為政者への機嫌取りが微かに読み取れようか．
14 この行全体が，コンマを合わせ鏡のようにして，"you" と "me"，"transplant" と "replant"，"them" と "them" と対照関係になっている．
　　If you'll transplant them　「君は私の思いを受け入れてくれなくて，いらないと捨ててしまおうというなら」の意．
　　transplant　To convey or remove from one place to another, to transport, *esp.* to bring (people, a colony, etc.) from one country to settle in another.
　　them replant in me　捨てられてもそもそも私の思いは私のもの，君への思いは変わらない，というだけでなく，一度は君のところにいたのだから，よりいとしいものになっている．

　"Give me"，"the map"(1)，"zones"(3)（「帯」にしても「身体の zone」にしても），"colonies"(11) といった語（句）は erotic な連想を誘うものとして使われており，"the heart"(5) や "thoughts"(7, 8, 11) と対比されている．
　8 行-6 行で切れ，後半 "But" で始まることで，前後の対比が鮮明に出ているが，前の後半部 4 行は，後の前半部 4 行と "If..."，"But if..." と緊密な関係となっている．
　「君への恋に苦しむ私だが，君はあくまでもその思いに応えてくれない」という枠組みを踏襲している．脚韻も型どおりだが，以下，言葉の使い方に技巧がみられる．

縁　語：map, world, zone, climes, colonies, state（この詩では「状態」の意だが，「国」の意もある），transplant, replant（最後の 2 つは，この流れの中では plantation に意識が繋がる）．これらの語は探検の時代精神の表れである．そして，探検上の必要性から cartography（地図製作法）の隆盛に繋がり，当時数多くの色刷りの地図が作成された．
反対語：hot, cold; heat, cold; small, great; wretched, bettered; distempered, temperate
同義語：mend, better(ed); hot, heat
同接頭語：<u>dis</u>tempered, <u>dis</u>mal
同根語：dis<u>temper</u>ed, <u>temper</u>ate, <u>temper</u>ance; trans<u>plant</u>, re<u>plant</u>
同じ語，類似語の繰り返し：little world, small world; hot and cold, heat and cold; cold (a.), cold (n.); No thoughts, my ... thoughts, My thoughts

　最初の 4 行連では，古代から当時までの世界観を下敷きにした導入，その上で次の 4 行連で君と私との関係について展開，最後の 6 行で植民活動に言及して結論と，当時の世界観，地図作製法，探検植民活動を織り込んで 1 篇のソネットに仕立てている．

当時の世界観の概要

 プトレマイオスの世界観として『アルマゲスト』に集大成された世界観は，アリストテレスの哲学と相俟って，16-17世紀の科学革命までのヨーロッパの世界観であった．

地球中心の宇宙観

 地球を中心として9つの同心円で構成される世界（宇宙）は，もっとも地球に近い月の軌道を境に，それより下は，土・水・空気・火の4元素から成る，生成消滅のある世界，それより上は第5元素（エーテル）からなる不変不滅の世界に二分され，前者の小宇宙（ミクロコスモス）は後者の大宇宙（マクロコスモス）に呼応すると考えられた．さらに，人体も一つの小宇宙とみなされ，小宇宙⇔大宇宙の呼応は，地球⇔宇宙のみならず，人体⇔宇宙の間でも考えられた．すなわち，人体の中に宇宙全体が総括されている．頭が最も高貴で，太陽が惑星の中心的存在で他に光と力を与えているように，心が人体の中心である．

 このように，当時の世界観は，存在の連鎖，呼応，そしてさらに舞踏の3つの面か

ら考えることができる．本書では，最後の舞踏に直接関わるソネットは収録されていないので，その点については簡単に，前2者については，*The Elizabethan World Picture* (by E. M. Tillyard) に則って，詳しく見てみる．

1] 存在の鎖

神の玉座の足元から，神の大いなる意図のもと，全存在が連なっている．神は全創造の秩序の背後にあって，それを支える．神の下の存在は下位から順に，次のように分類される．

① 存在のみ　　　　　　：無生命の階級　　　　　　　：[例] 4元素，液体，金属
② 存在＋生命　　　　　：植物の階級
③ 存在＋生命＋感覚　　：動物の階級　ⅰ 触覚のみ　　　：[例] 貝，木の根の寄生物
　　　　　　　　　　　　　　　　　　ⅱ 触覚＋記憶＋運動　　：[例] 蟻
　　　　　　　　　　　　　　　　　　ⅲ 触覚＋記憶＋運動＋聴覚：[例] 馬，犬
④ 存在＋生命＋感覚＋知力：人間
　　　　地上の現象のあらゆる能力を持つ．そこから「小宇宙」と称される．
⑤ 理性，精神のみ：天使（神の遣い，人間の守護者）
　　　　人間とは知力で繋がる（人間の最高の知力とが，天使の最下級の知力が繋がる）．
　　　　大きく3階級に分かれ，さらに9階級となり，これが天球の9階級に呼応．

この分類には次のような特徴が見られる．
1) すべての階級の中にはさらに階級がある．
　ゆえに，全ての階級の中には，最高のものがある．
　[例]　魚の中のイルカ，鳥の中の鷲，木の中の樫，天使の中の神，星の中の太陽，
　　　　金属の中の金（4元素が完全な割合で存在する），4元素の中の火，人の中の
　　　　王・皇帝，美徳の中での正義，身体の部位の中の頭．
　従って，太陽が天の統治者であるように，王は国の統治者である．
2) 秩序には，変化の余地がある．ゆえに連鎖は梯子でもある．

2] 呼応関係

・神は以下のように太陽に呼応し，さらに人間とも呼応する．

$$
\text{神}\begin{cases}\text{父}\\ \text{子}\\ \text{精霊}\end{cases} — \text{太陽}\begin{cases}\text{物質}\\ \text{光}\\ \text{熱}\end{cases} — \text{人間}\begin{cases}\text{知力}\\ \text{意志}\\ \text{記憶}\end{cases}
$$

・天体の乱れは，国の乱れに呼応する．
・国の諸機能は人体の諸機能に呼応する．嵐や地震は人間の嵐のような感情に呼応する．

- 天使が知的把握をするのは本能によるもので，動物の本能的感覚と同じである．
- 金は1)で述べたように，4元素が完全な割合で存在するが，人体においても同様に完全な割合で存在すれば，健康である．

なお，中世からエリザベス朝に下るにつれ，この呼応は，それほど数学的に正確に合わなくなり，呼応は類似，メタファーとしての要素が強くなってくる．例えば，「太陽は空の王であり，王のごときである」と捉えるようになる．

宇宙と人体の呼応図

上記の連鎖や呼応関係の中での，人間観

人間は，宇宙のあらゆる機能をもつが，それぞれが不完全である．すなわち，理性において神に劣り，勢力と欲望において動物に劣り，養成と成長において植物に劣る．しかし，例えば，動物は感覚において人間より優れていても，人間と違って自分の状態に満足している．

人間の天に繋がる部分は理性であるが，堕落すると動物より下級に降格する．

恋愛における恍惚感は，人間が味わえる天使の世界のものであるが，一時的なものであって，永続しない．

人間は神の慈悲から外れてその苦しみが始まったが，だからこそ救済はある．

人間は，精神世界において最下級であるが，学習能力において天使を凌ぐ．

3]　舞踏

　創造された世界が音楽であり，舞踏であると考えられた．

Thomas Campion (1567-1620)

イギリスの詩人，音楽家．ロンドンに生まれたが，母の再婚により養子に出された．養子先は裕福で，教育は保証されていた．1581-84 年，特待免費生（『選集 CC』p.85）としてケンブリッジ大学のピーターハウス・コレッジ，その後 86 年，グレイ法学院で教育を受けるが，前者では学位をとらず後者でも正式な学位を授与されていない．1591 年，エセックス伯 (p.81) によるアンリ 4 世 (p.200) のカトリック軍に対する援護遠征に参加したとされる．

Sidney (p.92) 作 *Astrophel and Stella* (1591) に，付属として彼の詩が 5 作（1 作以外は帰属が確かではないという説もある）採られ，非公認ではあるが刊行された．彼の最初の重要な作品はラテン語による *Poemata* (1595) であるが，この作品の執筆時期はおそらく法学院を去った頃である．最初の歌曲集は，友人との共同出版による *A Booke of Ayres to be Sung to the Lute, Orpherian and Base Violl* (1601) で，作詩兼作曲したものである．

1595 年から医学を学び始め，1605 年にフランスのカン大学から学位を受ける．1602 年，*Observations in the Art of English Poesie* において，「卑俗で非芸術的な脚韻という慣習」に反対し，音の強弱ではなく長短による，古典の韻律，すなわち quantitative meter を擁護した．精密な論ではなかったため，Daniel (p.180) に反駁され，当の本人も自らの脚韻無用説を忘れたかのように，自作では韻を使い続けた．

1607 年，ジェームズ 1 世のスコットランド人の寵臣の結婚に際して初めて依頼を受け，この後宮廷のため数々の masque（仮面劇）を書いた．13 年には，王女エリザベスの結婚を祝した *The Lord's Masque*，アン女王のサフォーク伯館訪問を記念した *The Caversham Entertainment*，サフォーク伯の娘の結婚を祝って書いた *The Somerset Masque* と多作であった．最後の劇は，先述のサフォーク伯の娘のエセックス伯との離婚で大いに議論を呼んだ挙句，王の寵臣と再婚したときのもので，この祝典と関わる仕事をしたことだけでも果敢な行為だった．同年には，ヘンリー王子 (p.77) の死を悼んで *Songs of Mourning* (1613) を作詩し（作曲は John Coperario），また以前に出した歌曲集の続篇として，*Two Bookes of Ayres* も出版した．これは一方は世俗の歌，他方は宗教曲から成る．また，同年，作曲論も発表．

1615年に,地位獲得のために賄賂を使ったとされる人物から,金を受け取ったという嫌疑がかかり,すぐ釈放されたとはいえスキャンダルに巻き込まれた.やがて, The Third and Fovrth Booke of Ayres が出版された (1617?). 最後の出版は自作のラテン語の詩の修正・拡大版 Tho. Campiani epigrammatum libri (1619) である.

彼の抒情詩のうち最良のものは,曲から独立して価値があり,音楽がないほうがむしろよい場合もある.しかし一方では,音楽と詩を合わせることにかけては見事な腕があり,本人も上記歌曲集 Two Bookes の序に,「私の言葉と音符をぴったり合わせる」ことが目的だと書いている. Campion といえば John Dowland (1563?-1626) と並び称される同時代の作曲家として,歌曲集が知られているが,生前は,ラテン語の詩の方が高く評価されていた.ようやくごく最近,彼の最も野心的な分野である仮面劇が認められ始めている.

Thomae Campiani Poemata
タイトル・ページ

タイトル・ページ

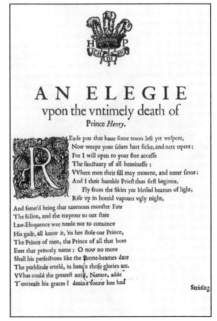

「ヘンリー王子へのエレジー」

Songs of Mourning

'Thrice toss these oaken ashes in the air'

Thrice toss these oaken ashes in the air,
And thrice three times tie up this true-love's knot,
Thrice sit thee down in this enchanted chair
And murmur soft, she will or she will not.
Go burn these poisoned weeds in that blue fire,
This cypress gathered at a dead man's grave,
These screech-owl's feathers and this pricking briar,
That all thy thorny cares an end may have.
Then come, you fairies, dance with me a round.
Dance in this circle, let my love be centre,
Melodiously breathe out a charming sound.
Melt her hard heart, that some remorse may enter.
   In vain are all the charms I can devise,
   She hath an art to break them with her eyes.

「三度これら樫の灰を空中に投げ上げ」

三度これら樫の灰を空中に投げ上げ,
三かける三度この真実の愛結びを結べ.
三度この魔法の座に座り
そっとつぶやけ,彼女は愛する,愛さないと.
あの青い炎の中でこの毒草を燃やせ,
死者の墓で採ったこの糸杉,
金切り声の梟のこの数枚の羽根とチクリと針刺すこの茨も燃やせ,
君の棘刺す心痛に終わりが来るようにと.
そうしたら,君たち妖精よ,やって来い,私と一回り踊れ,
こうして輪になって踊ろう,わが恋人を真ん中にして,
心魅する調べを妙なる息として出せ.
彼女の硬い心を溶かしてくれ,少しは咎めの思いが入り込むように.
 むなしいのだ,私の思いつくまじないをことごとく,
 彼女がその眼で無効にする技を持つゆえに.

The Third and Fovrth Booke of Ayres, the first Booke. 18.

2 **true-love's knot**　A kind of knot, of a complicated and ornamental form (either a double-looped bow, or a knot formed of two loops intertwined), used as a symbol of true love.
3 **sit thee**　= sit thyself
4 **she will . . .**　= she will love me . . . 恋占いの時に，花びらをむしりながら，"she will or she will not" と唱える．
5 **Go burn**　= go and burn = go to burn
6 **a dead man's**　< a dead man　恋に死んだ自分を死者に重ねている．
7 **screech-owl's** < screech owl　A name for the Barn Owl, from its discordant cry, supposed to be of evil one.
8 　= (So) that all thy thorny cares may have an end. 12 行目も同じ so that . . . may の構文．
12 **hard**　Of a nature or character, not easily impressed or moved, obdurate, unfeeling, callous: hard-hearted.
13 　= all the charms I can devise are in vain
　charms　< charm　Anything worn about the person to avert evil or ensure prosperity; an amulet.

screech-owl

　脚韻は abab / cdcd' / efef / gg と内容にも一致した見事なイギリス形式．最初の 8 行でまじないを次々とかけ，次の 4 行で妖精の助けを借り，最後の 2 行で，そのまじないを覆すという形となっている．

　この詩には繰り返しや縁語が数多く見られ，効果的に働いている．すなわち，"thrice" (1, 2, 3)，"this"(2, 3; 6, 7)，"these"(5, 7)，that . . . may の構文 (8, 12) がある．さらに "dance"(9, 10)，"round"(9) と "circle"(10)；"pricking"(7) と "thorny"(8) という縁語，あるいは "charming"(11) と "charms"(13) という同根語など．逆に対比のイメージが，「萌える草」"weeds"(5) vs. 死のイメージの "cypress"(6)，"murmur"(3) vs. "screech"(7) vs. "breathe out"(11) に見られる．

　頭韻は "<u>th</u>rice"，"<u>th</u>ree"(2)；"<u>t</u>imes"，"<u>t</u>ie" (2); "<u>h</u>ard"，"<u>h</u>eart" (12).
　Thou - you (= fairies) - I の 3 者が存在しており，特に自分に thou と呼びかけ，客体化しているのが特徴的であり，そうして距離を置いている一方で these, this が繰り返されて臨場感を強調している．

ローマの詩人ウェリギリウス作『農耕詩』第8歌後半の牧人アルペシボエウスの歌に想を得たとされる．これはさらにギリシアの詩人テオクリトス作『田園詩』第2歌「まじないをする女，シマイタ」から来ている．いずれも魔術で恋人を取り戻そうとする女性の語りの形をとっている．

ウェリギリウスからの関連部分（和訳）の引用

　……祭壇に柔らかな帯を巻きつけて，
　みずみずしい青枝と最上の香を焚きなさい．
　私は夫の冷静な感情を，魔法の儀式で狂わせてやろうと
　思うのです．……
　まず私はおまえのまわりに，異なる三つの色の糸を
　三重に巻きつけて，この祭壇のぐるりを三回，
　その似姿を持って回る．神は奇数を喜ぶのだから．
　……瀝青を入れて，月桂樹をぱちぱちと燃え立たせなさい．
　……灰がひとりでに
　燃え上がり，揺らめく灰で祭壇を包み込んだ．良い兆しであるように．（以下略）
　　　　　　　　　　　　　　　　　　　　　　　　　　　　　　［小川正廣 訳］

テオクリトスからの関連部分（和訳）の引用

　月桂樹の葉はどこなの．こっちにおよこし，テスティリス
　恋のまじないの薬はどこ．壺を緋色の毛糸で巻きなさい．
　私の不実な恋人を縛り付けるのよ．
　……
　でも，今はまじないであの人を縛ってしまおう．
　……
　まず大麦が火にくべられる，さあ，撒きなさい．
　……
　デルピスが私を苦しめた．私はデルピスを念じて月桂樹の葉を焼くの．
　これがバリバリと大きな音をたて，炎をとらえて急に燃えあがり
　灰も残さず姿が消える．
　このようにデルピスも，炎の中で肉を焼きつくすよう．
　……
　三度お酒をそそぎ，三度お呼びします，女神さま．
　……
　トカゲをすりつぶして毒薬をあしたもってゆこう．（以下略）
　　　　　　　　　　　　　　　　　　　　　　　　　　　　　　［古澤ゆう子 訳］

まじないに関わるものを，アド・ド・フリース『イメージ辞典』や，キャサリン・ブリッグス『妖精事典』（最後の dancing の項目のみ）を参照して，以下にまとめた．

three　： magic number で，その二乗の nine は great magic number で perfection を，またそれに 1 を足した ten も同じく perfection を表す．普通最初の 2 つはすでに持っているものを表し，3 つ目のものは念願をかなえる魔力を備えている．

oak　　：ヨーロッパでは一般に木の王者とされ，常緑樹であることから不老長寿を表す．また信念，勇気を表す．

ashes　：火，死を表し，灰は人に関連しているので魔術的な力を持つ．

knot　：結ぶことは協定，愛，結婚を表す．結び目はもつれとも考えられることから困難を表す．輪の形で表されるところから囲い，保護を表す．民間伝承では，恋人の像を結び目のあるさまざまな色の糸でしばり，それをもって祭壇のまわりを 3 回まわれば，恋人を自分にしばりつけることができる．しかし魔女も同じやり方で邪な恋を生じさせるため，これは危険なまじないである．

cypress：生命，豊穣，死，喪；死後の生命，不死，復活；闇，夜．"The Cypress curtain of the night is spread. (Campion)" が引用されている．墓場に植えられ，一般には死のイメージが強い．

owl　　：死，暗闇；予言，英知；冬，孤独；不信心者，偽善；魔女と関連を持ち，その羽は魔女の煮物の具に使われる．

feather　：魂，再生，死；完璧，豊かさ．

briar　：愛や好色性を表す．恋のまじないに使うとしてこの箇所が引用されている．

dancing：お祭り騒ぎのうち，さまざまな妖精がいちばん好むのが踊りで，みな踊り上手である．妖精を踊り手とする記述は，16 世紀以来，今日の文学に至るまで，たえず見られる．例えば Shakespeare の *A Midsummer Night's Dream* の fairy ring（輪になって踊った妖精たちが後に残す白い輪），Tolkien の *Smith in Wootton Major* など．

The Third and Fourth Booke of Ayres タイトル・ページ

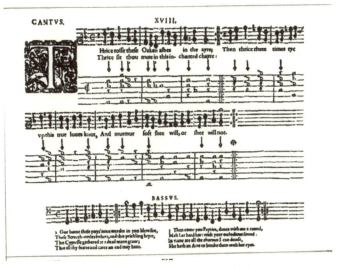

'Thrice tosse...'のソネットの楽譜
（前頁の書に所収）

上の楽譜を現代風に書き直したもの

William Alabaster (1568-1640)

イギリスのラテン語詩人，聖職者．ウェストミンスター校で教育を受け，ケンブリッジ大学トリニティ・コレッジへ進学．修士号を取得．1592 年にオックスフォード大学に編入した．同時代による言及は Spenser (p.53) の *Colin Clout's Come Home Againe* (1595) に見られ，Alabaster の未完に終わったラテン語六歩格によるエリザベス女王を称える叙事詩に対し，熱烈な讃辞を呈している．

ラテン語による悲劇の第 1 作 *Roxana* は 1592 年以前に書かれ，上記のトリニティ・コレッジで上演された．1632 年に不完全な海賊版が出されたが，同年に著者による正式版が出版された．セネカ (p.20) をモデルに書かれたもので，生硬で精彩を欠くが，次の 18 世紀に Dr. Johnson (『選集 CC』p.28) が *Lives of the Poets* (1779-81) の中で「Milton のエレジー以前に注目に値するものが生み出されていたとすれば，それは多分 Alabaster の *Roxana* だろう」と言及したことで知られる．

1596 年，エセックス伯 (p.81) の礼拝堂付き司祭としてカディス遠征（p.78 の地図参照）に随行し，その間にイエズス会士* と論争し，勧誘されてカトリックへ改宗．帰国するや自分の改宗について *Seven Motives* と題する冊子を発行したようだが現存しない．しかし，改宗したためにロンドン塔に数ヶ月間投獄されていたようである．釈放か逃亡かは不明だが，1607 年には出国していて，アントワープでカバラ神学* についての論文 *Apparatus in Revelationem Jesu Christi* を出版．この本は 1610 年，ローマ教皇の命令により禁書目録に載せられた．1633 年発表の終末論に関する書の序文によると，イエズス会士の懇請によりローマに赴いたが，到着するや異端審問所に投獄された．5 年間ローマ市内に留まることを条件に釈放されたが，危険を冒してイングランドへ逃げ戻り，プロテスタントへ再改宗した．その後，名誉神学博士号を取得し，ハートフォードシァに生計の道を得た．カバラ神学研究を続け，その成果を 1621，33 年に出版．最後の出版物は 1637 年のヘブラ

イ語，カルデア語，シリア語，タルムード*用語，アラビア語の5言語辞書であった．Herrick（『選集CC』p.4）は *Hesperides* の中で Alabaster の神秘的な著作を称讃する韻文を数篇ものしている．

イエズス会士 イエズス会に所属する修道士．イエズス会とは，宗教改革を進めるプロテスタントに対抗し，ローマ・カトリック教の発展をはかるためにスペインのイグナティウス・ロヨラらが1534年に結成し，40年にローマ教皇の公認を得た教団．日本に渡来したザビエルらも同会士．

カバラ神学 ユダヤ教の伝統に基づいたヘブライの神秘思想，あるいは神秘哲学．10世紀初頭に生まれ，幾世代にもわたって栄えてきた．神と天地創造の神秘的な説明にあたって，ヘブライ語で書かれた聖典文書に対して隠された意味を創出した．カバリストたちは，後には聖典の文字や形の中にさえも意味を見出し，手の込んだ解釈ルールを作成した．

タルムード ヘブライ語で「教訓」の意．ユダヤ教で，モーゼの律法に対して，成文化しないままに10数世紀にわたって口伝されてきた慣習律を，ユダヤ教の教師であるラビたちが集大成したもの．本文ミシュナとその注釈であるゲマラの2部からなり，広くユダヤ民族の社会生活を物語る．エルサレム（またはパレスチナ）タルムードとバビロニア・タルムードとがある．

'Lo here I am, lord, whither wilt thou send me?'

Lo here I am, lord, whither wilt thou send me?
To which part of my soul, which region?
Whether the palace of my whole dominion,
My mind? which doth not rightly apprehend thee,
And needs more light of knowledge to amend me; 5
Or to the parliamental session,
My will? that doth design all action,
And doth not as it ought attend thee,
But suffers sin and pleasures, which offend thee,
Within thy kingdom to continue faction; 10
Or to my heart's great lordship shall I bend me,
Where love, the steward of affection,
On vain and barren pleasures doth dispend me?
Lord I am here, O give me thy commission.

「見よ，ここに我あり．主よ，我を何処へ送り給うや」

見よ，ここに我あり．主よ，我を何処へ送り給うや．
我が魂のいずれの部分へ，いずれの境域へか．
我が全統治領の宮殿，すなわち
我が知性へか．知性は正しく汝を理解せず，
我を改める知識のさらなる光を必要とする．
それとも会期中の議会，すなわち
我が意志へか．意志は全行為を企画し，
当然汝に伺候すべきであるのにせずして
汝の王国内で内紛を続ける
罪と快楽を許容し，汝を立腹させる
それとも我が心の偉大な支配に我は身を屈めようか．
ここでは情愛の執事である愛が
空しい不毛の快楽で我を消耗させる．
主よ，我はここにあり．ああ，汝の命(めい)を我に与え給え

'Divine Meditations' の 41 番目（'Miscellaneous Sonnets(1)' に分類されている）．残存する手稿から Helen Gardner が編集した版に拠る．

1   **whither**   = To what place
3   **Whether**   "Or"(6), および "Or"(11) に対応する．
    dominion   (n.) The power or right of governing and controlling; sovereign authority; lordship; rule, control, influence.
4   **mind**   (n.) 1. In more restricted application: The cognitive intellectual powers, as distinguished from the will and emotions. Often contrasted with heart. 2. Intellectual quality, intellect, mental power.
    apprehend   (vt.) To lay hold of with the intellect: to perceive the existence of, recognize, see.
5   **amend**   (vt.) To free (a person) from faults, correct, reform, turn from wrong, convert.
6   **parliamental**   (a.) *Obs*. Of or pertaining to parliament; parliamentary.
    session   A continuous series of sittings or meetings of a court, a legislative, administrative, or deliberative body, held daily or at short intervals; the period or term during which the sittings continue to be held. この語は特に英国議会が開会中であることを指す．
7   **doth**   強調の助動詞．d̲oth d̲esign = designth = designs あるいは韻律や頭韻のためとも考えられる．"d̲oth d̲ispend"(13) も同じ用法．
8-9 **not ... But**   呼応関係．
8   **attend**   (vt.) 1. To watch over, wait upon with service, accompany as servant, go with, be present at. 2. To direct the ears, mind, energies to anything. ここでは 1 の意に訳したが，2 の意味をも含む．
9   **suffers**   < suffer (vt.) To allow (a thing) to be done, exist, or take place; to allow to go on without interference or objection, put up with, tolerate. *Arch.* or *dial.* [s] 音の頭韻を踏んで "s̲in" を許容することを強調する．
10 **kingdom**   (n.) *Transf. and fig.* The spiritual sovereignty of God or Christ, or the sphere over which this extends, in heaven or on earth; the spiritual state of which God is the head. ここでは神の支配を受けている自分の心の中を指す．
    faction   (n.) A self-interested or turbulent party strife or intrigue; factious spirit or action, dissension.
11 **bend**   (vt.) To bow or curve, deflect, bow oneself, stoop, submit. *Fig.* To submit to bow; to yield, give way to; to prove pliant, tractable, or subservient.
12 **love**   (n.) The disposition or state of feeling with regard to a person which (arising from recognition of attractive qualities, from instincts of natural relationship, or from sympathy) manifests itself in solicitude for the welfare of the object, and usually also in delight in his or her presence and desire for his or her approval; warm affection, attachment.

12 **steward** (n.) One who manages the affairs of an estate on behalf of his employer. 領主館の執事，家令．食卓および所領管理の最高責任者．
　　affection (n.) 1. The representation of feeling or emotion. 2. *Esp.* Feeling as opposed to reason; passion, lust. *Obs.*　包括的で広い意味概念を有する'love'が，この12行目では，限定された狭い意味での情愛を指す'affection'の下僕になっており，主従の関係が逆転していることが露呈している．
13 **dispend** (vt.) *Obs.* or *arch.* To pay away, expend, spend. To spend to no purpose; to waste, squander.
14 **commission** (n.) Authoritative charge or direction to act in a prescribed manner; order, command, instruction. 委任された任務，命令，指令．

　脚韻は abba / abba / aba / bab．前半8行と後半6行に分かれ，イタリア形式を踏襲してはいるが，意味上の押韻は 2-3-5-3-1 となり，変則的である．また脚韻は a，b のみで，ともに7つずつの同数で，それぞれ意味の上においても連関しあっている．a グループは "me" と "thee" であり，「私と主」，つまり「人間と神」との関係が強調されている．この "me" と "thee" を対象とする動詞も韻を踏んで "s<u>end</u> me"(1)，"appreh<u>end</u> thee"(4)，"am<u>end</u> me"(5)，"att<u>end</u> thee"(8)…と，"…end，…me / thee" の形になって，意味上の対比を際立たせている．修辞的な面では，"<u>whither</u>…"(1)，"<u>which</u>…<u>which</u>"(2)，"<u>Whether</u>…"(3) と疑問詞の畳み掛けがあり，神の命を欲する切迫した思いが表現されている．また，頭韻も多用されている．例えば，"<u>My</u>…<u>mind</u>"(4)，"<u>doth</u>…<u>design</u>"(7)，"<u>suffers</u>…<u>sin</u>"(9)，"<u>doth</u>…<u>dispend</u>"(13) など．イギリス王国の統治形態と関連した用語，例えば，"palace"(3)，"dominion"(3)，"parliamental session"(6)，"kingdom"(10)，"faction"(10)，"lordship"(11)，"steward"(12) が使用されており，詩人の内面の在り方，魂の問題を世俗的概念で具体的に表現している．

　1行目の冒頭の4語と最終14行目の冒頭の4語は同じ語が使われていて，この詩全体が枠構造になっている．1行目は "here I am, lord" と 14 行目の "Lord I am here" は，響き合い，「私はここに，このような状況に，いるのです」と，自己の現実を訴えている．その際，詩人は自分という人間存在を統括する根幹を "soul"(2) とし，この "soul" を "mind"(4)，"will"(7)，"heart"(11) の3つに分類している．まず "mind"＝「知性」は人格上の統治者にあたる．次に "will"＝「意思」は行為の企画者を，"heart"＝「心」は愛，情緒など感情面を指す．これら3つがいずれも神の意にそむいている自己の現状が分析されている．

　全体で「快楽」"pleasures" が2回 (9, 13) 使われていることから，信仰心が宗教上の罪である不毛の肉体の快楽へ，世俗の快楽へ，とかく向かい勝ちであることが吐露されており，最後には「"thy commission" を与えたまえ」と，神の強力なる導きを願っている．

'Dear, and so worthy both by your desert'

Dear, and so worthy both by your desert
Enlarged to me, and those favours rare
Of nature and of grace which in you are,
Accept the counsel of unfalsèd heart,
Which to myself in you I do impart, 5
Upon your soul to take severer care,
How to assure it of eternal welfare,
And cut off the entail of endless smart.
Let us upon our mother's bosom rest,
Our Mother Church, from whose undried breast 10
The fairies after baptism did us steal,
And starvèd us with their enchanted bread.
Our mother of Christ's treasure hath the seal,
And with sweet junkets doth her table spread.

「あなたの功により慕わしくも，かくも貴きあなた」

慕わしくも，かくも貴きあなた，それは我に対していや増すあなたの功(いさお)と
あなたの内にあり自然と恩寵の類まれなる
こうしたお気遣いという二つによるもの，
あなたの内にありてこそ我が身に分け負う，
偽りなき心のこの忠言を受け取り給え，
あなたの精神にかけてより厳しくお心にかけ給えとの忠言，
如何にそれに永遠の栄えを保証し，
終わりなき痛みがもたらすものを切り離すかを．
我らを我らが母の胸で休息させよ，
「我らが母なる教会」の涸れることなき乳房から
妖精たちは洗礼のあと我らを盗み，
彼らの魔法にかけたパンで我らを飢えさせた．
我らが母なるキリストの宝が封印を持ち，
彼女の食卓に甘い食べ物を拡げている．

'Divine Meditations' の 49 番目（'Personal Sonnets' に分類されている）．残存する手稿から Helen Gardner が編集した版に拠る．

1   **both**　あとに続く "your desert" (1) と "those favours" (2) を指す．
    desert　In a good sense: Meritoriousness, excellence, worth.
2-3　= those rare favours of nature and of grace which are in you
3   **which**　前行の "favours" が先行詞．
4   **counsel**　神に忠言をするというのは，人間にとっては畏れ多いことなので，先ず 3 行かけて神を称え，自分の赤心を "unfalsèd heart" として，さらに次行はその心が如何に神なしではありえないかの説明となっている．また当然 'take counsel' とは言わず動詞 "Accept" が使われている．ここまでして忠言しなければならない事態は後半で説明される．
5   **Which**　前行の "heart" が先行詞．ただし，"counsel" を先行詞とすることも可能．
6   = to take severer care upon your soul　2 行前の "counsel" (4) を修飾する．今までの "care" では不十分だったので，"severer" と比較級になっている．
7-8 **How to assure . . . and cut . . .**　前行の "care" と同格．また "counsel"(4) の同格と読むことも可能．
7   **it**　前行 "your soul" を指す．
    welfare　The state or condition of doing or being well; good fortune, happiness, or well-being; thriving or successful progress in life, prosperity.
8   **entail**　Necessary sequence.　ここにこの単語を用いたのは，"of" をはさんで続く "endless" と頭韻を踏ませるため．前行の "eternal" も響いている．この詩では他にはあまり頭韻は意識されていないので，この箇所が目立つ．
    smart　Sharp physical pain から敷衍されて mental pain or suffering; grief, affliction; sometimes, suffering of the nature of punishment or retribution の意．
10 **Mother Church**　The Church, *esp.* the Roman Catholic Church, considered as a mother in its functions of nourishing and protecting the believer.
    undried　乳が絶え間なく出る，すなわち恩寵が絶えないことを意味する．伝説によれば，妖精たちはこっそり子供をさらい，代わりに小さくて醜い取替え子 (changeling) を残していくとされる．ここでは，キリスト教徒たちを異界がキリスト教世界から連れ去ったことを意味している．
12 「パンをくれたのに飢えた」のは，つまりキリスト教の世界から離されたため．ここの "their enchanted bread" は，キリスト教の sacrament のパンと対比されている．
13 **Our mother of Christ's treasure**　"of" は同格を示し，"Our mother"，"Christ's treasure" も教会を指す．
    seal　*Fig.* A token or symbol of covenant; something that authenticates or confirms; a

final addition which completes and secures.
14 **junkets** < junket Any dainty sweetmeat, cake or confection; or sweet dish, a delicacy. 本来は，味付けした牛乳を凝固させた凝乳製品を言い，甘くてカスタードに似ている．

with sweet junkets 妖精の "with their enchanted bread"(12) と対比して登場させた．

　神に対して，前の詩は "thou"，この詩は "you" で呼びかけている．ただし，人が神に忠言するということに無理があるため，この詩の "you" は神ではなく，作者の仕える政治的，あるいは宗教的パトロンとも考えられる．そうすると，"us" (9) はそもそも一般的人間全体を指すが，さらに，you と I と限定的に読むことも可能になる．

　8 行・6 行ではっきり切れていて，韻は，abcd / dbbd / eefgfg だが，前半 8 行は，abba / abba の変形と考えられる．韻の複雑さと構文の複雑さは呼応していて，底本とした Fuller のテキストでは，原文の 1 行目をタイトルとして扱っているが，その英語に日本語訳ではうまく対応できなかったことにもその複雑さは反映されている．こうした韻や構文のゆらぎは，キリスト教徒がキリストの世界から離されたという危機感，さらには，それを畏れ多くも神または目上の者に忠言するという畏怖の念を表明している．

　この詩を，作者が，カトリックに改宗した時期のものと読めば，10 行目は，乾いた乳房としてのユダヤ教，11 行目は信者をさらうプロテスタントを，それぞれ非難していると読むことも可能である．

　11-12 行の危機のあと，最後の 2 行で，今の状況は安定したものなのか，または不安感があって，9 行目の祈願が続いていて，"mother" を繰り返して，その庇護にすがろうとしているのか，読みにいくらかの可能性の余地が残る．

　さて一方，"counsel" を神や目上の人への「忠告」とするには無理があるとすれば，別の解として，この語を「思慮，おもんばかり」，そして "impart" を「伝える」と読むこともできる．その場合，"care" は「神に心を致すこと」で，全体は，「神の御心に一層厳しく心を致すようにと，既にあなたの中においているとは言え，自分自身を諭す，偽りなき心からの，この慮りをお受け取りください」となる．

　Alabaster の手稿を集めて編集出版した Gardner は，この詩を，結婚を考えていながら果たせなかった女性に宛てたものと推測しているが，女性の影は窺えないのではないか．先ほど触れた，韻や構文の揺らぎ，そして，こうして読みが定まらないのは，Alabaster 本人の宗教上の帰属が揺れ動いたこと，また，残された詩はあくまでも個人的な覚書で，決定稿として印刷されたものではないゆえと考えられる．

Barnabe Barnes (?1569-1609)

　イギリスの詩人，劇作家．1571年の洗礼の記録はあるが，生年は不詳．父は，ヨークシァ，ダラムの主教．オックスフォード大学ブレイズノーズ・コレッジに正式入学したが学位は取っていない．父の遺産のうち，後妻への遺贈分を除く残り3分の2を6人の兄弟で分けたが，彼はその収入で生計を立てたようである．1591年エセックス伯 (p.81) のノルマンディー遠征に参加したが，2ヵ月後，伯の任務が終わると共に帰国した．

　4作発表しているが，詩人としての評価は，主に *Parthenophil and Parthenophe* (1593) に拠る．この作品はペトラルカに倣った詩のシークエンスで，タイトルの "Parthenophil" は明らかに Sidney (p.92) の "Astrophel" をもじっている．特色は，他の英詩人よりもさまざまな詩の形式を試みている点，また愛が実るという結末が予想外であるという点である．物語の中で，彼が彼女を黒魔術でレイプしようとする夢を見るくだりがある．また，*A Divine Centuries of Spiritual Sonnets* (1595) は，宗教詩のシリーズで，*The Devil's Charter* (1607) はボルジア家出身の教皇アレキサンダー6世を主人公とした反教皇の劇である．Barnes が宗教詩や道徳的な内容の詩を書きながら，一方で黒魔術に惹かれていたことが，この作品でも窺え，この中で教皇は悪魔に魂を売り渡すが，これは明らかに Marlowe (p.120) の *Doctor Faustus* に倣ったものである．これに加えて Barnes の作品には，マキアヴェッリ*の権力欲も描かれており，人々から慈悲を乞われていた教皇が結局悪魔に慈悲を乞うことになり，この悪魔も神の力を認める．

　ロンドン在住の折，知り合った Harvey (p.54) が Nashe (p.30) と戦わしていた論争（Nashe の友人の作に Harvey が難癖をつけ，Nashe が反論するということが何度か繰り返された）に一役買うことになり，そのため Nashe と敵対関係になり，Nashe から酷評を受けるが，その中のイタリアかぶれという指摘は当たっている．例えば，*Parthenophil and Parthenophe* において，それまでのどのイギリス詩人より，イタリアのソネットの影響を示している．また，前述の *The Devil's Charter* は，当時のイタリアの歴史を取り入れるという流行を追っている．

　イタリア贔屓が嵩じて，1598年に，当世イタリア風毒盛りの廉で星室庁*

において告発された.エリザベス女王が首長に任命した人物の依頼でこの毒殺を企てたらしいが,脱獄して逃亡した.再逮捕されていないところを見ると,裏工作があったようである.

　結婚や,子の記録はなく,38歳で亡くなっているが死因は不明である.ダラムの教会に埋葬の記載はあるが,明らかに遺書は残していないし,遺産についても不明.

星室庁 (Star Chamber)　刑事裁判所.1487-1641年間存続.専断不公平で悪名が高い.

マキアヴェッリ (Niccolò Machiavelli, 1469-1527)　イタリア,フィレンツェの外交家,政治家.策謀政治を唱えたその著『君主論』で知られる.

スキアヴォーネ作『ディアナとカリスト』
(泉で罪が発覚した瞬間.取り乱すカリストを怒りに燃えたディアナがなじっている.)
(ピカルディ美術館)

ブーシェ作『ユピテル・ディアナ・カリスト』
(ネルソン・アトキンズ美術館)

'Jove for Europa's love took shape of bull'

Jove for Europa's love took shape of bull,
    And for Calisto played Diana's part,
    And in a golden shower he filled full
    The lap of Danae with celestial art.
Would I were changed but to my mistress' gloves,   5
    That those white lovely fingers I might hide,
    That I might kiss those hands which mine heart loves,
    Or else that chain of pearl, her neck's vain pride,
Made proud with her neck's veins, that I might fold
    About that lovely neck and her paps tickle,   10
    Or her to compass like a belt of gold,
Or that sweet wine, which down her throat doth trickle,
    To kiss her lips and lie next at her heart,
    Run through her veins and pass by pleasure's part.

「ゼウスはオイロパへの愛のために牡牛の姿を借り」

ゼウスはオイロパへの愛のために牡牛の姿を借り,
　カリストのためにはダイアナになりすまし,
　　黄金の雨となってダナエの膝を
　　天の技で満々に満たした.
私は我が恋人の手袋でよいから変身したいもの,
　あの白魚の麗しき指を覆わんがため,
　　そうすれば我が心の愛するあの手にキスできよう.
　　さもなくば真珠の首飾りになりたいもの, 彼女の首のこれ見よがしの驕慢さ,
　浮いた静脈でこそ驕慢になる首, その麗しき首のまわりに
　　巻きつき彼女の乳房をくすぐりたい,
　　さもなくば金の帯のように彼女の腰を巡りたい,
さもなくばあの甘いワインになりたいもの, 彼女の喉をひたひたと滴り落ち,
　彼女の唇にキスし彼女の心臓に添い寝し,
　　彼女の静脈を駆け巡りおそばを通りたいもの, お愉しみの座の.

Parthenophil and Parthenophe (1593) 58 番.

1. **Jove** ［ロ神］= Jupiter ギリシア神話のゼウス．
   Europa ［ギ神］地中海フェニキアの王の娘．ゼウスがエウローペーを見初め，白い牡牛に姿を変え，海辺で侍女たちと遊んでいた彼女に近づく．気を許した彼女がその牡牛の背中に乗ったとたん，牡牛は海を泳ぎ渡りクレタ島に上陸，正体を現わし思いを遂げる．このときの牡牛が星座の牡牛座となり，エウローペーは「ヨーロッパ」にその名を残した．（なお，右頁の表記ではエウロペ）
2. **Calisto** ［ギ神］アルテミス（ダイアナ）のお付きのニンフ．ゼウスが彼女に恋をし，ダイアナの姿を装って彼女に近づいた．そして数ヵ月後，水浴の際，彼女の妊娠はダイアナの知るところとなる（p.249 の図参照）．純潔の女神には許せないことで，怒りのあまり，カリストを牝熊にしてしまった．一説には熊に変えてしまったのは，ゼウスの仕業を知った妻ヘラという．さらに，後世の創作（おそらくオウィディウス作）として，カリストから生まれた少年が，狩の折，母と知らず熊を討とうとしたのをゼウスが憐れみ，両者を星座とし，これが大熊座，小熊座であるという．
   Diana ［ロ神］ギリシア神話のアルテミス．ゼウスの娘でアポローンの双子の妹．元来は多産を象徴する地母神で自然の中の動物たちの守護神であったが，やがてむしろ狩人としてのイメージが定着する．処女神として純潔を重んじ，異性を近づけず，従者のニンフたちにも処女であることを要求した．弓，矢筒を持ち，猟犬や鹿を従える姿で描かれる．また月の女神でもある．
4. **Danae** ［ギ神］アルゴス王アクリシオスは自分の娘ダナエの子に殺されるという神託を受け，それを防ぐべく，娘を青銅の塔の中に閉じ込めた．しかし，ゼウスの目を逃れられようもなく，彼は黄金の雨となって，裸身で横たわるダナエに降り注ぐ．こうして生まれたのがのちの英雄ペルセウスで，あるとき競技で投げた円盤が偶然祖父アクリシオスに当たり，神託は成就してしまう．
6. **That . . . might . . .   so that . . . might . . .** の構文．次行も同じ構文をとるが，前者は目的，後者は結果を表す．
7. **mine heart**   heart は母音で始まらないが，[h] を無音として扱い，"my" ではなく "mine" となっている．
8. **Or else that chain of pearl**   = Or else (would I were changed but to) that chain of pearl
9. **Made proud with her neck's veins**   前行 "her neck's vain pride" を修飾する．この 2 行は "her", "neck's" の 2 語が全く同じで，あとは "pride" が "proud", "vain" が "veins" と，同族語，同音異義語に代わっていて，言葉遊びをしている．
10. **About that lovely neck**   2 行前の名詞句 "her neck's vain pride" の意味を明確にするために繰り返している．
    and her paps tickle   = and that I might tickle her paps

10　**paps**　< pap　A teat or nipple (of a woman's breast) (now *arch.* or *northern*).
　　　この行全体で見るところ，この女性は首飾りを首の周りに巻き，さらに胸のあたりに垂らしていて，少なくとも2重以上巻いていることになる．
11　= Or to compass her like a belt of gold　この行だけ，他と同じ構文を踏襲せず，破格となっている．
14　**pass by pleasure's part**　[p]音とその有声音である[b]音の頭韻を効かしている．書き出しは神話のゼウスの数々の恋を持ち出して，自分もあやかろうという態であったが，最後に"pleasure's part"に至り，この語を出したことに詩人としての新境地開拓の自負が見られる——のちに触れるような酷評も予想していたであろう．ただし，"pass by"というのには，さらにその上を行く，読者をはぐらかすいたずら心が見える．

　　脚韻は，abab / cdcd / efef / gg とイギリス形式．

　　恋愛詩において，女性に近づくための変身願望は，この詩のようにギリシア神話から，またギリシアの詩人アナクレオンの詩からヒントをとって書かれてきたが，この当時は，フランスのロンサール(p.114)などの影響が多く見られ，この詩もその例とされている．Shakespeare の *Romeo and Juliet* において，手袋になってジュリエットの頬に触れたいというロミオのセリフ (II. ii. 24-25) があるが，特に変わった表現ではなく，Barnes のこの詩の類似表現も偶然の一致とも見られ，お互いの影響関係は探れない．
　　この詩の，特に最後は，当時かなりの酷評を呼び，例えば，Nashe (p.30) や Campion (p.229) などは，スカトロジーとも読めそうな，かなり品の悪い評を下している．しかし，今日からすると，これは，この詩のコンシートを読み違えていると言える．

フランチェスコ・ディ・ジョルジオ作
『エウロペの略奪』
（ルーブル美術館）

ティツィアーノ作『ダナエ』
（国立カポディモンテ美術館）

Sir John Davies (1569-1626)

　イギリスの法律家，詩人．ウィルトシァに移り住んだウェールズ人の息子．父親は裕福な革職人であったとも伝えられている．オックスフォード大学クィーンズ・コレッジに入学しているが卒業の記録はない．ロンドンのニューイン法学院を経て，29歳でミドルテンプル法学院に入学，6年後には法廷に立っている．

　その頃，ミドルテンプルの同僚に捧げられた *Orchestra, A Poem of Dancing* (1600)，若書きの粗野な詩と評された 'Gullinge Sonnets'，霊魂の不滅性と肉体との関係を歌った *Nosce teipsum* などを書いたが，ほとんどが手稿のまま残された．ミドルテンプル時代は無法者で，規則違反をしたり暴力沙汰を起こしたりもし，ついに放校されることになる．オックスフォード大学ニュー・コレッジにいたらしいが，上記 *Nosce teipsum* はこの間に悔恨の念から書いたと言われる．ロバート・セシル (p.80) やトマス・エジャトンの力添えでミドルテンプルに戻り，国会議員にも推挙された．

　エリザベス女王死去後 1603 年，女王の従兄ハンズドン卿の随行員としてスコットランドの宮廷を訪れ，新王ジェームズ 1 世のイングランドへの巡行のお供をした．半年後，王によりアイルランドの法務次官に任命され，以後 10 年にわたって法整備に従事する．その間アイルランド中を見て回り，王宛に何通もの報告を送っているが，その地の未開さを嘆き，その文明化には法律こそが必要と力説，法改革に取り組んだ．1606 年には法務長官，ついで上級法廷弁護士の地位にまで昇る．また，アイルランドにおけるカトリックの排斥とプロテスタントの確立にも強い姿勢を示し，政府内からのカトリック教徒追放を断行した．1612 年，*Discoverie of true causes why Ireland was never entirely subdued nor brought under obedience of the crown of England until his majesties happie reigne* を出版．血族ではなく土地を基盤にした法制度の整備について詳述している．

　1613 年ダブリンでの国会開催に向け，ジェームズ 1 世は Davies を議長 (speaker's chair) に最適の人物として推した．カトリックの候補との対立の結果，新たに植民地化したアイルランドの選挙区でのプロテスタント勢力の拡大に成功した Davies が選出される．19 年アイルランド派遣を終えてから

も，ヨークなどで法律家として活躍する一方，22 年に, *Orchestra, Astrea, Nosce teipsum* の改訂版を出版した．

　1626 年，チャールズ 1 世即位に際して寿ぐ頌徳文を贈り，王座裁判所の首席司法官の任命も受けたが，国璽尚書主催の晩餐会の翌朝，卒中で死去．葬儀の説教は Donne (p.261) によって行われ，ロンドンのセント・マーティン・イン・ザ・フィールド教会に埋葬された．

St. Martin-in-the-Field Church
（墓はすべて移動されて今はなく，墓地のあった教会の裏には最近カフェができた．）

'The sacred muse that first made love divine'

The sacred muse that first made love divine
Hath made him naked and without attire,
But I will clothe him with this pen of mine
That all the world his fashion shall admire:
His hat of hope, his band of beauty fine,
His cloak of craft, his doublet of desire;
Grief for a girdle shall about him twine;
His points of pride, his eyelet-holes of ire,
His hose of hate, his codpiece of conceit,
His stockings of stern strife, his shirt of shame,
His garters of vainglory, gay and slight,
His pantoufles of passions I will frame;
Pumps of presumption shall adorn his feet
And socks of sullenness exceeding sweet.

「聖なる詩神は,最初に愛を神々しいものとして創ったが」

聖なる詩神(ミューズ)は,最初に愛を神々しいものとして創ったが,
何も着せず,裸に創った.
だが,私はこのペンで服を着せよう
世界中がその服装を讃美するように.
希望の帽子,繊細な美の襟飾り,
技の上着に,欲望のダブレット,
ガードル代わりの悲嘆を,彼の腰に巻きつけ,
誇りの留め紐に,怒りの鳩目,
嫌悪のホーズに,自惚れのコッドピース,
厳しい競争のストッキング,恥辱のシャツ,
虚しい栄光のガーターは派手なのに貧相,
情熱の上履き,これらを私は愛神の衣装としよう.
厚顔のパンプスに彼の足を飾らせよう,
いとも甘美な陰鬱のソックスにも.

Gullinge Sonnets 6番.

'Gullinge Sonnets' は Anthony Cooke（宮廷人・探検家，ロバート・セシル (P.80) やフランシス・ベーコン (p.107) の従兄，1555-1604）への献詩と9篇のソネットからなるソネット・シークエンスで，手稿で回覧された．1873年に出版されたが，購読申込者のみの手に渡った．その後ようやく1876年に A. Grosart の編集で *The Compleat Poems of Sir John Davies* の2巻本所収で公にされた．

Gullinge は *OED* で 'That gulls or deceives; cheating deceptive' と定義され，このソネット・シークエンスのタイトルが1559?年の初出例として挙げられている．全体として16世紀に流行した恋愛詩のソネット・シークエンスを揶揄するパロディであるが，本詩は愛神 Cupid 描写の convention を諷刺している．

1-2 **The sacred muse ...** もともと "sacred" であった詩神に鼓吹されて詩人が描いた愛神は "divine" なものであったゆえに，服装を纏わせて飾り立てる必要はなかった．堕落した詩神を崇拝する当世の詩人たちの書く愛の詩の堕落を諷刺している．Cf. Chapman. 'A Coronet to his Mistress Philosophy' (pp.122-41)

4 **That** = So that
 fashion Conventional usage in dress, mode of life, etc., *esp.* as observed in the upper circles of society.

5 **band** シャツの襟飾り．16, 17世紀には装飾としてのレースのものを男女ともに用いた．

6 **doublet** ダブレット．胴のくびれた胴衣で，15-17世紀の男性の軽装．

7 **girdle** 剣や鍵を下げるための腰の周りに着ける帯，ベルト．

8 **points** < point 16, 17世紀ごろ，衣服各部の合わせ目に用いた，先に金具の付いた留め紐．
 eyelet-holes < eyelet-hole 鳩目．紐通しの小穴．

9 **hose** 男性が doublet と共に用いたタイツ，後には膝までの半ズボン．
 codpiece ブラゲット．15-16世紀の男性のズボン (breeches) の前の袋．男性性を誇示し，しばしば装飾が施された．

11 **garters** < garter 靴下留め．イギリスのナイトの最高勲章ガーター勲章 (the Garter) (p.5) への暗示もある．ガーター勲章は男性は左膝下に着けた．

12 **pantoufles** < pantoufle （寝室用の）上履き．
 frame 1. To adapt, adjust, fit to or into. 2. To make, construct. Now always implying the combination to a design; in 16-17 c. often used more widely. 両義を含めて「考案して，相応しい衣装として着せよう」の意．

13 **Pumps** 紐，留め金などのない浅めの靴．16世紀ごろには男性も用いた．のち，女性用にはヒールがつくようになった．

14 **exceeding** (ad.) Exceedingly.

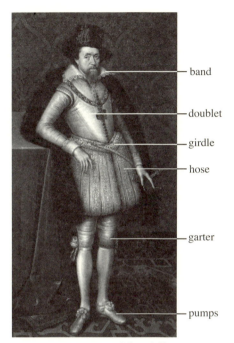

Elizabeth I, James I 時代の衣装

- band
- doublet
- girdle
- hose
- garter
- pumps

ガーター勲章

ガーター
'HONI SOIT QUI MAL Y PENSE'
のモットーが刺繍されている.

　恋する男性がとかく身に着ける服装を愛神キューピッドに着せることで，当時の恋愛詩人を，ひいては，その読者層を諷刺している．4行目の"fashion"は動詞では 1. To form, frame, make. *rare*. 2. To contrive, manage. *Obs*. の意味があり，12行目の"frame"と一種の「枠構造」をなす．その枠に'love'をはめていく中で，上半身の衣装から，下半身に進むに従って，ネガティヴな側面が表に出てくる．最初詩神が創ったとき，すなわちかつての詩においては，'divine'であった'love'が昨今のソネット・シークエンスにおいては，かくも成り下がっているというのである．

　衣装と愛や人の側面との関係は，"His hat of hope" (5), "His cloak of craft" (6) というように，alliteration（頭韻）を生かすためだけで選んだ語を用いて「希望」や「技」を開陳し，そこには，技巧に走る当世の詩人達への，またそれをもてはやす読者層への批判が看て取れる．次第に"points of pride" (8), "hose of hate" (9) と変化し，"codpiece of "conceit"(9) に至っての滑稽なまでの自己顕示に，11 行目の "garters" の比喩が，栄誉の象徴であるガーター勲章をも匂わせ，"vainglory"(11) の象徴となっている．宮廷での "stockings of stern strife"(10) を経て "shirt of shame"(10) に，さらに "pantoufles of passions"(12) も "Pumps of presumption"(13) も結局は "socks of sullenness"(14) にしかすぎず，しかもこの最後の衣装には，負け惜しみのように，恋愛詩ならではの "exceeding sweet"(14) の形容という駄目押しがつく．

　さらに，16 世紀に流行したソネット・シークエンスに見られた，女性の各部分を列挙して誉め上げるカタログ詩法も意識されていると考えられる．Cf. Spenser, 'Coming to kiss her lips, such grace I found' (p.62)

John Donne (1572-1631)

　イギリスの詩人，聖職者．ロンドンの金物商の息子として生まれる．母親は，エピグラム詩人で劇作家 John Heywood*(1497?-?1580) の娘，Sir Thomas More*(1478-1535) の妹の孫．ローマ・カトリックへの信仰篤い家系にあって，Donne もカトリック教徒として成長し，英国国教会設立後のイギリスでもカトリック信仰を貫いた人物との交流も深かった．4歳で父親と死別，母親が再婚した相手は，のち王立医者協会の会長となる医師であった．

　最初の教育はイエズス会士(p.239)によるものであったらしい．1584年12歳で，オックスフォード大学ハート・ホール（現ハートフォード・コレッジ）に入学するが，国教会への宣誓を拒んだゆえに学位は取得しなかった．ここで，終生の友となる外交官にして文人の Henry Wotton と出会う．その後ケンブリッジ大学に籍をおいたとの説もあるが定かではない．この頃，大陸旅行(グランド・ツア)(p.98)に出る．92年リンカン法学院(イン)に入学．ここで身につけた語彙や思考論理は彼の詩作や文筆のひとつの特質となり，宮廷職においても大いに資することとなった．この頃を中心とした若い時代の詩作には恋愛詩 *Songs and Sonets* や *Elegies*，諷刺詩 *Satyres* がある．

　1593年，弟ヘンリーが，カトリック司祭ウィリアム・ハリントンを自室に匿った廉で逮捕，収監されたニューゲイト監獄で疫病死．ハリントンは翌年処刑された．96年から，Donne は2度の海軍遠征に加わる．まずエセックス伯(p.81)指揮下のカディス遠征，ついで翌年の Ralegh (p.73) 指揮下のアゾーレス遠征であった（p.78の地図参照）．最初は成功，2度目は失敗であったが，それぞれの経験は，機会詩 'The Storm'，'The Calm' として表現された．最初の遠征ののち国璽尚書トマス・エジャトン卿の秘書としての職を得，1601年には国会議員に名を連ねている．しかし，この頃彼はまだカトリック教徒であった．改宗の時期については明確な見解はない．同年，エジャトン卿の妻の姪アン・モアとの秘密結婚がアンの父親の逆鱗に触れ，宮廷職を失う．フリート監獄に収監されもしたがすぐに釈放された．最初の

子どもが生まれる頃にはジェームズ1世が王位に就いて，王朝が替わった．この頃 Jonson（『選集 CC』p.4）やメアリ・ハーバート夫人 (pp.284, 328) と近づきになり，夫人には 'La Corona' を捧げている．
　その後，「病院，監獄」と呼んだロンドン南東部のミッチャムで困窮生活を余儀なくされるものの，この頃は最も思索，研究を深めた時期でもあり，自殺論 *Biathanatos* (1648), *Paradoxes and Problems* (1633), 殉教論 *Pseudo-Martyr* (1610), *Conclave Ignati* とその英語版 *Ignatius his Conclave*（共に 1611），*Essays in Divinity* (1651) などの宗教的，哲学的散文を相次いで執筆した．14歳で亡くなったドゥルリー卿の愛娘への2篇の追悼詩 *The first Anniversarie, The Anatomie of the World* (1611) と *The second Anniversarie, Of the Progresse of the Soule* (1612) の執筆を期に，ドゥルリー卿に随伴して，再び大陸に旅したが，途上パリで病に伏す．帰国後は家族と共にロンドン，ドゥルリー通の卿の家に移り住む．12年に夭逝したヘンリー王子 (p.77) に哀歌を，エリザベス王女と選帝侯フレデリックに祝婚歌を捧げるなど，宮廷との関わりを意識していた時期で，宮廷人に向けた *Verse Letters* や *Epicedes and Obesequies* を書いている．この頃から宗教詩を書き始め，深い思索を，さまざまな修辞や諧謔で表現した．*The Holy Sonnets* は 19篇全体で，ダンの宗教的思索の在り方を示すものとなっている．
　1615年，英国国教会の牧師となり，以後，多くの説教を残すこととなるが，それらは神学的，哲学的のみならず文学的にも Donne の特質を余すところなく発揮するものである．17年には初めてセント・ポール大聖堂十字架説教台で説教を行い，21年には，同寺院の主席説教者に任命される．
　1623年，熱病で重体となって，回復後，思想と瞑想の集約ともいえる *Devotions upon Emergent Occasions* を著す．25年のハミルトン侯爵に捧げた挽歌 'An Hymne to the Saints, and to Marquesse Hamylton', 28年のチャールズ1世御前での説教 'Death's Duell' と併せ，それぞれ最後の神学論，詩，説教となった．晩年は病と戦いながら執筆を続け，31年に死去，セント・ポール大聖堂に埋葬される．生前自ら作製させた経帷子姿の像が，1668年のロンドン大火にも，第一次世界大戦空襲にも耐えて，同大聖堂にある．その作品は詩，散文，説教ともに，生前出版されたものは少なく，全詩集（実際には全てではない）としての最初の出版は息子による *Poems* (1633) である．

John Heywood (1496/7-1578)　イギリスの劇作家，エピグラム詩人．ヘンリー8世宮廷の合唱団の一員．ヴァージナル奏者．妻の父親，出版家で劇作家，作曲家のジョン・ラステルの影響を受け，その私劇団で劇作家活動を始める．終生カトリックで，作品にもそれが読み取れる．エリザベス女王のもとでも活躍したが，最後はメヘレン（現在のベルギー）に逃れてその地に没した．劇作品 *The Play called the foure PP; a newe and a very mery interlude of a palmer, a pardoner, a potycary, a peddler* (c. 1530), *The Play of the Wether, a new and mery interlude of all maner of Wethers* (1533),, 寓意詩 *The Spider and the File* (1556), エピグラム集 *Proverbs* (c.1538), *The Proverbs of John Heywood* (1546) などを残した．

Thomas More (1478-1535)　イギリスのカトリック人文主義者，法律家．ヘンリー8世に仕え，1529年大法官就任．離婚問題ゆえの王とローマ教皇クレメンス7世との対峙の際，大法官を辞任．この問題と国王至上主義に反対して反逆罪に問われ処刑された．イタリアの哲学者フィチーノの影響を受け，オランダの人文主義者，神学者エラスムスと親交を結んだ．主著 *Utopia* (1515-16) は，ユートピア（何処にもない理想郷）を描いた，痛烈なイングランドの現状批判の書．トマス・モア教会 (p.113) は彼を祀るが，処刑後の遺体はオール・ハロウズ・バイ・ザ・タワー (p.31) に葬られた．

St. Dunstan Church

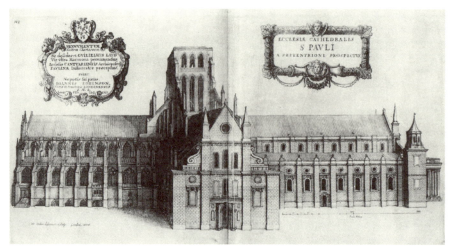

1066年のロンドン大火前の St.Paul's Cathedral (Christopher Wren 設計)

現在の St.Paul's Cathedral (Inigo Jones 設計)

Donne の経帷子姿の彫像
(第一次世界大戦空襲で倒れ,台座の
左取手が壊れたが像は無事であった.)

Loseley Park
(Donne の妻 Anne の父親 Sir William More の邸)

秘密結婚後, Donne が Anne と暮らしていた
Pyrford Lock 近くの小さな家

左の家に付けられた
プラーク

'I am a little world made cunningly'

I am a little world made cunningly
Of elements and an angelic sprite,
But black sin hath betrayed to endless night
My world's both parts, and oh, both parts must die!
You which beyond that heaven which was most high 5
Have found new spheres, and of new lands can write,
Pour new seas in mine eyes, that so I might
Drown my world with my weeping earnestly,
Or wash it, if it must be drowned no more.
But oh, it must be burnt! alas, the fire 10
Of lust and envy have burnt it heretofore,
And made it fouler. Let their flames retire,
And burn me, O Lord, with a fiery zeal
Of thee'and thy house, which doth in eating heal.

「われは巧みに創られし小宇宙」

われは巧みに創られし小宇宙，
四元素と，加えて天使のごとき魂で．
だが，黒き罪が，終わりなき夜に売り渡した，
わが世界の両部分を．ああ，だから，双方ともに死すべし！
至高の天のさらなる上に新たなる天体を
見出し，新しき土地について書くこともできる者たちよ，
わが眼に新しき海を注ぎたまえ，
われが心から流す涙で，わが世界を溺れさせることが叶うよう．
もはや溺れさせらるべきことなきなら洗い流したまえ．
だが，わが世界は焼き尽くさるべし！ああ，
欲望と嫉妬の火が，すでに焼き
さらに貶めているとはいえ．その炎には退散願い，
神よ，わが身を焼きつくしたまえ，御身と御身の家の
燃える熱意で．それこそが，われを食いつくし癒すのだ．

Holy Sonnets（Grierson 版）5 番目.

　Holy Sonnets は 19 篇からなるソネット・シークエンスで，1633 年版，1635 年版，1899 年版にはそれぞれ 3 種の手稿から異なる数のソネットが収められた．定本とされる Grierson 版 (1912) は 'Death be not proud' を中心に前後 9 篇ずつを配し，前半には死と審判，後半には悔悛と愛をテーマとするものを並べて，19 篇全体として，まとまった罪と救いの問題を考えている．本著はこの Grierson 版に拠るが，Donne の *Holy Sonnets* では，それ以外にも，重要な版として Gardner 版 (1952)，Robbins 版 (2008) があり，それぞれ各篇の配置が異なる．

1　**a little world**　macrocosm（全宇宙）に対して人間を，それに対応する microcosm とする考えは，古代，中世以来当時まだ一般的であった．John Davies of Hereford の 'Give me, fair sweet, the map, well-colourèd' の注 (p.224) 参照.
　cunningly　< cunning　1. Possessing knowledge or learning; learned. *Obs*. 2. Possessing practical knowledge or skill; skilful. ここでは両義を含む．
2　**angelic**　Like an angel; hence, of super human nature, intelligence, innocence, purity, sweetness.
　sprite　= spirit　*Obs*. Incorporeal or immaterial being, as opposed to body or matter; being or intelligence conceived as distinct from or independent of, anything physical or material.
　　この詩の依拠するアリストテレスの世界観では，macrocosm では月より下の世界は 4 元素 (fire, air, water, earth) で成り立ち，月より上の世界は第 5 元素 (ether) で成り立つ．それに対応して，microcosm の人間の身体は 4 元素から成り，魂 は第 5 元素である．ここでは "elements" は 4 元素を，"angelic sprite" は第 5 元素を意味する．
3　**betrayed**　< betray　To give up to, or place in the power of a enemy, by treachery or disloyalty.
　endless night　「永遠の断罪」　Drummond の 'To spread the azure canopy of heaven' l.12 の注参照 (p.306).
4　**both parts**　4 元素でできた身体と，第 5 元素でできた魂．
5　**You**　次の注が示すように，同時代の天文学者と探検者．
6　**new spheres, . . . new lands**　"new spheres" は，天球と考えられた宇宙の最終天（水晶天）を否定し，望遠鏡により発見された，地球からさまざまな距離にある恒星，あるいは地動説での惑星の軌道を意味する．5 行目の 'was' が過去形であることが，Donne の新しい宇宙論への関心を示し，それが 1-2 行の古来の宇宙論と併存する．さらに "new lands" は，ヨーロッパ各国が競って探険航海にでかけ，新たに発見したアメリカ新大陸や島々を指す．

8   **earnestly**   In an earnest manner. (OE. In truth, in reality.) < earnest Serious; usually in emphatic sense, intensely serious.
   my weeping earnestly   悔悛の涙. それまでの悔悛では足りない, あるいはそれまで流した涙は世俗の思いゆえの涙であって, 真の悔悛とは言えないという含意がある. Noah の洪水の逸話 (『創世記』9 章 11 節) への言及でもある. すべて球体である eye, tear, world の相互の関係や, 涙が世界を溺れさせるイメージは *Songs and Sonets* でもよく見られる.

9   **it must be drowned no more**   『創世記』9 章 11 章で, ノアの大洪水の後, 神は「すべて内なるは, もはや洪水によって滅ぼされることはなく, また地を滅ぼす洪水は, 再び起こらないであろう」と契約している.

10-14   人が自らの悔悛によって救済されるには罪が重すぎるゆえ, 神の恩寵にすがるほかない. 人の業が4元素の下位元素 water であるのに対し, 神の業は上位元素 fire である. 前者が3行で語られるのに対し, 後者は5行で語られ, その大いなることを示す. 前者では 'Drown', 'weeping', 'wash', 'drowned' の4語, 後者では 'burnt', 'fire', 'burnt', 'flames', 'burn', 'fiery' の6語を畳みかけて心の高揚を表現する. かつては情欲や嫉妬の炎であった fire と, 神の最後の審判の fire, さらに神の慈愛の fire といった, 異なる意味を表象する fire により, 堕落し, 断罪され, 救済されていく道筋と, 救済への願いが凝縮して示される.

13   **zeal**   < Lat. zelus < Gr. ζῆλος   *Bible* Ardent feeling or fervour (taking the form of love, wrath, jealousy, or righteous indignation.) ここでの 'a fiery zeal' は, 神の怒りの炎と慈悲の炎を意味する.

14   **thy house**   House of God, すなわち Temple. ここでは A temple in body. Cf. 『コリント人への第一の手紙』6 章 19 節.
   doth in eating heal   「食い滅ぼすことにより癒す」は Donne 特有のパラドックス (cf. p.278). Cf. Holy Sonnet XIV ('Batter my heart, three person'd God') 12-14
   　　　　　　　　　　　for I
   Except you'enthrall mee, never shall be free,
   Nor ever chast, except you ravish mee.

脚韻は, abba' / a'bba / cdcd / ee と, 3番目の4行連で異なるパターンを示し, イタリア形式とイギリス形式の複合になっている.

'At the round earth's imagined corners, blow'

At the round earth's imagined corners, blow
Your trumpets, angels, and arise, arise
From death, you numberless infinities
Of souls, and to your scattered bodies go,
All whom the flood did, and fire shall o'erthrow, 5
All whom war, dearth, age, agues, tyrannies,
Despair, law, chance, hath slain, and you whose eyes
Shall behold God and never taste death's woe.
But let them sleep, Lord, and me mourn a space,
For, if above all these, my sins abound, 10
'Tis late to ask abundance of thy grace
When we are there; here on this lowly ground
Teach me how to repent, for that's as good
As if thou'hadst sealed my pardon with thy blood.

「丸い地球の想像上の四隅で，吹き鳴らせ」

丸い地球の想像上の四隅で，吹き鳴らせ，
天使たちよ，汝らのラッパを，そして蘇れ，
あなたたち無数の霊魂たちは，死から蘇れ，
そして散在する肉体のもとへ行け，
ノアの洪水が滅ぼした，そして主の日の火炎が滅ぼすものたちすべて，
戦争，飢饉，老衰，瘧(おこり)，暴政，
絶望，法，偶然が殺害したものたちすべて，そしてその眼が
神にまみえ，死の悲哀を味わうことのないあなたたちは．
しかし主よ，彼らを眠らせたまえ，そして我には暫しの間嘆かせたまえ，
なぜなら，もしもこれらすべての死者以上に，わが罪が夥しいとすれば，
我らがあの世に行き着く時に汝の溢れる恩寵を乞うことは
時すでに遅しなのですから．低きこの世で
悔い改めるすべを我に教えたまえ，なぜなら，それはあたかも
わが罪の許しを汝が汝の血でもって保証されたも同然なのですから．

Holy Sonnets（Grierson 版）7 番目.

1　**imagined corners**　『ヨハネの黙示録』7 章 1 節参照.「この後, わたしは四人の御使が地の四すみに立っているのを見た. 彼らは地の四方の風をひき止めて, 地にも海にもすべての木にも, 吹きつけないようにしていた.」なお "round" と "corners" の逆説的表現である.

1-2　**blow / Your trumpets, angels**　『ヨハネの黙示録』8 章 2 節—9 章 11 節参照. ここでの "trumpets" とは, 神の最後の審判を告げるラッパを指す. キリスト教では, 十字架で死に復活して天に上ったキリストは再び地上に来て（再臨）, 救いを完成する, とされる. その完成の前に神はキリストと共に最後の審判を行う. この審判の際にも神に反逆するものは裁かれ, 魂の死, 第二の死を迎えることになる.（『選集 SS』p. 187 参照）.

2　**arise**　(vi.) To rise from the dead, return to life from the grave. Now *poetic*.

3　**you**　"arise" (2) と命令されている対象. "All"(5,6), "you"(7) も同様. 呼びかけ. 文意が明確になるように,「あなたたちは」と主語として訳出した.

　　infinities　< infinity = infinitude (n.)　無限, 無限の数量, 無数.

4　**bodies**　キリスト教では, 人間が死ぬと魂が肉体から抜け出ていく, と考える. ここでは, 魂が抜け出ていった後に残された肉体のこと.

5　**the flood**　ノアの洪水.『創世記』6-8 章参照. 我々の現世の始まりを指す.

　　did　< do　助動詞. この行末の o'erthrow (= overthrow vt.) に繋がり, 次の "fire shall" と対を成す. 運命, 予定を表す "shall". 8 行目の "Shall" も同じ用法.

　　fire　(n.)『ペテロの第 2 の手紙』3 章 10 節参照.「しかし, 主の日は盗人のように襲って来る. その日には, 天は大音響をたてて消え去り, 天体は焼けてくずれ, 地とその上に造り出されたものも, みな焼き尽くされるであろう.」我々の現世の終わりを指す. "<u>fl</u>ood did" と "<u>fi</u>re shall" は頭韻を踏みながら対照的な事象を表現している.

6-7　**war, dearth, age, agues, tyrannies, / Despair, law, chance**　人間の死の原因が列挙されている. 2 つ目の "dearth" の代わりに "death" あるいは "pestilence" とする版もある. 4 つ目の "agues" はイギリスに特に多く見られる疾病で, 寒冷かつ多湿の風土に起因する. 前半の "war" から "tyrannies" までは人間を死に至らしめる社会的な要因, 後半の 3 つは個人的な要因を挙げている. "Despair" は自殺, "law" は処刑を, "chance" は悲運なできごと, 災難などを示唆する.

7-8　**you whose eyes / Shall behold God and never taste death's woe**　『コリント人への第 1 の手紙』15 章 51-52 節参照.「ここで, あなたがたに奥義を告げよう. わたしたちすべては, 眠り続けるのではない. 終わりのラッパの響きと共に, またたく間に, 一瞬にして変えられる. というのは, ラッパが響いて, 死人は朽ちない者によみがえらされ, わたしたちは変えられるのである.」

ここでは死後，神の審判を受けて復活し天国へいって神にまみえることができた人々を指す．彼らは二度と死の悲しみを味わうことはない．
9 **sleep**　肉体の死後，魂が神の審判を受けるまでの，いわば，宙吊りの状態を指す．
　mourn　(vi.) To feel sorrow, grief, or regret (often with added notion of expressing one's grief); to sorrow, grieve, lament.
　a space　= for a while
10-11　**sins . . . grace**　『ローマ人への手紙』6章1節参照．
　abound　(vi.) To be full, to be rich or wealthy; to have to overflowing. (Of persons). *Obs.* 音と意味内容の両面で "abundance" (11) と響きあう．
12　**When we are there**　我々が死んだのちにあの世へ行った時に，の意．次の "here" と対比させている．意識の上では自分のことであるが，一般化している．
　lowly　(a.) Low in situation or growth; humble in condition or quality.
14　**thou' hadst**　母音連結で2音節を1音節で読む．'h' は無音扱い．
　sealed　< seal (vt.) *Fig.* To authenticate or attest solemnly by some act compared to the affixing of a seal.
　my pardon　個人としての私に保証された許し，の意．キリストの自己犠牲によって与えられている人類全体に対する許し，と対比させている．

　脚韻は abca / acba / dede / ff. 一般的に 'but' や 'yet' を用いて逆説的に論理を構築していくのは Donne の特徴である．この詩でも "But"(9) を用いている．このソネットでは，創世記以来の全人類と自己一人とを対比させて，悔い改めの術を教えたまえ，と神に訴えている．空間としては，水平的には地球全体，垂直的には天上と地下，時間としては，ノアの洪水後という太古の昔から神の審判を受けて焼き滅ぼされる未来までを歌いこんでいる．この壮大な空間と時間を，そしてそこで生死する人類すべてを統べる神と，一個人としての自己を対峙させて，自分の罪の救いを求めている．"But" 以後，神に言及する "thy"(11,14)，"thou"(14) と，自己に言及する "me"(9, 13)，"my"(10, 14) が頻出する．この自意識の在り方は Donne の近代性を示すものであろう．

'Show me, dear Christ, thy spouse, so bright and clear'

Show me, dear Christ, thy spouse, so bright and clear.
What, is it she, which on the other shore
Goes richly painted? or which robbed and tore
Laments and mournes in Germany and here?
Sleeps she a thousand, then peeps up one year?
Is she self-truth and errs? Now new, now'outwore?
Doth she, and did she, and shall she evermore
On one, on seven, or on no hill appear?
Dwells she with us, or like adventuring knights
First travel we to seek and then make love?
Betray, kind husband, thy spouse to our sights,
And let mine amorous soul court thy mild dove,
Who is most true and pleasing to thee then
When she'is embraced and open to most men.

「どうか我に見せたまえ，キリストよ，いと輝かしく清らかなあなたの花嫁を」

どうか我に見せたまえ，キリストよ，いと輝かしく清らかなあなたの花嫁を．
なんと，それは，かの地で厚化粧している女(ひと)だというのか，
それともドイツでもここでも奪われ切り裂かれ
嘆き悲しんでいる女なのか．
その女は千年眠り，それからある年目覚め始めたというのか．
真実そのものでいて過(あやま)つとでも．今新しいと思えば，もう古臭くなっているとでも．
今，昔，そしてさらにこれから
一つの丘，七つの丘，それとも丘などない所に姿を見せるというのか．
その女は我らと共にあるのか，それとも冒険を重ねる騎士のように
我らはまず旅に出て探しそれから愛するのか．
包み隠さず，優しい夫よ，あなたの妻を我らに見せたまえ，
そして我が恋する魂があなたの穏やかな鳩に求愛するのを許したまえ，
その女はあなたにとってこの上なく貞淑で望ましい，
多くの男に抱かれて開け放つときにこそ．

Holy Sonnets（Grierson 版）18 番目.

真の教会の在り方を探ったもので，Donne の初期の宗教詩や，真理に辿り着くまで思いを巡らせる 'Satyre III' のテーマでもある．それは，カトリックでもプロテスタントでもなく（前者はその儀式主義の点で，後者は空理空論のゆえに否定される），真の catholic の（すなわち universal な）教会である．すなわち，すべての国の教会を包括し，眼には見えない，真の信者の教会を考えている．

1 **Show me** 『ヨハネの黙示録』21 章 9 節参照．「さぁ，きなさい．子羊の妻なる花嫁を見せよう」という約束を果たすよう，神にチャレンジしている．
  thy spouse キリストを花婿，教会を花嫁と見做す．『ヨハネの黙示録』19 章 7 節参照．「……子羊の婚姻の時がきて，花嫁はその用意をした……」などの描写がある． Cf. Alabaster "Our Mother Church" 1.10 (p.244)
  bright and clean 『ヨハネの黙示録』19 章 8 節参照．上記の引用に続いて，花嫁に許された麻布の描写として，このままの表現があり，聖書の訳では「光り輝く，汚れのない」となっている．現実の教会が "bright and clean" ではない（その説明が次行から続く）ので，"Show me" と要求しているという諷刺が背後にある．
2 **What** (int.) 驚きを表し，この後に，否定の答えを予想する修辞疑問文がいくつか続くことになる．
  the other shore イギリス ("here"(4))，から見てヨーロッパ大陸を指す．さらには，この詩ではローマ，つまり，"she . . . on the other shore" は，ローマカトリック教会を指す．
3 **painted** < paint To put colour on the face *Fig*. To adorn or variegate with or as with colours, to deck, beautify, decorate, ornament 訳では「化粧」にしたが，「身を飾る」でもよい．カトリックの例えば派手な色付けの祭壇などに言及している．いずれにしても，whore のイメージ（これは *Satyres* にも見られる）で，これは最終行の "open to most men" と関係づけられる．
  robbed and tore プロテスタント教会のありようを指す．
  tore = torn
4 **in Germany and here** "Germany" にはオランダ，スイスも含まれ，"here" はイギリスを，ゆえに She . . . which robbed and tore . . . in Germany and here' はプロテスタントを指す．
5 『ヨハネの黙示録』20 章 2-3 節参照．「彼（＝ひとりの御使）は，悪魔でありサタンである龍，すなわち，かの年を経たヘビを捕らえて千年の間つなぎおき，（中略）千年の期間が終わるまで，諸国民を惑わすことがないようにしておいた．その後，しばらくの間解放されることになっていた．」プロテスタントの一説によれば，教会はカトリックの抑圧のもとに千年の間眠っていて，宗教改革で目覚め

たとする．

5 **peeps up**　< peep up　(vi) 1. To look through a narrow aperture, as through the half-shut eyelids or through a crevice, chink, or small opening into a larger space; hence, to look furtively, slyly, or pryingly. 2. *Fig*. To begin to appear or show itself: chiefly said of natural objects, as daylight, flowers, distant eminences, etc. Often more distinctly *fig*. from 1: To appear as if looking out or over something.
　one year　プロテスタントの宗教改革が起こったある年．ルターがヴィッテンベルクで 95 箇条を釘で貼り付けた 1517 年と特定できようか．
6 この行には truth ⇔ errs，new ⇔ outwore の 2 つの対立が見られる．
　errs　< err　「さ迷う」の意味も裏にあり，truth といえども，なかなか truth に行きつけないことをいう．
　now'outwore　本来，全体で 3 音節になるところを，2 音節で読むため省略の ' を挿入した．([w] を半母音で読み，母音連結で 'now'out' を 1 音節に読むことで，'Now new, now'outwore' の対比が韻律的にも明白に表現される．)
　outwore　= outworn
8 **one**　『歴代志 下』3 章 1 節で言及されている，ソロモンがエルサレムのモリアの山に建てた主の宮を指すと考えられる．さらには，ロンドンのセント・ポール寺院の立つラドゲイト・ヒル，またルターのヴィッテンベルク，またカルヴァンのジュネーブという説もある．
　seven　ローマの 7 つの丘．古代ローマは Aventuine, Caelian, Capitoline, Esquiline, Palatine, Quirinal, Viminal の七丘を中心に建設され，Seven Hills of Rome と称される．
　no hill　カルヴァンの地，ジュネーブはレマン湖畔で，ここは丘がなく平坦な地．また，英国国教会からすればカンタベリー，プロテスタントではヴィッテンベルクとも考えられる．
　　この行の "one", "seven", "no" は，"seven" がカトリックであることを除いて，諸説あっていずれか決定しがたいが，最後は，次に続く箇所が，以下にあるように英国国教会を指すことからして，ここもイギリスを指すと考えるのが流れとして自然であろう．
9 **Dwells she with us**　英国国教会への言及．
　adventuring knights　Spenser 作 *The Faerie Queene* (p.55) への言及．Donne において，このように中世のロマンスの courtly love に言及することはまれ．
9-10 宮廷の愛と夫婦の愛という 2 つの愛の形により，教会に対する 2 つの捉え方が描かれる．
10 **travel**　1. To torment, distress; to suffer affliction; to labour, toil. 2. To make a journey; to go from one place to another; to journey. 第一義的には 2 の意味で，1 の意味も含まれる．

10 **make love** To pay amorous attention. 当時は現在の To copulate の意味はなかった．
11 **Betray** To lead astray or into error; as a false guide; to mislead; seduce, deceive (the trustful). To reveal, disclose or show incidentally, to exhibit, show sign of, to show kind. 究極的には，すべての罪をあがなって死んだキリストの愛を指す．
12 **mine amorous soul** "mi<u>n</u>e" の [n] 音が次の [a] に繋がり，"amorou<u>s</u>" の [s] 音が次の "<u>s</u>oul" の [s] 音へと繋がって，3語まとまる．
thy mild dove 『雅歌』5章2節参照．「……わが妹，わが愛する者，わが鳩，わが全き者よ．」
14 **open** 『雅歌』でも，上記引用のあと「あけてください」と続く．
"most true . . . when . . . open to most men" は，'Holy Sonnet XIV' の最終行 "Never ever chaste, except you ravish me" と相通じるパラドックスである（cf. p.269. 14行目に対する注）．ここの "open to most men" は，セクトにこだわらず，誰にでも開かれた教会を指すが，最も聖なるものを，上から続く whore のイメージで描くところに，この詩の妙味がある．
men ここも表面的には whore のイメージで，「男」と訳したが，誰にでも開かれた教会を指すので，当然「人」の意も含む．最後の単語にも，このように深いパラドックスがこめられているのがこの詩の妙味であるにも拘わらず，訳では限定されてしまう．正に翻訳の限界を示す見本のような作品で，それだけに原詩の醍醐味を味わいたい．

全編，畳み掛けるような迫力に満ちていて，7行目では，"Doth she", "did she", "shall she" と重ね，5行目は，"a thousand" から "one" へ，8行目は "one", "seven", "no" と数字を連ねる．そして，クライマックスの13-14行目で，"<u>m</u>ost true" "<u>m</u>ost <u>m</u>en" と，[m] 音の頭韻とともに，"most" の繰り返しの中に，パラドックスが強烈である．この [m] 音は，12行目で "<u>m</u>ine", "a<u>m</u>orous", "<u>m</u>ild", そして13行目の "<u>m</u>ost", 最後の14行目で "e<u>m</u>braced" と続出し，一番最後の "<u>m</u>ost <u>m</u>en" を決定づける．縁語も，"spouse"(1,11), "love"(10), "husband"(11), "amorous"(12), "court"(12), "embraced"(14) と，最初の提示の他は，後半の数行に集中していて，迫力を生み出すのにあずかっている．このように，この詩は，宗教的に Donne の立場を読み解くと同時に，詩としての愉しみがある．

脚韻は，abba /abba /cdcd /ee.

Richard Barnfield (1574-1627)

　イギリスの詩人．シュロップシァに生まれる．6歳の時，母が出産で死亡し，伯（叔）母に育てられる．1589年オックスフォード大学ブレイズノーズ・コレッジに入学，92年BA取得．一時停学処分を受けた記録が残っている．6週間以内に公の場で大演説をふるうべし，不履行の場合は罰金を払うべし，という条件で復学を許された．在学中，詩人のDrayton (p.187) らと親交を結んだ．

　1594年に，第1作 *The Affectionate Shepherd* を出版．これはローマの詩人ウェルギリウスの『牧歌』第2巻に基づく優雅な変奏曲とでも形容すべき作品で，レイディ・リッチ（pp.96, 181）に献呈された．翌95年には，第2作 *Cynthia, with certain Sonnets, and the Legend of Cassandra* を出版．これはエリザベス女王への頌徳文で，Spenserian stanza (p.55) で書かれており，*The Faerie Queene* (p.55) 以外で見られる最も早期の例と推察される．96年に，4冊の薄い冊子 1.*The Encomion of Lady Pecunia*, 2. *The Complaint of Poetry*, 3. *Conscience and Covetousness*, 4. *Poems in divers Humours* をまとめて出版．この作品の付録 *A Remembrance of some English Poets* には Spenser (p.53), Daniel (p.180), Drayton (p.187) と並んで *Venus and Adonis* の作者を称讃しているが，最後の作者が誰を指すのか特定されてはいないものの，Shakespeareを暗示しているのではないか，と研究者の関心をひきつけてきた．この出版後，彼は文芸界から姿を消し，スタフォードシァで大地主として裕福な生活を送ったようだ．

　彼の作品はごく少数で，原本はわずかしか残っていない．ソネット作品には友情が歌われているが，熱い情と率直さに対する許容度の高かったエリザベス朝時代においても健全な共感の域を超えていて，抑制不足と評された．彼の詩質の高さ，音楽性，絵画的な美，澄んだ甘美さが正当に評価されたのは最近のことである．上述の冊子所収のソネット 'If music and sweet poetry agree' とオード 'As it fell upon a day' は1599年 *The Passionate Pilgrim* の中に採録して出され，20世紀にいたるまでShakespeareの作とされてきた．このことは，彼の詩人としての資質の高さを証するものである．

'Beauty and Majesty are fallen at odds'

Beauty and Majesty are fallen at odds:
    Th'one claims his cheek, the other claims his chin.
    Then Virtue comes and puts her title in.
(Quoth she) I make him like th'immortal gods.
(Quoth Majesty) I own his looks, his brow.   5
His lips, (quoth Love) his eyes, his fair is mine.
    And yet (quoth Majesty) he is not thine,
I mix disdain with love's congealèd snow.
Aye, but (quoth Love) his locks are mine, by right.
    His stately gait is mine (quoth Majesty),   10
And mine (quoth Virtue) is his modesty.
Thus, as they strive about this heavenly wight,
    At last the other two to Virtue yield
    The lists of Love, fought in fair Beauty's field.

「『美』と『威厳』とが争っている」

「美」と「威厳」が争っている，
　一方は彼の頬を自分のものだと要求し，他方は彼の顎を要求する．
　次には「徳」が来て彼女の権利を申請する．
(彼女は言った）私が彼を不滅の神々に似たものに作るのです．
(「威厳」は言った）彼の目鼻立ち，彼の額は余のものだ．
　彼の唇と，（と「愛」は言った）彼の眼，彼の美貌は私のものです．
　だがしかし（と「威厳」は言った）彼はそなたのものではないぞ，
余は侮蔑を愛の凍りついた雪に混ぜるのだ．
おやおや，でも（と「愛」は言った）彼の頭髪は正当に私のものです．
　彼の堂々たる歩き振りは余のものだ（と「威厳」は言った），
　そして私のものです（と「徳」は言った）彼の慎ましさは．
かくして，この神々しい御仁について彼らが争っているうちに，
　ついには他の二人が「徳」に差し出す，
　公正な「美」の戦場で戦われた「愛」の名簿を．

Cynthia with Certaine Sonnets, and the Legend of Cassandra (1595) には，'Cynthia'，'Cassandra' の他に 1 篇のオードと 20 篇のソネットが収められている．本篇はその 20 篇のソネットの 2 番目．

1 **Majesty** (n.) Kingly or queenly dignity of look, bearing, or appearance; impressive stateliness of aspect or demeanour.
  odds < odd (n.) Disagreement, dissension, variance, strife. Chiefly in *at odds,* bring to odds.
2 **claims** < claim (vt.) To demand as one's own or one's due; to seek or ask for on the ground of right.
  his この語によって論争の対象になっている人物は男性であることが分かる．
3 **title** (n.) That which justifies or substantiates a claim; a ground of right; hence, an alleged or recognized right.
4 **Quoth** =said. 第 1 人称と第 3 人称直説法過去形で，常に主語の前におく．
5 **looks** < look (n.) Appearance, aspect. With reference to persons, often with mixture of sense. Appearance of the countenance (sometimes, of the whole person); visual or facial expression; personal aspect. Pl. with the same meaning as sing. 本来なら含まれる髪形は，除外されているようである．"locks"(9) 参照．従って「目鼻立ち」と限定して訳出した．
  brow (n.) The whole part of the face above the eyes, the forehead. *Esp.* as the seat of the facial expressions of joy, sorrow, shame, anxiety, resolution, etc.
6 **fair** (n.) 1. That which is fair; the fair side or face. 2. Beauty, fairness, good looks. Cf."fair"(14)
8 **congealèd** < congeal (vt.) To convert, by freezing, from a fluid or soft to a solid and rigid state, as water into ice; to freeze. (vi.) To become solid and rigid by freezing; to become solid by cooling.
9 **locks** < lock (n.) One of the portions into which a head of hair, a beard etc., naturally divides itself; a tress. In *pl.* often = the hair of the head collectively.
12 **they** "Majesty"(10) と "Virtue"(11) を指す．
  wight (n.) 1. A living being in general; a creature. *Obs.* *Originally* and *chiefly* with (good or bad) epithet, applied to supernatural, preternatural or unearthly beings. *Obs.* or *rare arch.* 2. A human being, man or woman, person. Now *arch.* or *dial.*
13 **the other two** "Love"(14) と "Beauty"(14) を指す．
14 **lists** < list (n.) A catalogue or roll consisting of a row or series of names, figures, words, or the likes. In early use, *esp.* a catalogue of the names of persons engaged in the same duties or connected with the same object; *spec.* a catalogue of the soldiers of an army or of a particular arm.

脚韻は abba / cddc / effe / gg. 第 1 行目から "fallen at odds" という不和を表す語で始まり，最終行の第 14 行目は "lists", "fought", "field" という戦いの縁語を 3 語つらねて終わっている．しかも，この行は "list" と "Love", "fought" と "fair" と "field" と頭韻を踏んで意味を強め，響きあわせている．「美」と「威厳」と「徳」がそなわり，かつ，「愛」の面でも勝利をしめるこの通常の人間ならぬ御仁の魅力において何が一番有力な働きをしているかについて論じたもの．"Beauty" (1, 14), "Majesty" (1, 5, 7, 10), "Virtue" (3, 11, 13), "Love" (6, 9, 14) の 4 要素を擬人化して，それぞれの領分を論争させている．"Beauty" に始まり "Beauty" で終わっているところから，つまるところ，「愛」の勝利の鍵はやはり「美」にあり，ということであろうか．魅力の要素を擬人化して議論させるというコンシートを使っている．

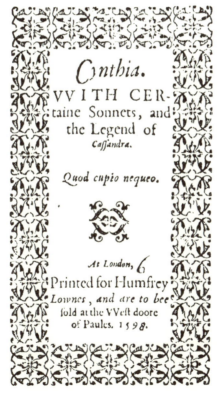

Cynthia with Certaine Sonnets, and the Legend of Cassandra
（タイトル・ページ）

Edward, Lord Herbert of Cherbury (1582-1648)

　イギリスの哲学者，歴史家，詩人，外交官．詩人 George Herbert (p.328) の兄．11 歳で古典学者の指導を受け，ギリシア語，ラテン語，論理学の知識を得る．14 歳でオックスフォード大学ユニヴァーシティ・コレッジに特待免費生（『選集 CC』p.85）として入学．在学中，母の尽力によって詩人 Donne (p.261) の知己を得た．母メアリは人間的魅力と篤い信仰心を備えた女性で，7 人の息子と 3 人の娘の教育に深い関心を寄せていた．また彼女は Donne の家族に惜しみない援助を与えた．16 (15?) 歳で親族によって勧められた 21 歳の従姉と結婚する．その後，オックスフォードに戻り研鑽を重ねた．1600 年，ロンドンへ出，エリザベス女王，続いて新王ジェームズ 1 世に謁見し，ガーター勲爵士の称号 (p.5) を授与される．

　1606 年モンゴメリシァの州長官となる．1608 年，友人と外国旅行に出，パリの社交界に紹介され，高官ド・モンモランシ* と親しくなり，その居住地で狩猟や乗馬に何ヶ月も過ごし，この地の美しさを韻文に歌っている．アンリ 4 世，マルグリット・ド・ヴァロア* などに歓待され，多くの決闘にも関わり騎士道精神への偏愛を発揮した．ドイツではケルンやハイデルベルクを訪ね，選帝侯と知己を結び，イタリアではローマのイギリス校で古代遺跡の研究をし，パドヴァ大学でも聴講した．トリノではサヴォア公爵に会い，その依頼に応じて対スペイン戦を戦うプロテスタントのサヴォア人を助けるべくピエモンテへ出征した．これはフランス側から敵対行為とみなされ，投獄されたが，知人たちの尽力で釈放され，ドイツ経由で 16-17 年の冬，帰国．次の 1 年半はロンドンで過ごし，Donne，Jonson（前掲書 p.4），George Herbert，Carew（前掲書 p.3）など宮廷外の文人たちとも親交を深めた．

　1619 年にはまたイギリス大使としてパリに赴き，30 年戦争* の始まっていたドイツの情報収集に専念する．その間に形而上的思索にも時間を見つけ，ラテン語による論文 *De Veritate* に結実させた．これはイギリス人によ

る最初の純粋形而上著作であり，ケンブリッジのプラトン主義者の知識論を進展させたものとして重要である．プラトン，アリストテレス，パラケルスス＊などを読んでおり，知的探求者としての彼の独創性については疑問の余地はなく，特に外国の哲学者，たとえばデカルト＊などが高く評価していた．この間，チャールズ皇太子とフランス王女との結婚に向けてフランス政府と交渉する任務に苦慮していたが，突然解任され，パリを去った．

　1629年，Lord Herbert of Cherburyとなる．32年，歴史書 *The Life of Henry VIII* の執筆に着手，49年出版．この歴史書は権威ある文書からの情報をまとめたもの．同時に機械類の発明にも関心をもち，軍船や大砲運搬の改良策を提案している．39年，スコットランド遠征に従軍し，42年，上院議員となる．同年勃発した議会側との軋轢，いわゆる内乱（前掲書 p.viii）では議会側によって身柄を拘束されたが，弁明により釈放された．この後，息子たちは王党派に従軍していたが，彼自身はできる限り中立をつらぬく立場に徹した．48年，ロンドンの屋敷で死去．

　彼は髪と肌が黒いことから'the black Lord of Herbert'と呼ばれたが，ハンサムでその肖像画は貴婦人の人気を博し，彼女たちの浮気の相手もしたようだ．彼は，Horace Walpole (1727-97) によって1767年に初めて印刷された自伝（1624年までのもの）で最もよく知られているが，その記述は不完全であり，日付にも混乱がみられる．

　彼はまた「理神論の父」として知られ，宗教についての見解も発表しており，*De Religione Gentilium* は63年アムステルダムで死後出版された．英語とラテン語による詩集は55年に出版された．詩人としてはDonneの弟子であるが，より曖昧で無骨だと評されている．諷刺詩の評価は低いが，抒情詩には真の詩的な響きがあり，時にはHerrick（前掲書 p.4）を思い起こさせる．後にTennyson（『選集SS』p.131）が *In Memoriam* で完成する In Memoriam stanza＊を使っている点で注目に値する．ラテン語による詩作品は主に哲学的な主題を扱っている．

ド・モンモランシ (**Henri I de Montmorency**, 1534-1614) フランスの元帥．ダンヴィル伯アンリとして知られる．1579 年兄の死後，モンモランシ公を継いだ．熱心なカトリック教徒であったが，父の死後，ユグノーとの和解を進める穏健派に転じた．葡萄酒醸造で有名なラングドックの領主として権勢をふるったが，1593 年にアンリ 4 世の支持者として元帥となり，1610 年，王の死後は引退した．

マルグリット・ド・ヴァロア (**Marguerite de Valois**, 1553-1615) フランスの王族ヴァロア家の最後の王女．フランス王アンリ 2 世とカトリーヌ・ド・メディチ (p.98) の娘．政略結婚により，ナバラ王国のアンリ 3 世王妃となり，後に夫がフランス王アンリ 4 世となった関係で，2 度王妃となった．夫婦仲は険悪で，18 年間投獄されたりしたが，美貌と服飾などの抜群のセンスゆえに，当時の最もファッショナブルな女性のひとりとして注目されていた．また，詩人，著述家としての才能にも恵まれ，前述の幽閉期間中に自分自身だけでなく，他人のスキャンダルをも暴露する回顧録を執筆した．これは彼女の死後，1628 年に出版されて物議をかもした．

30 年戦争 (1618-48) ドイツ 30 年戦争ともいう．宗教対立を発端に内乱となり，30 年間続いた．戦争の中身は宗教対立だけではなく，ドイツ国内の諸侯の対立に乗じて外国が領土獲得を目論んで介入したことから，ヨーロッパのパワーゲームの側面をもつ．信仰の自由は承認されたものの，ドイツの国土は一部を割譲させられ，各国の傭兵により荒廃し，政治的には諸侯独立の領邦国家として固定化した．

パラケルスス (**Paracelsus**, 1493?-1541) スイスで生まれ，医師であった父親から自然哲学を学びつつ成長する．イタリアのフェラーラ大学医学部を卒業し，1525 年にはバーゼル大学の医学部教授に就任したが，従来の権威を公然と批判したことから追放処分を受け，以後，放浪の身となり，医療を施しつつ，旅を重ねた．近代医学の祖，と称えられるが，錬金術師としても知られている．著書は『奇蹟の医書』ほか．

デカルト (**René Descartes**, 1596-1650) フランスの哲学者・数学者・自然科学者．法学と医学を学ぶ．軍籍に入り，ドイツ30年戦争ではカトリック側について出征したが，その後，軍籍を離れ，ヨーロッパ内を旅し，スウェーデン女王に招かれたが半年の滞在後，肺炎のため客死．『方法序説』(1637)，『省察録』(1641) などを公刊．最後に確実に残るものは，疑っている自分であると，「われ思う，ゆえにわれあり」という命題に到達したことで知られる．

In Memoriam stanza　弱強4歩格 (iambic tetrameter)，4行で1スタンザを成す．脚韻は abba．バラッド形式に準じており，イギリス国民としてのアイデンティティを共有しやすい．また第1行の弱強の韻律が第4行まで同じなので進み方が緩慢で，哀悼の情や瞑想を表現するのに適している．他方で，ともすれば単調になりかねず，リズムに効果的な変化をつける技が必要とされる．

Herbert家 家系図

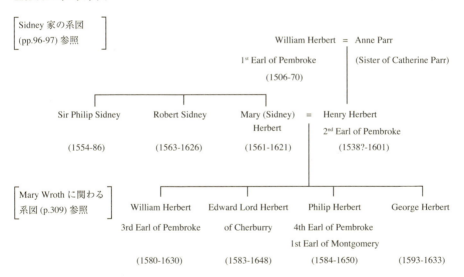

'You well-compacted groves, whose light and shade'

You well-compacted groves, whose light and shade,
    Mixed equally, produce nor heat nor cold,
    Either to burn the young or freeze the old,
But to one even temper being made,
Upon a green embroidering through each glade
    An airy silver and a sunny gold,
    So clothe the poorest that they do behold
Themselves in riches which can never fade.
    While the wind whistles and the birds do sing,
While your twigs clip and while the leaves do friss,
    While the fruit ripens which those trunks do bring,
    Senseless to all but love, do you not spring
Pleasure of such a kind, as truly is
A self-renewing vegetable bliss?

「お前，見事に立ち並ぶ木立よ，その光と影は」

お前，見事に立ち並ぶ木立よ，その光と影は
　　均等に交じり合い，若者を焼き焦がす暑熱も
　　老人を凍らせる寒気も生み出すことはなく，
むらのない適度の一定温にされて，
各林間の空き地を貫く緑の縫い取りの上に
　　風通しの良い銀の光沢と日当りのよい黄金の輝きを生み出し，
　　もっとも貧しい者さえもおおうので，彼らはたしかに
決して褪せることなどありえない富の中に自らを見るのだ．
　　風はひゅーと唸り，小鳥は歌い，
お前の小枝は絡まりあい，また葉群は震え波立ち，
　　あの樹幹がもたらす果実は熟れるのに，
　　お前は，愛以外のすべてに無感覚ゆえに，奔出させないのか，
あの類の快楽を，まさしく
自己更新をする植物の至福のような快楽を．

死後出版の *Occasional Verses of Edward Lord Herbert, Baron of Cherbury and Castle-Island, Deceased in August, 1648.* (1665) 所収のソネット.

1 **well-compacted** <compacted (p.p., a.) *Obs.* or *arch.* Having the parts so arranged that the whole lies within relatively small compass, without straggling portions or members; nearly and tightly packed or arranged; not sprawling, scattered, or diffuse.　"You well-compacted groves"(1) は呼びかけとして訳したが，文法的には主語で，その動詞は "clothe"(7)，目的語は "the poorest"(7).

2-6 **produce . . . gold** nor . . . nor . . . / But . . . の構文."produce"(2) の目的語は "heat"(2), "cold"(2), "silver"(6), "gold"(6)

4 **even** (a.) That is a just mean between extremes; of proper magnitude or degree.
　temper (n.) 1. The due or proportionate mixture or combination of elements or qualities; the condition or state resulting from such combination; proper or fit condition. Now *rare* or *obs*. 2. The condition of the atmosphere with regard to heat and cold, dryness and humidity; the prevailing condition of the weather at a place. Climate.

5 **embroidering** < embroider (vt.) *transf.* To ornament or variegate as if with embroidery.
　glade (n.) A clear open space or passage in a wood or forest, whether natural or produced by the cutting down of trees.

7 **So . . . that . . .**　結果を表す構文.
　they　"the poorest"(7) を指す.

9 **While** (conj.) At the same time that (implying opposition or contrast); adversatively, when on the contrary or on the other hand, whereas.　この語が 4 回も使用され，12-14 行との対比を強調する.

10 **clip** (vt.) To clasp with arms, embrace, hug. *arch.* and *dial.*
　friss (v.) この語は英語辞書には見当たらない．押韻のために造語したものか．発音面で類似した語を類推するとすれば，1. Frisk a. (vi.) Of living things: To move briskly and sportively; to dance, frolic, gambol, jig. b. (vt.) To move in a sportive or lively manner. 2. Frizz, friz a. (vt.) To curl or crisp (the hair); to form into a small, crisp curls. b. (vt.) Of hair: To stand up in short crisp curls. また，フランス語の 'frissoner'(= shiver) も連想される．訳語にはこれらの語を勘案した．

12 **spring** (vt.) 1. To allow (timber or ground) to send up shoots from the stools of felled trees. 2. To give spring or elasticity. 3. To provide or fit with a spring or springs.

13 **such a kind, as . . .**　"such" の後に形容詞を伴わない場合は「あんなにいい，すてきな，たいした」…という意味．ここでは "as" 以下と呼応している．この "as" は関係代名詞．

14　**vegetable**　(a.) Growing or multiplying like plants. 中世哲学の霊魂論 が背景にある．霊魂論では，魂には3種類あるとされ，理性魂は人間のみに宿るもの，感覚魂は人間と動物に，そして成長魂は人間，動物，植物に共通して宿るもの，と考えた．

脚韻は abba / abba / cdc /cd'd．イタリア形式を基本としているが，やや不規則．
前半8行では木立を讃美しながら，後半6行では矛盾することを述べている．前半は，"light"，"shade"(1)，"heat"，"cold"(2)，"burn the young"，"freeze the old"(3)，"the poorest"(7)，"riches"(8)，などの対立概念を中和させ，調和させるものとして，木立を讃美している．しかし，後半では，木立に関連する風，小鳥，枝，葉，果実，樹幹はそれぞれ固有の機能を発揮しているのに対し，木立そのものは植物として存分に成長する至福の悦びを生み出さないのか，と揶揄している．この詩の創作が，フランスのモンモランシ公爵と知己を得，その居城であったメルルー（Merlou あるいは Mellow，オワーズ県，クレルモン近郊）近くの森であったことを考えると，矛盾する作者の心情が幾分なりとも理解できる．彼はこの居城で8ヶ月も乗馬や狩猟を楽しみ，自由気ままな生活をおくることができた．だが，あるがままの自然をほどよく取り込んだ庭園を理想とするイギリス人にとっては，どこまでも人間の意図した設計図どおりに植え込み，刈り込まれた人工的で整然とした美を誇るフランス式庭園は，時には単調で，味わいを欠くものだったのではなかろうか．

Occasional Verses
'You well-compacted groves'
所収のページ（部分）

（詩の下に「メルルー城
近くの森にて詩作す」
の言葉がある．）

William Drummond (1585-1649)

　スコットランドの詩人，パンフレット作者．エディンバラ近くのホーソンデンの名家の館に，ジェームズ6世の妃の女官を母とし，父の7人の嫡子のうちの第1子として生まれ，通常 Drummond of Hawthornden と称される．エディンバラ大学を出て，法学を修めるべくフランスに渡るが，結局は広くヨーロッパを巡り各国の文学と親しむことになる．1610年頃，膨大な図書と共に帰国し，自らの地所に図書館を作り，終生この地で過ごした．

　王党派および反プレスビテリアンとしてのパンフレットを数多く書いた．公にされた最初の詩は，13年のヘンリー王子 (p.77) への追悼詩 *Teares on the Death of Meliades* で，16年には，68篇のソネットやその他マドリガルやエピグラムを含む *Poems* が出版された．この中のいくつかの作品は，前年に，結婚式の前日亡くなった婚約者に宛てたものである．彼女の死後20年近く経ってようやく結婚したというのも，彼女を失った心の痛手ゆえと伝説化されていた．しかし，最近の研究では，この説も，追悼の恋愛詩が彼女を念頭に置いたものという説もほぼ否定されている．17年の，ジェームズ1世のスコットランド訪問を祝して長詩 *Fourth Feasting: a Panegyricke to the Kings most Excellent Majestie* (1617) を捧げた．これによって名も知られ，イギリスの文人との交友も広まった．Drayton (p.187) とは文通を重ね，Jonson (『選集CC』p.4) は18-19年にホーソンデンを訪ねている．Drummond はこの会談を記録し，同時代の文人についての Jonson 評は，ここからよく引用されている（出版は1842年のことであった）．なお Jonson 側の記録は火事 (1623) で失われてしまった．

　彼の作品中最もよく知られたソネット数篇を含む宗教詩は，*Flowres of Sion* (1623) としてまとめられ，死に関する瞑想を散文で綴った 'A Cypresse Grove' も収められている．この年，スコットランドに大飢饉が起こり，多くの貧民の死と彼自身の知人の死に接したこと，また母の逝去もあいまって，この執筆にとりかかったのかもしれない．彼が文学史上名を残す散文と

しては，これが唯一のものと言える．他に，100年に亘るスコットランド史の執筆に長年取り組み，*History of Scotland 1423-1524* (1655) が死後出版されている．

　1633年のチャールズ1世のスコットランドでの戴冠に際しても詩を献呈し，これは国を代表する詩人としての証であったが，Drummond の関心は，これを契機に文学を離れ，政治と歴史に向かった．生涯に亘って王党派として忠実であったが，この王の処刑の年，1649年の末に亡くなったのも因縁であろうか．

　作風は典雅で音楽的であり，多様な形式を容易に使いこなした．最近の研究によれば，ペトラルカ風の感覚に訴える感情，想像力あふれる神秘的イメージといった特色があるとされる．Jonson は「あちこちの流派のにおいが芬々とする」と評したが，それは広く学んだ結果であるとも言え，短詩には独自性と力が見られる．19世紀には「感情の高揚，自然な感情，想像力のはばたき，メランコリーな神秘性」といったロマンティックな受け取り方がされていて，20世紀半ばまでこうした評価は続いたといえるが，今日ではイタリアから学んだマニエリスト詩人＊とされている．

マニエリスト詩人　「マニエリスム」は，イタリアの画家，美術史家ヴァザーリ(1511-74) が使い始めた，本来美術にかかわる用語で，イタリア語 maniera（様式，手法）に由来する．ルネサンス期の巨匠時代のあと，その模倣が行われ，やがて時代不安を反映して，そこに極端な強調や誇張が見られ，さらには不合理を表現するようになり，ルネサンス後期の一つの流れとなる．ドイツの文筆家，文化史家ホッケは『迷宮としての世界』で現代美術の中にもマニエリスムを認める．彼はさらに『文学におけるマニエリスム』も著している．マニエリスト詩人としては，Marinisim（極端に技巧的な文体）に名を残す，イタリアの詩人 Giambattista Marini (1569-1625)，同様に Gongorism（気取った文体）の，スペインの詩人 Luis de Gongora y Argote (1561-1627) がその特色を示している．

Hawthornden Castle
(裏から見た邸)

Drummond が暮していた部屋の窓
(中央の上)

double-sided stone bench
(Drummond が詩作し
Ben Jonson と会話したとされる)

(許可を得て撮影,掲載)

Drummond 霊廟

霊廟のファサードに刻まれた
Drummond 自身による墓碑銘

'Here Damon lies whose Songs did sometime grace
The murmuring Esk, May Roses Shade the place'

('To sir William Alexander, with the Author's
Epitaph' より)
(右の写真の下部の拡大)

霊廟のファサード下部に刻まれた
肖像画のレリーフ
(上の写真のファサード部の拡大)

'Slide soft, fair Forth, and make a crystal plain'

Slide soft, fair Forth, and make a crystal plain,
Cut your white locks, and on your foamy face
Let not a wrinkle be when you embrace
The boat that earth's perfections doth contain.
Winds, wonder, and through wond'ring hold your pace,   5
Or if that ye your hearts cannot restrain
From sending sighs, feeling a lover's case,
Sigh, and in her fair hair yourselves enchain.
Or take these sighs which absence makes arise
From my oppressèd breast, and fill the sails,   10
Or some sweet breath new brought from paradise.
The floods do smile, love o'er the winds prevails,
    And yet huge waves arise. The cause is this:
    The ocean strives with Forth the boat to kiss.

「麗しのフォース河よ，優しく流れて，水晶のごとき広野となれ」

麗しのフォース河よ，優しく流れて，水晶のごとき広野となれ，
白い髪房を切って，お前の泡立つ顔面(かんばせ)には
皺ひとつ寄せるなかれ，この世の最高の貴人たちを乗せた
船を抱擁するときには．
風よ，驚嘆せよ，そして驚嘆のうちにお前の歩みを留めよ，
あるいはもしも汝らの心が恋人の心情に感じ入って，
嘆息を漏らすのを抑えかねるというのなら，
嘆息せよ，そして彼女の麗しの髪に汝ら自身を縛りつけよ．
あるいは恋人の不在ゆえに押し潰された我が胸から
こみ上げるこの嘆息をとらえて，帆にはらませよ，
あるいは新たに天国からもたらされた甘美な息吹をとらえよ．
あふれ流れる川は微笑み，愛は風に打ち勝つ，
　だがしかし大波が立ち上る．その原因はこれ，
　大洋がフォース河と争って接吻しようとするのだ，かの船に．

Poems(1604) の 'The First Part' 所収のソネット 27 番目.

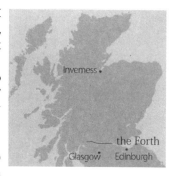

1 **Forth** フォース河. スコットランド中南部を東流してフォース湾に注ぐ川. "Slide soft" の [s], "fair Forth" の [f] はともに頭韻を踏むことで意味内容を強めている.
   make (vt.) To be the material or components of; to be made or converted into; to serve for. "Slide soft" に続く "make a crystal plain" で, フォース河に対して, 水晶のような澄み切った平らな水面になれ, と命じている.
   plain (n.) A level or flat surface (ideal or material). Now spelt *plane*. *Transf*. The level expanse of sea or sky.
2 **white locks** 川浪を人間の髪房に喩えている.
   foamy face 泡立ち流れる川面の比喩. [f] 音の頭韻がその様子を際立たせている.
3 **Let not a wrinkle be** 皺を寄らすなかれ, つまり, 波立ちを押えよ, の意.
4 **perfections** < perfection (n.) The condition, state, or quality of being perfect or free from all defect; supreme excellence; flawlessness, faultlessness. But often treated as a matter of degree: Comparative excellence. *concr*. An embodiment of perfection; a perfect person, place, etc. (With *a* and *pl*.) A quality, trait, feature, endowment, or accomplishment of a high order or great excellence. この世の最高位につらなる人々, いわゆる貴顕紳士, 淑女を指すのであろう.
   contain (vt.) 1. To have in it, to hold: to comprise, enclose. 2. To retain, keep, keep in confine (within limits of space). *Obs*.
5 **Winds** < wind Air inhaled and exhaled by the lungs: = Breath (*Obs*. の意味で) さらに Breath (The air exhaled from the lungs, originally as made manifest by smell, or as a visible exhalation.), 11 行目の "breath" に繋がる. また "Winds, wonder,... wond'ring" は [w] 音の頭韻によって意味内容を効果的に表現している.
6 **if that** if
   ye 二人称複数形. "Winds" (5) を指す.
7 **sighs** < sigh (n.) 1. A sudden, prolonged, deep and more or less audible respiration, following on a deep-drawn breath and esp. indicating or expressing dejection, weariness, longing, pain, or relief. 2. *Transf*. A sound made by the wind, suggestive of a sigh. "sighs" は "Winds" (5) と縁語であり, さらに 9 行目の詩人の胸からこみあげる "sighs" にも繋がっていく. なお, "sending sighs" と頭韻を踏む.
   case (n.) A state of matters relating to a particular person or thing.

8   her   "The boat" (4) を指す．従って "her fair hair" は帆，帆綱などの索具を指す．また "fair hair" と音が響き合っている．
9   Or   "Or" (11) と対応して "either . . . or" の意味．
11 **some sweet breath**   9行目の "these sighs" とともに，" take" (9) の目的語で，意味上は "fill" (10) に繋がる．前述したように "breath" は " winds" (5) と縁語関係にあり，地上（この詩の場合は，川面）を吹く風と天国からの息吹が共にこの船の航行を進めることを要請されている．なお "some sweet" および "breath" と "brought" も頭韻．さらに "breath" は前行の "breast" と響き合う．
    new   (ad.) 次の語 "brought" を修飾する．

脚韻は abba / baba / cdcd / ee．

　ジェームズ１世のスコットランド訪問に際しての讃歌の一つか．そうであれば "perfections" (4) はジェームズ１世および随行した廷臣たちを指す．王およびその廷臣たちを乗せている船の船路の安らかならんことを願い，王への熱い思いを吐露せんとしている．そこには，大洋（この場合は北海）と結んで船を運ぶフォース河への愛着心も表出されている．それは第１行目の "fair Forth" に始まり，最終行でも大海原と争う "Forth" 河で締め括っているところからも推察される．フォース河と船に同じ "fair"(1, 8) という形容詞を使っていることから，船とフォース河とは一体として捉えられている，と言えるかもしれない．ジェームズ王讃歌に川，船，風を擬人化して地誌的な言及をするという技巧を凝らしている．
　その意味では当時流行した topographical poetry（地誌詩）の一つとみなせるであろう．同類のものとしては，Sidney 家の屋敷を歌った Ben Jonson（『選集CC』p. 4）の 'To Penshurst' があげられる．

フォース河とそこにかかる
鉄橋 'Iron Dragon'

この詩には注で一部指摘したが，同一語としては，"boat" (4, 14), "W(w)inds" (5, 12), "sighs" (n.) (7, 9), 同族語としては，"sighs" (n.)(7, 9) と "sigh" (v.) (8), "lover's" (7) と "love" (12), 縁語としては，"locks" (2) と "hair" (8), "embrace" (3) と "enchain" (8), 対比語としては，"earth's" (4) と "paradise" (11) などが巧みに配されている．

ところで，この詩は Sidney (p.92) の *Astrophel and Stella* (1598) の 103 番，テムズ川を航行する恋人を歌ったソネットに示唆を受けたものとの指摘がある．さらに，この Sidney も Drummond も，ポー川を航行する恋人を歌ったタッソー (p.72) のソネットを知っていたと指摘する研究者もいる．その意味で，この詩を恋愛詩の伝統の中において読むこともできる．

Sidney, *Astrophel and Stella* 103

O happie Tems, that didst my *Stella* beare,
I saw thy self with many a smiling line
Upon thy cheerefull face, joye's livery weare:
While those faire planets on thy streams did shine.
 The bote for joy could not to daunce forbeare,
While wanton winds with beauties so devine
Ravisht, staid not, till in her golden haire
They did themselves (ô sweetest prison) twine.
 And faine those *Æols'* youthes there would their stay
Have made, but forst by Nature still to flie,
First did with puffing kisse those lockes display:
She so discheveld, blusht; from window I
 With sight thereof cride out; ô faire disgrace,
 Let honor' selfe to thee graunt highest place.

(Ringler 版に拠る)

POEMS

BY

WILLIAM DRVMMOND.

OF

HAWTHORNDEN.

Poems タイトル・ページ

'To spread the azure canopy of heaven'

To spread the azure canopy of heaven
And spangle it all with sparks of burning gold,
To place this pond'rous globe of earth so even
That it should all and nought should it uphold,
With motions strange t'endue the planets seven   5
And Jove to make so mild and Mars so bold,
To temper what is moist, dry, hot, and cold
Of all their jars that sweet accords are given,
Lord, to thy wisdom's nought, nought to thy might.
But that thou should'st, thy glory laid aside,   10
Come basely in mortality to 'bide
And die for those deserved an endless night,
    A wonder is, so far above our wit
    That angels stand amazed to think on it.

「紺碧の天蓋を拡げ」

紺碧の天蓋を拡げ
燃える黄金の火花をその一面に散りばめて輝かせ,
この重い地球をかくも平らに保てり,
それがすべてを支え何ものもそれを支えぬとは,
七つの惑星に絶妙なる動きを授け,
木星(ジュピター)をかくも穏和に火星(マルス)をかくも大胆にし,
湿乾熱冷なるものを宥めつつ
すべての軋轢に妙なる調和が与えられる,
神よ,汝の知に比するもの無く,汝の力に比するもの無し.
しかし汝の栄光はさることながら,
この世にあるために低く死せる身となり来たりて
終わりなき夜に値する者のために死すとは,
 なんたる驚異,我らの人知を超えることあまりに遥か
 天使もそれを思えば驚き立ちすくむ.

初め *Poems*(1604) の 'The Second Part の 'Vrania' 3番目の詩として，さらに *Flowres of Sion* (1623) に収められた．最初の版によるものは以下のとおりで，2，5，6，12 行目を中心に違いが見られる．

> To spreade the azure Canopie of Heauen,
> And *make* it *twinckle* with *Spanges* of gold,
> To place this pondrous Globe of Earth so euen,
> That it should all, and nought should it vphold:
> *To giue strange Motions to* the Planets seuen,
> And *Ioue* to make so *meeke*, and Mars so bold,
> To temper what is moist, drie, hote, and cold,
> Of all their Iarres that sweet Accords are giuen,
> LORD, to thy *Wit* is nought, nought to thy Might,
> But that thou shouldst (*thy Glorie laid aside*)
> Come basely in Mortalitie to bide,
> And die for them deseru'd eternall Plight,
>   A Wonder is, so farre aboue our Wit,
>   That *Angells* stand amaz'd to thinke on it.

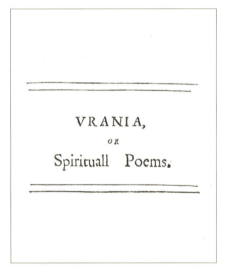

'Vrania' in *Poems* (1616) タイトル・ページ
（初版 (1604) にはタイトル・ページなし）

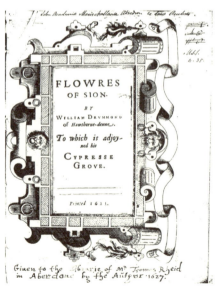

Flowres of Sion タイトル・ページ

1-2		この箇所の恒星天は，アリストテレスの天文学の特色的とらえ方．
2	**burning gold**	「星」のことを言うが，"burning" は「火」を連想させ，次行の "earth"（土）と共に，アリストテレスの四元素の内の2つ（残り2つは，水と空気）．四元素は "moist, dry, hot and cold"(7) の4つの性質の組み合わせで捉えられた．
3-6		この箇所は，アリストテレスの天動説の考え方に基づく．ここでの "globe of earth" は，「土の球」すなわち「地球」，4元素のうち最も重い「土」でできているので重く，形容詞 "pond'rous" が付されている．神の創造した地球はどちらにも傾くことなく水平を保ち，地球は確固として動かない．
3	**pond'rous**	= ponderous　Having great weight, heavy, weighty.
	even	In a level position, horizontal; neither higher or lower; exact, precise; equally balanced; in a state of equilibrium, not inclining to either side.
3-4	**...so even / That...**	so...that... の構文．
4	=	so that it should uphold all and nought should uphold it　これに似た，nought を使った言葉遊びは9行目にも見られる．
5	=	to endue the seven planets with strange motions
	endue	To supply *with* anything. *Obs.* To bestow, grant.
	the planets seven	月，太陽，水星(Mercury)，金星(Venus)，火星(Mars)，木星(Jove = Jupiter)，土星(Saturn)，の7つを指す．これらの星が地球を中心として同心円を描いて回っているところに神の創造の完全性があるとした．次行で，神々の主 Jove は "mild"，軍神 Mars は "bold" と，それぞれの属性を示す形容詞が付与されている．Jove は左に引用した版によれば "meek" となっていて，いずれにしても一般的な「怒りの神」「長」としての Jove とは違う．なお，7は完全を示す神秘の数．
8	**Of**	Out of, among.
	jars	前行の "moist, dry, hot, and cold" の不調和が "jars" である．同じ行の "sweet accords" と対比を成す．(turn の意味はあるが熟語のみなので，この意味は背後にあると考えられる．)
9	**Lord**	それまで to- 不定詞構文を連ねてきたが，ここに至ってその不定詞の主体を呼びかけという形で初めて出すという，緊張感を生む技巧．ただしこれは，あとで触れるように，この詩が元とした原詩に見られる技巧である．
	to thy wisdom's nought, nought to thy might	= nought is to thy wisdom, (and) nought is to thy might
	thy wisdom	この神の "wisdom" に対するに，人間のものは "wit" ("our wit" (13)) にすぎない．Cf. 最初の版の "thy *Wit*"．(9) vs. "our wit"(13)．
10	**thy glory laid aside**	= thy glory (being) laid aside
11-2		キリストの incarnation を指す．カトリックでは「托身」，プロテスタントでは

「受肉」と訳す.
11 **'bide** = abide
12 **an endless night** 「永遠の断罪,永遠の死」をいう.従って, "those deserved an endless night" とは,原罪を背負った人間を指す. Cf. Donne の 'I am a little world made cunningly' にも "endless night" (p.266, l.3) の表現がある.またのちに, Blake が "Auguries of Innocence" において "Some are born to Sweet Delight, / Some are born to Endless Night" と歌っている.
13-4 **A wonder is ... That** so ... that ... should（感情の should）の構文. That ... is a wonder. とも読めるが,この読みでは驚きの度合いが弱い.
14 **it** "A wonder" (13) を指す.

上記の注で触れたようにさまざまな技巧を効かせているが,脚韻も abab / abba / cddc / ee となっていて,イギリス形式を基本としながらも,第2の4行連にイタリア形式を取り入れている.また第1,第2の4行連の押韻を2音で統一していることもイタリア形式であり,2形式を融合させている.

頭韻は "<u>sp</u>read", "<u>sp</u>angle", "<u>sp</u>arks" (1,2) の [sp] 音のうち [p] 音が "<u>p</u>lace", "<u>p</u>ond'rous" (3), "<u>p</u>lanets" (5),また [s] 音が "<u>s</u>trange", "<u>s</u>even"(5) に引き継がれ,さらに "<u>m</u>ake", "<u>m</u>ild", "<u>M</u>ars" (6), "<u>m</u>oist"(7) の [m] 音は単語の中の音として "te<u>m</u>per" (7) にも働いている.同様に, "<u>d</u>ie", "<u>d</u>eserved"(12) は表現内容にふさわしい重さを響かせるが,この [d] は "en<u>d</u>less"(12), "won<u>d</u>er" (13) で単語の中にもあり,そもそも "deserve<u>d</u>" で語尾にあって,詩の最終行で, "stan<u>d</u>", "amaze<u>d</u>" と続いて響く.その前の, "<u>w</u>onder", "<u>w</u>it" (13) は,神と人の対比が浮き彫りにされる頭韻である.

これに先立つ2番の一部がデポルト (p.114) の 'Sonnets Spirituels' から借用したものであるが,この詩も,同じシリーズの別の詩を訳したものと言える.以下にその詩をあげる.

  Sur des abysmes creux les fondemens poser
   De la terre pesante, immobile et feconde,
   Semer d'astres le ciel, d'un mot créer le monde,
   La mer, les vens, la foudre à son gré maistriser,
  De contrarietez tant d'accords composer,
   La matiere difforme orner de forme ronde,
   Et par ta prevoyance, en merveilles profonde,
   Voir tout, conduire tout, et de tout disposer,
  Seigneur, c'est peu de chose à ta majesté haute;

Mais que toy, créateur, il t'ait pleu pour la faute
De ceux qui t'offensoyent en croix ester pendu,
Jusqu'à si haut secret mon vol ne peut s'estendre;
Les anges ny le ciel ne le sçauroyent comprendre;
Apprend-le-nous, Seigneur, qui l'as seul entendu!

空(から)の天体の上に
　　不動で，実り多い，重い地球という基盤を置き
　　世界を創造せよという言葉で天に星々を撒き
　　海，風，雷を思いのままに制圧し
対立するものからこれほどの調和を作り出し
　　不格好な材料を丸い形で飾り
　　汝の深い驚異に対する周到さにより
　　全てを見，全てを導き，全てを配置する，
主よ，汝の気高い壮大さに比して，これはささやかなこと．
　　しかし汝創造主よ，汝を泣かしめたのだ
　　吊り下げられた十字架として汝を傷つけた人々の過ちが——
かくも高い秘跡ゆえ，私の飛翔も届かない．
　　天使たちも空もそれを理解できないだろうが
　　それを我らに教えよ，主よ，汝のみが耳を傾けたのだ（から）

　神を称えるというテーマや，不定詞で繋いできて，9行目で初めてその主体を出すという技法はそのままであるが，Drummond独自の工夫も見られる．原詩での，海，風，雷といった地球上の現象の列挙に対して，広く天体，さらには細かく木星や火星を取り上げていることや，"nought"の言葉遊び，"moist, dry, hot, and cold"の列挙・対比など．続けて，incarnationの取り上げ方も，より具体的な説明になり，最後は，原詩は「創造主よ」，「主よ」と呼びかけ，自らと比するが，英詩の方は，広く人知をはるかに超える神への強烈な讃嘆で終わっていて，微妙に相違が生じている．

Lady Mary Wroth (1587-?1651)

イギリスの詩人．レスター伯にして，ペンズハーストのリール子爵ロバート・シドニーの長女として誕生．Sir Philip Sidney (p.92) と，ペンブルック伯爵夫人メアリ・シドニーの姪．母親は Ralegh (p.73) の親戚．母親から良き教育を受け，ダンスや音楽にも秀でて，エリザベス女王がペンズハースト邸 (p.93) を訪れた際，御前でダンスを披露した．後にはジェームズ1世王妃アンと共に Jonson（『選集CC』p.4）の Masque of Blackness に出演もしている．

1604年ロバート・ロウス卿と結婚．性格の違いもあって，幸せではなかった．10年後待ち望んだ子供が生まれた直後，夫は多大の借金を残して他界．その2年後，息子も死亡．遺産相続権を失い借金はさらに増えていた．

未亡人となってからもうけた二人の子供の父親は従兄のウィリアム・ハーバートであったらしい．この従兄との関係は，イギリスでは初めての女性の手になる長篇詩 The Countess of Montgomerie's Urania (1621) に付して出版されたソネット・シークエンス 'Pamphilia to Amphilanthus' に色濃く反映された．不実な Amphilanthus に寄せる Pamphilia の一途な愛を歌ったこの詩は，膨大な数の人物が登場する，散漫な筋書きのロマンス風作品であるが，Spenser (p.53) の The Faerie Queene の影響を受けて，社会的，政治的状況を映している．また，イギリスで，女性によって書かれた最初のソネット・シークエンスとしても知られる．手稿で残っている牧歌悲喜劇 'Love's Victory' は4組の恋人たちの4つの異なる恋愛を描いた5幕劇で，それぞれの恋愛でヴィーナスとキューピッドの力が発揮される．内容的にも先述の Urania に通じ，詩と劇の2つのジャンルを混交して創作を試みたことが窺われる．

彼女の詩作は友人関係や文学サークルにおいて花咲いていった．モンゴメリ伯爵夫人スーザン・ド・ヴィアの存在は大きく，そこでヘンリー・ド・ヴィアとの結婚が囁かれたりもした．またハーグ大使ダドリー・カールトンとの関係が噂になったりと，スキャンダル多き人生であったが，その晩年はほとんど知られず，没年は定かではない．

Mary Wroth に関わる家系図

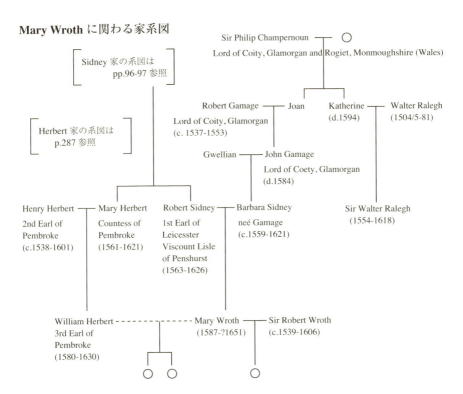

William Herbert

'My heart is lost. What can I now expect?'

My heart is lost. What can I now expect?
    An evening fair, after a drowsy day?
    Alas, fond fancy, this is not the way
    To cure a mourning heart or salve neglect.

They who should help do me and help reject,   5
    Embracing loose desires and wanton play,
    While wanton base delights do bear the sway,
    And impudency reigns without respect.

O Cupid, let thy mother know her shame!
    'Tis time for her to leave this youthful flame   10
    Which doth dishonour her, is age's blame
    And takes away the greatness of thy name.

Thou god of love, she only queen of lust,
Yet strives by weakening thee to be unjust.

「わが心は失せし．今は何をか恃むべき」

わが心は失せし．今は何をか恃むべき．
　けだるい昼のあとの，麗しい夕べ．
　ああ，愚かな想念，これとて癒す術ではなし，
　悼む心を慰め，蔑ろにされるを癒す術では．

援けとなるべき人たちが，私を破滅させ，援けを拒絶する，
　淫らな欲望と奔放な戯れ心をかき抱く私を，
　愛に溺れる卑しき歓びが支配し，
　破廉恥が敬意なく統治する限り．

おおキューピッドよ，汝の母にその恥を知らしめよ．
　今こそ彼女も，この若気の情炎を収めるとき，
　情炎は彼女を貶める．齢ゆえの咎なり，
　汝の大いなる名をすら損じるもの．

汝は愛の神，彼女は愛欲の女王にすぎぬ，
汝を弱体化せんと奮戦し，愛に不実と露呈するのみ．

'Pamphilia to Amphilanthus' 4つ目のシークエンス1番.

'Pamphilia to Amphilanthus' には2つの版があり，1つは *The Countess of Montgomerie's Urania* に含まれる103篇で，独立して出版された．もう1つは110篇から成り，手稿として残存している．男性詩人がその恋人に求愛するのが convention であるが，その性別を逆転して，女性（詩人）から男性の恋人に捧げる書簡詩群の形を取り，伯父 Philip Sidney の *Astrophel and Stella* の影響を強く受けている．*Urania* の方のタイトルも，彼の *The Countess of Pembroke's Arcadia* からの影響と思われる．

このソネット・シークエンスは，Mary Wroth 自身の恋愛への言及とも，当時の社会での男性の不実への批判とも読まれるが，最後の1篇を，Muse に呼びかけ，'Now let your constancy your honour prove.' と締め括って，真の愛を詩に書くことに向かっていく．*Urania* では，Pamphilia は constancy を体現するものとして描かれる．

それぞれのシークエンスは48，10，14，9篇のソネットの間や最後に，ソングや独立したソネット何篇かが併存する形をとる．3つ目のシークエンスは 'A Crown of Sonnets dedicated to Love' のタイトルを冠された corona（花冠詩）である．Cf. coronet（corona の小辞）(p.142)

本書で取りあげる3篇は，最後のシークエンスの初めの3篇．

Urania タイトル・ページ

1　**lost**　(p.p.) < lose　1. That has perished or been destroyed; ruined, *esp.* morally or spiritually; (of the soul) damned.　2. *Transf.* Desperate, hopeless. *Obs.*
　　expect　Of things, conditions, etc.: To call for, need, require. *Obs.*
4　**mourning**　MS では 'morning'. 'An evening fair'(2) を意識した 1 行になっている.
5　**do**　To finish up, exhaust, undo, ruin.
　　They ... do me and help reject　= They do me and reject help　動詞と目的語の語順を変えている. この行では "help" を, 前の方では動詞, 後の方は名詞. 次の読みでは動詞と, 動詞, 名詞の 2 用法で使い分けている.
6　**loose**　Of persons, their habits, writings, etc. Free from moral restraint; lax in principle, conduct, or speech; chiefly in narrow sense, unchaste, wanton, dissolute, immortal.
　　wanton　1. Capricious. *Obs.*　2. Lascivious, unchaste, lewd. Also in milder sense, given to amorous dalliance. 両義を併せもちつつ, 第一義的にはここでは 1 の意味, 次の行では 2 の意味.
7　**sway**　Power of rule or command; sovereign power or authority; dominion, rule.
　　bear the sway　To rule, govern; to hold the (highest) position in authority or power; to exercise influence.
8　**impudency**　Now *rare*. Prudence shamelessness, immodesty.
9　**thy mother**　Venus を指す.
14　**unjust**　Not upright or free from wrong-doing; faithless, dishonest.　愛への不実さ. 息子の愛神に勝ろうとして, 自らの愛が情欲に過ぎないことを露呈する結果になるというアイロニーが表現される.

脚韻は abba / abba / cccc / dd. 前半の二つの 4 行連句では "exp<u>ect</u>" と "negl<u>ect</u>", "r<u>eject</u>" と "r<u>espect</u>" というように相反する語. また後半の 4 行連句と 2 行連句では, それぞれすべて同じ音で同様の意味の語を押韻させて, 意味を強めている. "sh<u>ame</u>", "fl<u>ame</u>", "bl<u>ame</u>" が "thy n<u>ame</u>" に繋がり, "l<u>ust</u>" が "unj<u>ust</u>" に繋がっていくことで, このシークエンスを語る Pamphila と, 愛に奔放な自分が重なるという, 効果的な脚韻である.

一方, 頭韻は, "<u>d</u>rowsy <u>d</u>ay"(2), "<u>f</u>ond <u>f</u>ancy"(3), "<u>b</u>ase <u>d</u>elight <u>d</u>o <u>b</u>ear" (7), "<u>r</u>eigns ... <u>r</u>espect"(8) などが見られるが, それほどの強い技巧的意識は見られない. 強いて言うならば, 7 行目の [b] 音と [d] 音を交互に使った押韻ぐらいである.

上記注で述べた, 同語の異なる品詞 (help), 異なる意味 (wanton) での使用は面白い.

'Late in the forest I did Cupid see'

Late in the forest I did Cupid see.
    Cold, wet and crying, he had lost his way,
    And being blind was farther like to stray,
    Which sight a kind compassion bred in me.

I kindly took and dried him, while that he,
    Poor child, complained he starvèd was with stay,
    And pined for want of his accustomed prey,
    For none in that wild place his host would be.

I glad was of his finding, thinking sure
    This service should my freedom still procure,
    And in my arms I took him then unharmed,

Carrying him safe unto a myrtle bower.
    But in the way he made me feel his power,
    Burning my heart who had him kindly warmed.

「日暮れ森でキューピッドに出会った」

日暮れ森でキューピッドに出会った．
　身体も冷えて，涙に濡れて泣いていた，道に迷っていたのだ，
　そして盲目だったのでさらにさ迷ってしまいそうで，
　その姿を見て私の中に不憫だと思う気持ちが生まれた．

私は優しく彼を連れ帰り涙を拭いてやった，彼の方は，
　かわいそうなことに，わが身を支えるものに飢えているとこぼし，
　いつもの餌がないと嘆いた，
　その荒地では誰も彼を客として招く者とていなかったろうから．

私は彼を見つけて幸いと思った，
　尽くしても私の自由はなお手に入ると確信していたから，
　そして腕の中にそのとき無傷で彼を抱きしめ，

無事にギンバイカの東屋へと連れて行った．
　しかし途中で彼は私にその力を思い知らせた，
　彼を優しく温めた私の心を焼き尽くして．

'Pamphilia to Amphilanthus' 4つ目のシークエンス 2番.

2 **wet** 身体が濡れていたとも解しうる．そうすると，5 行目は身体を拭いてやったことになる．
lost his way Cf. 前篇の "My heart is lost"(1)．
3 **blind** Cupid が盲目であることに関しては pp.20-23 の注参照．
was farther like to stray = (he) was likely to stray farther
4 = Which sight bred kind compassion in me.
6 **Poor child** 前行最後の "he" と同格．
he starvèd was with stay = he was starved with stay
stay *Fig*. A thing or a person that affords support; an object of reliance. 次行の "accustomed prey" を指す．この "stay" は一般的な語ながら，"prey" となると餌食になる側はたまったものではない．（しかし，"I" は，まだ気づいていない）．
8 **none in that wild place his host would be** = none would be his host in that wild place
10 = This service should still procure my freedom
12 **myrtle**「キンバイカ」 Venus の神木．花言葉は「愛」．そこで "a myrtle bower" は Venus の館．

myrtle

13 **But** ここで，すっかり逆転して，"I" は "Cupid" に捕らわれ，恋の虜になってしまう．それは「飢えている」彼(6)の「餌食」(7)になったということで，「自由は手に入る」(10) という目論見ももろくも崩れたのである．また，"I" と "Cupid" には対比的な単語が使われてきた (Cold ⇔ warmed; wet ⇔ dried; lost his way, stray ⇔ sure; poor ⇔ glad) が，これも逆転し，"blind"(3) だったのは，実は自分だったのである．そして，"unharmed"(11) だったが，恋の矢を "Cupid" に射られて傷を受け，ひどいやけどを負った (cf. "Burning"(14))．次行 "Carrying him safe" も，彼は "safe" でも，自分は "safe" ではなくなったということが，表には出ていないが，対比される．この "safe" を間に挟んで "unharmed" と "Burning" が効いている．かくして，前篇に続く内容となっている．
feel *Fig*. To be conscious of one's powers.「思い知る」
14 **Burning** 冷え切っていた彼を暖めてやった ("warmed") のに，（私の心を）焼き尽くしたという対比．
kindly これ以前にも "kind"(4), "kindly"(5) と繰り返されていたが，最後に念を押すように繰り返されて，"I" の甘さ，何も見えていなかったことを強調する．

脚韻は abab / abab / ccd /c'c'd と 8 行, 6 行でくっきりと分かれるが, 内容の上では, 最後の 2 行でそれまでとは分かれる. 韻の分かれ方は, 単語の意味深長な配置と共に, 二人の立場が逆転する兆しが, 早くから潜んでいることを示している.

音としては, 1 連目では "Cupid"(1) の "cold", "crying"(2), "I"(1) の "kind compassion"(4) の頭韻が, 両者相反する立場にありながら, 同じ [k] 音を使うことで, 対立の崩壊が予期されている.(この [k] 音はさらに 2 連目の "kindly"(5), "complain"(6), "accustomed"(7) へと繋がる.) なお, "I" の状況は, "being blind"(3), さらに "stray"(3), "sight"(4) の頭韻で印象づけられる.
2 連目は [p] 音が, "Poor", "complain"(6), "pine", "prey"(7), "place"(8) と多出し, また [st] 音が "starvèd" "stay"(6) と存在し, この内 [s] 音は, 次の 3 連目で "sure"(9), "service", "should", "still"(10) と続き, さらに 4 連目の最初の行の "safe" へと続いて, 注に記した "safe" に込められた皮肉をきかせる. また, 3 連目の同じ 11 行目内の "arms" と "unharmed も, 「武器」と「傷つける」という意味を含みもち, 皮肉が潜んでいる.

テオボルトをもつメアリー・ロウス
(教養ある女性であることが示されている)

'Juno, still jealous of her husband Jove'

Juno, still jealous of her husband Jove,
    Descended from above on earth to try
    Whether she there could find his chosen love
    Which made him from the heavens so often fly.

Close by the place where I for shade did lie
    She chasing came, but when she saw me move,
    'Have you not seen this way,' said she, 'to hie
    One in whom virtue never ground did prove,

He in whom love doth breed to stir more hate,
    Courting a wanton nymph for his delight?
    His name is Jupiter, my lord by fate,
    Who for her leaves me, heav'n, his throne and light.'

'I saw him not,' said I, 'although here are
Many in whose hearts love hath made like war.'

「ユーノーは，夫ユピテルの不実に常に嫉妬を燃やし」

ユーノーは，夫ユピテルの不実に常に嫉妬を燃やし，
 天上から地へ降りて試してみた，
 夫の選んだ愛人をそこで見つけられるかを，
 その愛人のため夫はかくも頻繁に天から飛び去ったのだ．

私が蔭を求めて横たわっていた場所のすぐ傍まで
 彼女は追っかけてやってきた．しかし私が動くのを見ると，
 「この辺りで急いで行くのを見かけませんでしたか」と彼女は言った，
 「美徳が宿ったことなどない男が，

自分の楽しみのために浮気なニンフを口説き，
 愛が育つと憎しみをいやましに掻き立てることになる男が急ぐのを．
 彼の名はユピテル様，宿命により私のご主人様，
 彼はその女を求めて置き去りにするのです，私を，天を，玉座と光を」

「見かけませんでした」と私は言った，「もっともこの地上には
大勢います，その心中，愛が戦(いくさ)も同然になってしまった輩が」

'Pamphilia to Amphilanthus' 4つ目のシークエンス3番.

1 **Juno** (n.) ［ロ神］, ユーノー. Jupiter (11) の妻. 女性の守護神. 光, 誕生, 結婚の女神. ギリシア神話の Hera に当たる.

jealous (a.) Troubled by the belief, suspicion, or fear that the good which one desires to gain or keep for oneself has been or may be diverted to another; resentful toward another on account of known or suspected rivalry: in love or affection, esp. in sexual love: Apprehensive of being displaced in the love or good-will of someone, distrustful of the faithfulness of wife, husband, or lover. Const. *of* (the beloved person, or the suspected rival.)

ピーテル・ラストマン作『イオと一緒にいるユーピテルと見つけるユノ』

Jove (n.) Jupiter. 11 行目の注参照.

3 **love** 当時は [lu:v] と発音されていた. 従って, "move"(6), "prove"(8) と押韻する. "Jove"(1) とは eye rhyme （視覚韻）.

4 **Which** 関係代名詞. 先行詞は "his chosen love"(3).

fly (vi.) 意味の上では flee (vi.) と同じ. To run away from, hasten away from; to quit abruptly, forsake (a person or place. etc.)

7 **hie** (vi.) To hasten, speed, go quickly. 構文上では S ("you"(7)) V ("Have not seen"(7)) O ("One"(8)) C ("to hie"). 補語は現代英語では原形を使う.

8 **One ... prove** = One in whom virtue never proved ground　なお, この構文は次の 9 行目も同じ (He in whom love breeds to stir more hate). 目的格の "One" と "He" で受けて説明している. まず "One" で性別も不明なままに漠然と一般的な呼称を使い, 次に "He"(9) で男性であることを明確にする. さらに 11 行目に至ってこの男性の名前, そして自分との関係を明示している.

ground (n.) In various immaterial applications. That on which a system, work, institution, art, or condition of things, is founded; the basis, foundation. Now somewhat *rare*. A fundamental principle; also pl. the elements or rudiments of any study or branch of knowledge. *Obs.*

prove (vt.) To make trial of, put to the test; to try the genuineness or qualities of.

9 **breed** (vi.) To come into being or existence, as a continued process; hence, to be engendered or produced.

stir (vt.) To rouse or disturb with a push. To rouse from rest or inaction; to excite to movement or activity.

10 **Courting** < court (vt.) To pay amorous attention to, seek to gain the affection of, make love to (with a view to marriage), pay addresses to, woo. (Now somewhat *homely*, also *poet*.)

   wanton (a.) Lascivious, unchaste, lewd. Also, in milder sense, given to amorous dalliance.

   nymph (n.) ［ギ・ロ神］山, 川, 森などに住む少女の姿をした各種の精を指し, 'naiad' 淡水の精, 'oread' 山の精, 'dryad, hamadryad' 樹木の精, 'Nereid, Oceanid' 海の精と分類される.

11 **Jupiter** (n.) ［ロ神］主神. 天の支配者. 光, 気象現象の神. "Jove"(1) と同じ. ギリシア神話の Zeus に当たる. ユピテルは多情な漁色家として, ニンフたちのみならず, 生身の人間の女とも交わったとされる. 例えば, 父親によって幽閉されていたアルゴス王の娘ダナエーとは, 黄金の雨となって, また, 美女ヘレネー等の母レーダーとは白鳥になって, あるいはフェニキアの王女エウローペとは白い牡牛に変身して目的をとげている. (p.252 参照)

   lord (n.) One who has dominion over others as his subjects, or to whom service and obedience are due; a master, chief, prince, sovereign. Now only *rhetorical*. Also *lord and master*. Also. A husband (now usu. *joc*.) この詩の語り手, "I" すなわち, 'Pamphilia' は 1 行目で口語的に "her husband Jove" と日常一般的に述べているのに対して, ここで "Juno" は権威ある呼称である "Jupiter" を使い, また "my lord" と呼んでいる.

アングル作『ユピテルとテティス』

14 **made like war** Cf. to make war (= To carry on hostilities. *lit*. and *fig*.) 対立する, 敵対しあう, 交戦する, という状態に似たものになった, の意. ここには "He in whom love doth breed to stir more hate"(9) のエコーが響いている.

脚韻は abab / baba / cdcd / ee'

　この詩の視点は天界から地上へと降りてきて, 12 行目で, ユーノーの言葉によってふたたび天界へと上げられている. つまり, "he leaves me" で, 彼が置き去りにするのは, 妻である彼女に始まり, 夫婦の住処たる天界, そしてその天界にある彼の玉座と光へと移る. それはまた, 夫婦という私的な範疇から, 天上界と地上界を支配する万物の主人たる壮大な神の世界への回帰でもある. しかし語り手はあくまで地上的視点から愛の現実相を見ているようである.

William Browne (?1590-?1645)

イギリスの詩人．医師にして著述家の Thomas Browne の息子．オックスフォード大学エクセター・コレッジに学ぶが学位は取得していない．大学在籍の時期は明確ではなく，前後して 1612 年，イナーテンプル法学院に入学，のちクリフォーズ法学院に移籍しているが，彼の関心は法学より詩作にあったようである．

（恐らく William Browne の肖像画と考えられる）

例えば，*Britannia's Pastrals*, Book 1 (1613) には，法学院の同僚の作も含まれ，牧歌 *The Shepheards Pipe* (1614) には法学院同僚への追悼詩も入っている．法学院でのクリスマス祭上演のためには仮面劇を書いた．

主要作品の一つは急逝したヘンリー王子への追悼詩で，リンカンズ法学院の Christopher Brooke の作品と併せて *Two Elegies consecrated to the neverdying Memorie of the most worthily admyred, most hartily loved and generally bewailed prince, Henry, Prince of Wales* (1613) として出版された．これは，兜飾りの紋章や，王子の肖像の銅版画が挿入された豪華本であったという．

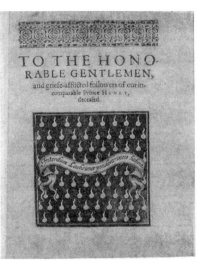

上述の *Britannia's Pastrals* (1613, 16) はイングランド国をテーマにした牧歌叙事詩で，Drayton (p.187) の *Poly-Olbion* と並び称される．この詩は，形式も雰囲気も異なる 2 巻からなる大作で，第 1 巻は Spenser (p.53) 風アレゴリーを駆使した牧歌悲喜劇，3 年後出版の第 2 巻は暗い鬱々とした哀調濃い諷刺詩である．前者では，詩神に未来の幸を託すものの，ヘンリー王子をはじめ，第 2 代エ

[Prince Henry への追悼詩集]

セックス伯や Ralegh (p.73) への追悼詩をも挿入している．後者では，飢饉の寓意を用いて農業の在り方を非難し，海軍の弱体化を嘆くなど，エリザベス女王治下での繁栄に対してジェームズ 1 世即位後の衰退を批判している．

　この第 2 巻で献辞を捧げたペンブルック伯ウィリアム・ハーバート (p.309) をパトロンとすることになり，以降お抱え詩人としてハーバート家の面々への追悼詩を書き贈る．一方，再びオックスフォード大学に戻り修士学位を取得する．大学時代には若い同僚詩人たちに影響を与え，ここでも，いくつかの追悼詩を綴っている．

　1628 年に結婚．Browne のソネットにしばしば歌われた Caelia は妻がモデルであるらしい．その他私生活についてはほとんど知られていない．

'Down in a valley, by a forest's side'

Down in a valley, by a forest's side,
Near where the crystal Thames rolls on her waves,
I saw a mushroom stand in haughty pride,
As if the lilies grew to be his slaves;
The gentle daisy, with her silver crown,   5
Worn in the breast of many a shepherd's lass;
The humble violet, that lowly down
Salutes the gay nymphs as they trimly pass:
These, with a many more, methought, complained
That Nature should those needless things produce,   10
Which not alone the sun from others gained
But turn it wholly to their proper use.
    I could not choose but grieve that Nature made
    So glorious flowers to live in such a shade.

「渓を下る，森に沿って」

渓を下る，森に沿って，
水澄むテムズが波なしてうねりゆく畔，
一本のキノコが高慢にも気位高く立っているのを見た，
あたかもユリの花がその端女として生えているかのごとく．
やさしいデイジーは銀色の花冠で
あまたの羊飼いの乙女の胸を飾り，
慎ましやかなスミレは，頭を垂れて
陽気なニンフたちが優美な足取りで通るたびに挨拶する．
私は思った，この花たちは，さらに多くの花々とともに，
自然があの無用のものたちを産み出すことを嘆いていると．
太陽を他のものからぶん取っただけでなく，
もっぱら自分だけにと向けさせているのだから．
　　私には悲しむことしかできなかった，自然が
　　かくも光輝ある花々をそんな日蔭に咲かしめたことを．

326

7篇からなる 'Visions' の6番.

'Visions' は，Spenser (p.53) の 'Visions of the World's Vanity' や 'Visions of Bellay' (Du Bellay (p. 114) が 'Antiquitez de Rome' への補遺として書いた 'Une Songe ou Vision sur le Mesme Subject' の翻訳，'Antiquitez de Rome' は Spenser が 'Ruines of Rome' として翻訳している) を模倣して書かれた．いずれも，幻影として見た光景として描かれるが，自然，人間界の不条理を表出し，虚無感を漂わせたり，諷刺となったりしている．

本詩が直接依拠した詩篇は Spenser には見当たらない．Browne の 'Visions' の他の詩は理不尽に驕っていたものが理不尽に殺されたり倒されたりするのがテーマで，Spenser や Du Bellay のローマ帝国の滅亡のテーマに通じる．例えば，驕った植物を扱った Spenser の詩は，彼の他の詩篇同様，以下のように歌われる．

> High on a hill a goodly Cedar grewe,
>   Of wondrous length, and straight proportion,
> That farre abroad her daintie odours threwe;
>   Mongst all the daughters of proud *Libanon*,
>   Her match in beauty was not anie one.
> Shortly within her inmost pith there bred
> A little wicked worme, perceiv'd of none,
> That on her sap and vitall moisture fed:
>   Thenceforth her garland so much honoured
> Began to die, (O great ruth for the same)
> And her faire lockes fell from her loftie head,
> That shortly balde, and bared she became.
>   I, which this sight beheld, was much dismayed,
>   To see so goodly thing so soone decayed.
>   ('Visions of the World's Vanity' 7番目のソネット)

「～していて，～を見た」，「～で～を見た」という書き出しは，Spenser のこの詩群のひとつのパターンである．上の詩もその変形である．

2 **rolls** < roll 1. To move by revolving or rotating on (or as on) an axis; to move forward on a surface by turning over and over. 2. To advance with an easy, soft, or undulating motion. *OED* においてこのように2段階に分けて説明されている意味のうち，まずは2の意味で読み，和訳する．しかし，次項で説明するように，1の意味も含意される．

3 **mushroom** 日陰に育つ植物を代表している．日蔭に育つものが「高慢に気位高く」，以下日向に咲くはずの花々が「その端女」であったり，身分の高くない娘を飾ったり，「頭を低く垂れ」たりする対比が描かれる． *OED* には，「キノコ」の定義のほかに，'*Fig*, a, A person or family that has suddenly sprung into notice; an upstart. Also applied to a city, an institution, etc. that is of sudden growth.' の語義があげられている．ここから，この詩全体が，自然に託して宮廷社会を映し出していると読める．これに関連して，2行目も「澄んでいるかに見えるテムズの川も，実は波立ち逆巻く」と解することもできる．

4 **grew** 仮定法．

5 **silver crown** デイジーの白い花を示す． *OED* では，"silver" の語義として，'*poet*. soft, gentle' の意味もあり，Spenser の *The Faerie Queene* が用例として引用されている．この詩が Spenser に依拠していることを考えると，"The gentle daisy" の花の形容として，この語を縁語的に使っているとも考えられる．また，"silver" が月を形容する語であることから，Diana の属性 'virginity', 'chastity' を表すとも読める．

8 **trimly** In a trim manner. So as to be neat, elegant, or smart in appearance or effect; neatly; finely.

9 **with a many more** 社会の中で，不当にも日の当たらない人間が枚挙できないほどいることを示唆する．

complained < complain To bewail, lament, deplore, *Obs*.

10 **those needless things** "These"(9) と対比をなし，"a mushroom"(2) に代表される，日蔭にあるべき植物，つまり本当は無用でありながら社会で重用される人物たち．

11-12 **not alone ... / But ...** = not only gained the sun from others / But (should) turn it wholly to their proper use. 関係代名詞 "which" の先行詞は "those needless things" (9).

12 **turn** 1. To reverse the position or posture of; to move into the contrary position: to invert. 2. To cause to move round on an axis or about a centre. 第一義的には，つまらないキノコたちが，太陽を花々から自分たちの方へと「向きを変えさせた」こと，また第二義的には，自分たちのために，天を「巡らせた」ことを表す．

proper 1. Belonging to oneself or itself; (one's or its) own; owned as property. 2. Belonging or relating to the person or thing in question distinctively (more than to any other), or exclusively (not to any other).

脚韻は abab / cdcd / efef / gg とイギリス形式．Spenser に倣ったものではあるが，Spenser は Du Bellay のイタリア形式の脚韻（abba / abba / ccd / eed など．後半の2つの3行連句ではさまざまに変化する）をイギリス形式を用いて翻訳するのに苦労したらしいが，翻訳を原作と比べてみれば，その苦労の跡がよくみて取れる．

George Herbert (1593-1633)

　イギリスの詩人・牧師．ペンブルックやモンゴメリーといった領地を持つ名家の5男（右頁の写真参照）．兄 Edward (p.284) は，チャーベリーの第1代男爵となり，戦闘や外交の面でも活躍し，哲学者，歴史家，詩人でもあった．もう一人の兄 Henry も宮廷の要職にあり，本人を含む3人で名高いハーバート3兄弟を成す．母メアリは Donne (p.261) のパトロネスであり，George 3歳のときに夫を亡くし，13年後，ダンヴァース卿と再婚．

　ウエストミンスター校から，ケンブリッジ大学のトリニティ・コレッジに進み，学位取得前に22歳でフェロー，その2年後修辞学講師，さらに，フェローは7年以内に教会関係職に就くべし，という規律にもかかわらず大学代表弁士*となる．この地位により要人の知己を得，名門の出であることを背に，ある時期，宮廷での高位を求めてかなり画策したようである．大学の仕事は代理人に任せ，モンゴメリーから議員として立ったこともあった．しかし，ジェームズ1世が1625年に亡くなり，政界地図が塗り替えられ，彼の立身出世も危うくなった．世俗への幻滅もあり，当時の名家には珍しく宗教の道を選んで執事となり，その後27年には愛する母の死に遭い，28年には弁士を辞し，29年には，母の再婚相手ダンヴァース卿の従妹と結婚する．

　この頃から，後に *The Temple* として結集する詩を書き始めた．もともと頑強でなく健康上の不安を抱え，精神的にも宗教上の悩みは深かった．これらの詩を読むと，最後まで，自分の選択が，真に魂の要求によるものか，人間としての弱さによるものか揺れていた節がある．1630年に牧師になり，ベマートン村に赴任する (p.340写真参照)．ここはソールズベリに近く，この聖堂の合唱を聴きに週2回通った．高ぶらず，慈愛を込めて精力的に働く良き牧師であったが，身体が衰え，33年には死の間近いことを悟り，ケンブリッジ時代からの友人フェラーに書き溜めた詩を送り，「失意の人にもし益するところあらば印刷し，さもなければ焼却せよ」と委ねた．同年に肺結核で亡くなり，数ヵ月後に *The Temple, Sacred Poems and Private*

Ejaculations が出版された．1680 年までに 13 版を重ねたという．ここに収められた 160 篇の短詩はすべて宗教詩であるが，彼の手になる英語の詩の大部分であり，他は少しラテン語によるものがある．散文としては，田舎の牧師のあるべき姿を書いた，短い *A Priest to the Temple, or the Country Parson* (1652) がある．伝記は Izaak Walton（『選集 CC』p. 51）が，聞き書きにより 1670 年に出しており，2 度に亘って改訂版もある．

　その素朴な敬虔さが 17 世紀には高い評価を得て，ピューリタンにさえ読まれるが，その世紀の終わりともなると評価は下がる．しかし，1799 年に新しい版が出て，Coleridge（前掲書 p. 184）が文学論集 *Biographia Literaria* (1817) において称讃し，19 世紀には，この詩集は 30 版を重ねた．詩想を精確に彫琢の詩文でとらえ，17 世紀の宗教詩人の中で最上の一人と言えよう．今日では，素朴さというより，言葉に表しがたい魂の在り方の複雑さを表出しようとした試みと見做され注目されている．

　　大学代表弁士 **(public orator)**　公的行事のとき，ラテン語で演説をする役目を負う．

Wilton House
（Pembroke 伯爵家の邸）

P(embroke) + M(ontgomery) + H(erbert)
を表すマーク
（Wilton House の外壁に刻まれている）

Redemption

Having been tenant long to a rich lord,
    Not thriving, I resolvèd to be bold
    And make a suit unto him, to afford
A new small-rented lease, and cancel th'old.
In heaven at his manor I him sought:
    They told me there that he was lately gone
    About some land, which he had dearly bought
Long since on earth, to take possession.
I straight returned, and knowing his great birth
    Sought him accordingly in great resorts,
    In cities, theatres, gardens, parks and courts.
At length I heard a ragged noise and mirth
    Of thieves and murderers: there I him espied,
    Who straight 'Your suit is granted' said, and died.

贖い

富裕な主人に永年借用人として仕えてきて，
　裕福にもならなかったので，私は大胆にも
　　彼相手に訴えを起こす決意を固めた，新たな小額の賃貸契約を
結び，古い契約を破棄してもらうべく．
天国の彼の荘園で彼を探した．
　そこで聞いた話では最近彼はある土地にかかわって
　　それを入手しに出かけたとのこと，それは地上にあって，
かなり前に相当の値で買ったものという．
私は直ちに地上に戻り，彼の高貴な生まれを知るところから
　それなりにふさわしい場所に彼を探した．人々の多く集う場所，
　　町や，劇場，園庭，私苑，宮廷に．
ついに耳障りなざわめきや陽気な騒ぎが聞こえた
　声の主は泥棒や人殺したち，そこにこそ彼の姿を認めた，
　　彼は直ちに「お前の訴えは聞き届けられた」と叫ぶと，身罷った．

The Temple 初版 (1633) 8 番.

タイトルの語 "redemption" は，ラテン語 'redimere' から派生したもので，buy back の意味を持つ．これは文字通り「契約を買い戻す」という経済関係の用語であるが，キリスト教の世界では，キリストが十字架にかかることで人間の罪を贖って帳消しにしたという意味の語である．この詩は，全編，前者の経済で話を進めながら，実は，寓話の形をとった，厳然と後者の意味を持った宗教詩であるということに意義がある．

人は神の借用人であり，神の創造物であるから，人の能力や経験はその貢物となる．その生産物に関しては主人である神の前に責任を持つ．人はその一生の間，神に対して貸借関係にあり，利益をあげれば生きている限り責任がある．神から人に与えられた最初の貸しは「行ないの契約」で，土地からのあらゆる利益は神の使用に付される．これがユダヤ人の「旧約」である．それに対して，キリスト教徒の「新約」は，神は我が子を人の世に送ることで人の原罪を贖い，人は，罪と死の法則から解き放たれることになったというもので，キリストの十字架上の犠牲から出た，「恵みの契約」である．この新約は，次の引用にまとめられる．

『ローマ人への手紙』5 章 8 節
「また罪人であった時，わたしたちのためにキリストが死んで下さったことによって，神はわたしたちに対する愛を示されたのである．」

さらに，聖書の次の箇所が参考になるかもしれない．
『エペソ人への手紙』1 章 7-9 節
「わたしたちは，御子にあって，神の豊かな恵みのゆえに，その血によるあがない，すなわち，罪過のゆるしを受けたのである．神はその恵みをさらに増し加えて，あらゆる知恵と悟りを私たちに賜り，御旨の奥義を，自らあらかじめ定められた計画に従って，わたしたちに示して下さったのである．」

『ルカによる福音書』20 章 9-15 節（同様の記述は『マルコによる福音書』12 章 1-9 節にも見られる．）
「そこでイエスは次の譬(たとえ)を民衆に語り出された．『ある人がぶどう園を造って農夫たちに貸し，長い旅に出た．季節になったので，農夫たちのところへ，ひとりの僕(しもべ)を送って，ぶどう園の収穫の分け前を出させようとした．ところが，農夫たちは，その僕を袋だたきにし，から手で帰らせた．そこで彼はもうひとりの僕を送った．彼らはその僕も袋だたきにし，侮辱を加えて，から手で帰らせた．そこで更に三人目の者を送ったが，彼らはこの者も，傷を負わせて追い出した．ぶどう園の主人は言った．『どうしようか．そうだ，わたしの愛子(あいし)を使わそう．これなら，

たぶん敬ってくれるだろう.』ところが，農夫たちは彼を見ると,『あれはあと取りだ．あれを殺してしまおう．そうしたら，その財産はわれわれのものになるのだ』と互に話し合い，彼をぶどう園の外に追い出して殺した．その際，ぶどう園の主人は彼らをどうするだろうか.」

1 **a rich lord** 「借用人 (tenant)」である "I" に対しての「主人 (lord)」であるが，以下全編，大文字の Lord（神）が意識されていて，このことこそがこの詩のポイントである．大文字の Lord に対する "tenant" は「人間」である．「神」は経済的には「金持ち」ではないが, "Thou has but two rare cabinets full of treasure, / The *Trinity*, and *Incarnation*:" と Herbert は別の詩 'Ungratefulness' で述べている.

2 **thriving** < thrive Of a person or community; to prosper; to increase in wealth; to be successful or fortunate. もう一方の意味として, "not thriving" は，古い契約のもとでのユダヤ人の状況，すなわち，原罪の重さを背負った状態.
   bold 無知ゆえの自信過剰を表しているが，Herbert の他の詩では，積極性のある，良い面という捉え方もしている.

3 **make a suit** 「訴訟する」次行, "rented", "lease", "cancel" と縁語をなす.
   afford Give or yield to one who seeks. また,「出費，犠牲」の意もあり, "dearly bought" (7) へと繋がっていく.

4 **th'old** = the old = the old lease すなわち the covenant of works（行ないの契約）を指す．先に引用した聖書の邪悪な農夫（＝借用人）はユダヤ人を指し，ユダヤ教と一線を画すキリスト教の姿を浮かび上がらせている．ユダヤ人は「行ないの契約」を重んじるが，キリスト教では，人は行ないからではなく信仰に拠る．この新しい契約においては，rent もなく，Lord との関係は主従関係ではなく，信者は sons であり，heirs である.

6 **lately** キリストは，grace を授ける緊急性を切実に感じた "I" に応えて素早い動きを示したのであろうか．または, "I" に応えてというより, "I" に期待してともとれる．
   gone 2 行下の "to take possession" に続く．最後の "died" の伏線となっている.

7 **land** 表向き，土地所有に関わる語だが，裏の意味は，イスラエルとユダヤの民を指す．彼らは古い契約で守られているが，新しく救われる必要がある.
   had ... bought 次行の "take possession" とは意味が重複しているようだが, "possession" には 'in one's control' の意もある.
   dearly 「相当の値を払って」また,「親密に」裏の意味として，神が「高い犠牲を払って」我が子イエスをこの世に下したことをいう．これは実は最終行までわからないわけだが，当然この時点でも意識されている.

9 **straight** Straightway, immediately. 神の意図もわからないまま，直ちに行動するこの "tenant" の無知ぶりを強調する．最終行の "straight" と対比される.

9 **great birth**　"I" は，"lord" が主人なので当然良い生まれであるというくらいの認識しかしていないが，実は，神の子イエスなので，"great birth" ということになる．そしてこのことは，厩での誕生という事実と対比される．

10 **resorts**　< resort　Place where people are accustomed to gather great resorts. Places at which large numbers of people gather, throngs or crowds.

12 **ragged**　前行，前々行で聞かれる美しい音楽とは対照的な，「耳障りな」の意と，さらには「rags を着ている貧しい人々のたてる」(音) の意がある．

mirth　最終行に至って味わう宗教的喜びの伏線になっている．

13 **Of thieves and murderers**　イエスは二人の罪人の間で処刑台に上がった．イエスの処刑に際し，代わりに恩赦を受けたバラバは，福音書により罪状は異なるが，罪人であった（なお，その後改心し，熱心に布教に努めたという伝説がある）．また，この磔に関わった者たち（最終的には，人類全体）はすべて「殺人者」であったということになる．

espied　< espy　Catch sight of, often with the sense of unexpectedness.

14 **Your suit is granted**　表向きは，"suit"(3) が受け入れられたと読めるが実は「よく言っておくが，あなたは今日，私と一緒にパラダイスにいるであろう」(『ルカによる福音書』23 章 43 節) というイエスの言葉，すなわち，イエスとともに処刑された者の願いを聞き届け，天国に行くと告げた大いなる言葉なのである．主 ("lord" = Lord) を探して，出会った主はイエスを思わせる人物として描かれているが，これは三位一体説（神，イエス，聖霊を一体と見做す考え方）による．

said, and died　この行は "straight" の語が使われていることでも明らかなように，キリストの対応は素早く，この 2 つの動詞のシンプルな置き方にも切迫感が出ている．それはあたかも，キリストの死があればこそ救済されたということを強調するかのようである．それは，9, 10 行目で "great" が 2 度繰り返されて印象的だったところへ，この最後の行に至って "granted" が登場して決定づけられることとも関連する．この [g] 音は "gone"(6) とも響きあって，最後の語 "died" の重みを増す．

　この詩の元のタイトルは "The Passion"（受難）で，"Good Friday" と題する詩の 21-32 行目も独立させて同じタイトルが付けられていた．

　普通は，神が人に言葉を授けるが，ここでは，人が神に新契約を申し出ているところに独自性があり，人間の主体性が描かれている点が，ルネサンス精神の現われと見られる．

　9 行目の "straight" のところでこの語が最終行にも出ていることについて触れたが，他に "long" (1, 8), "great" (9, 10) も 2 か所ずつ使われている．全く同じ単語ではな

いが，意味が似ているものとして，"gone" (6) が最後の "died" (14) の伏線となっていることから，最後の単語が実に重みをもってくる。
　終始，"I" は神の貴い犠牲にも祝福の言葉にも，無知であるかのように描かれているが，それは自らの信仰の至らなさを痛感する詩人の思いを映していると読むことが可能であろう。

The Temple タイトル・ページ

Prayer

Prayer the Church's banquet, angels' age,
    God's breath in man returning to his birth,
    The soul in paraphrase, heart in pilgrimage,
The Christian plummet sounding heav'n and earth;
Engine against th'Almighty, sinners' tower,
    Reversed thunder, Christ-side-piercing spear,
    The six-days world transposing in an hour,
A kind of tune, which all things hear and fear;
Softness, and peace, and joy, and love, and bliss,
    Exalted manna, gladness of the best,
    Heaven in ordinary, man well-dressed,
The milky way, the bird of paradise,
    Church bells beyond the stars heard, the soul's blood,
    The land of spices; something understood.

祈り

祈りとは「教会」の宴，天使たちの永遠の生，
　　人の中にある神の御息吹がその生れ故郷に戻ること，
　　換言解説される魂，巡礼する心，
キリスト教徒の釣り糸の重りが天と地を測深すること．
全能の神に対抗する武器，罪びとたちの塔，
　　逆向きの雷，キリストの脇腹を刺し貫く槍，
　　六日間の世界をたちまちのうちに変容させること，
ある種の調べ，万物がそれを聞いて恐れるもの．
柔和，そして平安，喜び，愛，至福，
　　高貴な神与の食物(マナ)，至上の喜悦，
　　平服でいつもの食卓につく神，正装して伺候する人間，
天の川，極楽鳥，
　　星々の彼方に響き渡る教会の鐘の音，魂の血潮，
　　香辛料の地．かくして何かが，解った．

The Temple 19番.

1　**Prayer**　(n.) この詩は「祈り」とは何かを敷衍し，詳述する．一つの概念の説明をカタログ的に列挙するレトリック systrophe（くびき語法）で展開されている．述語動詞は全体にわたって省略されている．例えばこの後に 'is' を補って読む．'asyndeton'（連辞省略）でもある．
　　banquet　(n.) A feast, a sumptuous entertainment of food and drink; now usually a ceremonial or state feast, followed by speeches. キリスト教での聖餐式（プロテスタント），聖体拝領（カトリック）を指す．別の解釈もあり，正式な食事の合間に摂る軽い食事を指す，とする．
　　angels' age　An eternity. 人は祈りの中にある時．人間の限られた生を超越する．"angel's age" は頭韻を踏む．
2　**God's breath in man …**　『創世記』2章7節参照．"breath" と "birth" は頭韻．
3　**paraphrase**　(n.) An expression in other words, usually fuller and clearer, of the sense of any passage or text; a free rendering or amplification of a passage. "paraphrase" と "pilgrimage" は頭韻．さらに [p] 音は次行の "plummet" に響く．
4　**plummet**　(n) A piece of lead or other metal attached to a line, and used for sounding or measuring the depth of water; a sounding-lead.
5　**Engine**　(n.) 1. An instance or a product of ingenuity; an artifice, contrivance, device, plot; and in bad sense, a snare, wile.　2. *Spec.* A machine or instrument used in warfare. Formerly sometimes applied to all offensive weapons. 元の意味は 'Native talent; mother wit; genius' で，のち，このような才能から生み出されたものを指すようになり，悪い意味では大規模なメカニズムを有する兵器，戦車にも使われる．
　　sinners' tower　例えば，バベルの塔などが念頭におかれている．
6　**Reversed thunder**　雷は神の怒りを示すものとされ，敵には滅びの，味方には救いのしるしでもあった．逆向きの雷とは，地から天に向けられた大砲などの類を指すのであろう．
　　Christ-side-piercing spear　キリストが磔の刑に処せられた際，その脇腹をローマ兵士が槍で刺し貫いた．その槍を指す．"side" と "spear" は頭韻．また "piercing" と "spear" も [p] 音で響きあう．いわゆる 'doubting Thomas' という語句の出典である『ヨハネによる福音書』20章24-29節参照．「それからトマスに言われた，『あなたの指をここにつけて，わたしの手を見なさい．手をのばして，わたしのわきにさし入れてみなさい．信じない者にならないで，信じる者になりなさい．』」(20章27節)
7　**six-days world**　神の天地創造には6日かかり，世界は1週間のうち6日間を支配するが，安息日は含まない．"hour" は 'time' とも読め，一瞬のうちに，の意か．

6日の世界とは被造の世界であり，永続性をもたず，たちまちのうちに変容する変転きわまりない世界．

7 **transposing** ＜ transpose (vt.) To change (one thing) *to* or *into* another; to transform, transmute, convert. *Obs*.

8 **A kind of tune, which all things hear and fear** 讃美歌を指すか．"hear" と "fear" の音の類似が効果的である．

9 **Softness, ... and bliss** "and" を繰り返して畳み掛けている．

10 **Exalted manna** 『出エジプト記』16章31, 35節参照．「マナ」とは，イスラエル人がエジプトを出て40年の荒野放浪の生活をした間，彼らがそれによって支えられたという天与の食物を指す．のち，超自然的食物として，勝利者に与えられる神秘的霊的食物を意味するようになった．

11 **Heaven ... dressed** "-dressed" を「衣服を着る」に解して訳出したが，'God at the table, and man prepared as a dish for Him.' と解する説もある．
ordinary (n.) Something ordinary, regular, or usual. Customary fare; a regular daily meal or allowance of food; by extension, a fixed portion, an allowance of anything. *Obs*.
well-dressed ＜ dress (vt.) 1. To make ready or prepare for any purpose; to order, arrange, draw up. 2. To array, attire, or 'rig out', with suitable clothing or raiment; to adorn or deck with apparel; in later use often simply, to clothe. 神の食事に伺候する人間として遺漏なく身なりを整えて．

12 **milky way** 天の川．銀河．キリスト教では，「聖ヤコブの道」とされている．聖ヤコブはスペイン語ではサンティアゴ．この聖人の墓があるというサンティアゴ・デ・コンポステーラは，中世以来，巡礼の地として有名．月の出ていない夜空に輝く星の雲，すなわち天の川は巡礼を導く道しるべであった．（『選集SS』p. 120．）
bird of paradise 伝説の極楽鳥．

13 **Church bells beyond the stars heard** 星たちを超えて響き渡る教会の鐘の音．ギリシア哲学以来の西欧に伝統的な「天球の音楽」を連想させる．天体がそれぞれ定められた軌道上を異なる速度で正しく運行することにより，高低さまざまな音を発し奏でる，全宇宙が調和した美しい音楽，とされる（『選集SS』pp.26, 28参照）．この音楽は人間には聞こえず，魂の浄化によって聞くことが可能になるとされる．ここではこの「天球の音楽」以上に美しい教会の鐘の音，という意味も含む．

14 **The land of spices** 16-17世紀は大航海の時代で，未知の航路や大陸，西インド諸島，アメリカの発見，植民地の開発等が進められた．それはまた肉類などを保存するための香辛料供給地獲得競争の時代でもあった．"spices" にはバルサムなど，香料類も含まれている．

脚韻は abab / cdcd / effe' / gg　一応はイギリス形式と解されるが，最後の 6 行は eff / e'gg とイタリア形式と解することも可能である．詩の内容とあいまって，形式の上でも明確に判別しがたいところに詩人の意識的な意図が読み取れる．

　「祈り」とは何か，に対する答を次々と列挙してみるが，「これだ」というぴったりした答は得られない．第 1 連では神をもとめ信仰心を育てている状態，第 2 連はむしろ信仰に躓き，神にあらがう状態，第 3 連は信仰が根付いた状態の喜びが列挙されている．あるいはキリスト教の歴史に照らして，初期の素朴な信仰布教時代の祈り，その後の不信と誤謬の時代の信仰，そしてその過ちを克服した近・現代の祈りの在り方を表現している，とも解される．いずれに解するにしても，その根底には神と人との対峙が大前提になっており，「祈り」は神と人との相互関係の中に存在するものであることが明示されている．だが，「祈り」とは何か，についての明確に言語化された答えの収斂化にはいたらない．とはいえ，正答を求めて煩悶苦闘している間に感得されたものがあった．この感得されたものこそが「祈り」というものである，と歌っている．

（教会の南側から）

（教会の東側から）

St. Peter Fugglestone Church (Bemerton)
Herbert はここで牧師を務めた

文法補足 (Early Modern English)
※本書に関連する項目のみ挙げている．

名詞
　所有格　主格の形に –(e)s の語尾をつける．本テキストでは，底本に従い，一部を除き，-'s で所有を示す現代英語の表記を使用した．

代名詞
　人称代名詞
　2 人称代名詞には単複両形がある．

	（主格）	（所有格）	（目的格）
単数	thou	thy, thine	thee
複数	ye	your	you

関係代名詞
　先行詞が人である場合，who, which の双方が用いられた．
　前に定冠詞 the を伴うことがある．
　　　　the which

動詞
　現在形　2 人称単数に –(e)st，3 人称に –(e)th の語尾がつけられた．
　　　　Ex. prayest/prayeth (<pray), hast/hath (<have), dost/doth (<do), canst/can (<can)　shallt/shall
　　　　be は，単数　am, art, is; 複数　are

　過去形　2 人称単数過去形に -(e)st の語尾がつけられた．
　　　　Ex. prayedst, hadst, didst, couldst
　　　　be は，単数　was, wast/wert, was; 複数　were

　　　　現在は使われない古形の過去形（過去分詞形）がある．
　　　　Ex. chase (<choose), spake (<speak), writ (<write), wrought (<work)

　接続法　現代英語の仮定法より広い用法が残っていた．現在形は基本的に原形と同形．
　　　　be は，単数　be, wert, be　　複数　were, wert, were

　不定詞　使役動詞の補語としては，to 不定詞が，原形不定詞とともに用いられた．
　　　　want (list) + O + inf. 構文では原形不定詞が，to 不定詞とともにに用いられた．

接続詞
　後に that を伴うことがある．
　　when that

GLOSSARY

acrostic（アクロスティック）各行頭の文字を綴ると意味のある語になる詩.
　　Ex. Sylvester 'Acrostiteliostichon' 前注 (p.206)
allegory（寓意, 寓話）
　　Ex. Spenser 注 *The Faerie Queene* (p.55), Browne 小伝 (p.322)
blank verse（無韻詩）通例 iambic pentameter（弱強5歩格）で韻を踏まない.
　　Ex. Earl of Surrey 小伝 (p.29), Marlowe 注 (p.120)
caesura（行中休止）詩脚内の語の間の切れ目.
　　Ex. Earl of Surrey, 'Set me whereas the sun doth parch the green' "Set me in base, or yet in high degree;" のコンマの後 (p.40, l.5), 続いて12行目まで各行にある.
conceit（コンシート）奇抜な比喩. 2つのもの, または概念を大胆に関連付ける修辞法. 奇想をいうこともある. 特に, 16世紀後半から17世紀にかけて好んで用いられた. Cf. 'A coronet... Philosophy' viii 12 の注 (p.161).
　　Ex. Constable 小伝 (p.174),
　　　　Barnes, 'Jove for Europa's love took shape of bull' 後注 (p.253),
　　　　Drayton, 'Since there's no help, come let us kiss and part' 前注 (p.192)
convention（常套表現）文学上で, ある表現をとることが伝統となっているもの.
　　Ex. Spenser, 'Was it a dream, or did I see it plain' (p.68) 全体の説明で, 例えば女性の胸を "ivory" と表現すること (p.72)
　　　　Gorges 小伝 (p.113)
coronet（花冠詩）しばしば「花, 華」に譬えられる詩を繋いで冠と成したもの. 各詩の最終行を次の詩の第1行として, 次々と繋がって行き, 最終篇の最終行が, 再び第1篇の第1行目として戻ってくる形になっている. Cf. corona (p. 312)
　　Ex. Chapman, 'A Coronet for his Mistress Philosophy' i-x (pp.122-141)
couplet（二行連句, 対句）
　　Ex. Earl of Surrey, 'Set me whereas the sun doth parch the green' "Yours

will I be, and with that only thought/ Comfort myself when that my hap is nought" (p.40) という，まとまった 2 行に関しての注 (p.43)

eclogue（農耕詩）農夫を主たる登場人物とする対話体の短詩．Cf. pastoral
 Ex. Fletcher 小伝 (p.45),
  Campion 'Thrice toss these oaken ashes in the air' 注 (p.235)

enjambment（行またがり）詩の一行の意味や構文が次行にまたがって続いていくこと．
 Ex. Chapman, 'A Coronet for his Mistress Philosophy' i " And let my love the honoured subject be/ Of love,' (p.122, l.10-11)
  同じく vi ". . . the weak disjoint / Of female humours" (p.132, l.1-5)

epitaph（墓碑銘）
 Ex. Earl of Surrey, 'Norfolk sprang thee, Lambeth holds thee dead' (p.32)

iambic pentameter（弱強 5 歩格）
 Ex. Wyatt, 'Unstable dream, according to the place' 注 (p.28)

In Memoriam stanza Tennyson がこの形で *In Memoriam* を書いた．弱強 4 歩格 4 行で 1 スタンザを成す．脚韻は abba. バラッド形式に準じている．同じ韻律が続くため緩慢で，哀悼や瞑想の表現に適している．他方，単調になりかねず，変化をつける技が要求される．
 Ex. Lord Herbert of Cherburry 小伝の注 (p.287)

masque（仮面劇）16,17 世紀に流行した，歌や踊りの入った演劇．仮面が用いられ，神話や寓話にテーマを借りたものが多い．
 Ex. Daniel 小伝 (p.180), Campion 小伝 (p.229)

ottava rima（8 行詩体）イタリアを起源として各行 11 音節だが，英詩では，10-11 音節になる．押韻は ab/ab/ab/cc.
 Ex. イタリアの詩人 Filosseno の作品 (p.28)

pastoral（牧歌）田園生活を描いた詩．
 Ex. Constable 小伝の注 (p.174)

plain style（平易体）通俗的な語彙とありふれた隠喩を使う．
 Ex. Greville 小伝の注 (p.87)

pun（語呂合わせ，言葉遊び，言葉の洒落）同音異義語を使ったり，一つの語に異なった意味を持たせたりする言葉の遊び．

Ex. Wyatt, 'Whoso list to hunt, I know where is an hind' "the deer" (p.10,
　　　l.6) 裏の意味として the dear がある.
　　　Chapman, 'A Coronet for his MistressPhilosophy'viii "the sun" (p.136.
　　　l.6) 裏の意味として the Son がある.
quantitative meter　音の強弱ではなく長短で音節を詠む, 古典の詩作法.
　　　Ex. Chapman x の注 (p.164), Campion 小伝 (p.229)
Spenserian stanza（スペンサー連）Spenser が *The Faerie Queene* で用いた詩形. 弱強5歩格5行と弱強6歩格1行の全9行で, 押韻は abab/ bcbc/ c.
　　　Ex. Spenser, *The Faerie Queene* の注 (p.55), Barnfield 小伝 (p.279)
synecdoche（提喩）一部で全体を表す表現法.　Cf. 他の比喩の形としては, simile, metaphor などがある.
　　　Ex. Spenser, 'Was it a dream' (p.68, l.1) の "it" が (彼女の胸を指し) 彼女の存在全体を表す.
telestic（テレスティック）各行の終わりの文字を綴ると語になる詩.
　　　Ex. Sylvester, 'Acrostiteliostichon' 前注 (p.206)
topographical poetry（地誌詩）特定の地域の地勢, 歴史, 人事などを詳細に芸術的に描写する詩.
　　　Ex. Drayton 小伝 (p.188),
　　　Drummond, 'Slide soft, fair Forth, and make a crystal plain' 後　注 (p.299)
trochaic（強弱格の）
　　　Ex. Wyatt, 'Farewell, Love, and all thy laws for ever' (p.20) l.1 の詩行.

エピグラム (epigram) 警句ともいう. 鋭く簡潔に真理をついた短詩.
　　　Ex. Davies of Hereford 小伝 (p.212), Heywood 小伝 (p.263)
オード (ode) 賦, 頌歌ともいう. 特定の対象（人, 物）に寄せる抒情詩. 古代ギリシア文学では合唱隊が踊りながら音楽に合わせて歌う詩歌.
　　　Ex. Fletcher, 'I saw, sweet Licia, when the spider ran' 前注 (p.50).
　　　　Barnfield 小伝 (p.279)
機会詩 (occasional poetry) ある場合に際して読まれる詩.
　　　Ex. Donne 小伝 (p.261)

頌徳文 (panegyric)　ある人物や事件を褒め称える文章.
　　Cf. 称讃詩　Sylvester 小伝 (p.200)
　　　　讃歌　Drayton 小伝 (p.187)
ソネット・シークエンス (sonnet sequence)　続きものの形になっている一連のソネット．それぞれ独立して読めるが，まとめて読むことで伝わる一定のテーマがある．
　　Ex. Spenser, *Amoretti* (p.56, 62, 68),
　　　　Sidney, *Astrophel and Stella* (p.100, 104, 108)
　　　　Donne, *Holy Sonnets* (p.266, 270, 274)
ピカレスク (picaresque)　悪漢（悪者ながら愛すべきところがある）を題材とする諷刺，ユーモア作品.
　　Ex. Nashe 略伝 (p.30)

担当者一覧

担当者は以下のとおり．ただし，すべて執筆者全員で検討した．
詩人名に付した担当者は小伝の担当を示す．K＝桂，O＝岡村，T＝武田

はしがき (O)
Sir Thomas Wyatt (K)　　　'Whoso list to hunt, I know where is an hind' (K)
　　　　　　　　　　　　　'Farewell, Love, and all thy laws for ever' (T)
　　　　　　　　　　　　　'Unstable dream, according to the place' (O)

Henry Howard, Earl of Surrey (T)
　　　　　　　　　　　　　'Norfolk sprang thee, Lambeth holds thee dead' (O)
　　　　　　　　　　　　　'Set me whereas the sun doth parch the green' (T)

Giles Fletcher (O)　　　　'I saw, sweet Licia, when the spider ran' (O)

Edmund Spenser (K)　　　　'More than most fair, full of the living fire' (K)
　　　　　　　　　　　　　'Coming to kiss her lips, such grace I found' (T)
　　　　　　　　　　　　　'Was it a dream, or did I see it plain' (O)

Sir Walter Ralegh (O)　　　Sir Walter Ralegh to his son (O)

Fluke Greville, Lord Brooke (O)
　　　　　　　　　　　　　'Satan, no woman, yet a wandering spirit' (O)

Sir Philip Sidney (T)　　　'In truth, O Love, with what a boyish kind' (T)
　　　　　　　　　　　　　'With how sad steps, O moon, . . .' (O)
　　　　　　　　　　　　　'Come, sleep, O sleep, the certain knot of peace' (K)

Sir Arthur Gorges (O)　　　'Yourself the sun, and I the melting frost' (O)

George Chapman (T)	A Coronet for his Mistress Philosophy	
	i	(T)
	ii	(O)
	iii	(K)
	iv	(T)
	v	(O)
	vi	(K)
	vii	(T)
	viii	(O)
	ix	(K)
	x	(T)

Henry Constable (K) 'Uncivil sickness, hast thou no regard' (K)

Samuel Daniel (K) 'Care-charmer sleep, son of the sable night' (K)

Michael Drayton (T) 'Since there's no help, come let us kiss and part' (K)
  'You not alone, when you are still alone' (T)

Josuah Sylvester (O) Acrostiteliostichon (O, K)

John Davies of Hereford (K)
  'When first I learned the ABC of love' (O)
  'So shoots a star as doth my mistress glide' (O)
  'Give me, fair sweet, the map, well-colourèd' (T)

Thomas Campion (T) 'Thrice toss these oaken ashes in the air' (T)

William Alabaster (K) 'Lo here I am, lord, whither wilt thou send me?' (K)
  'Dear, and so worthy both by your desert' (T)

Barnabe Barnes (T)	'Jove for Europa's love took shape of bull' (T)
Sir John Davies (O)	'The sacred muse that first made love divine' (O)
John Donne (O)	'I am a little world made cunningly' (O) 'At the round earth's imagined corners, blow' (K) 'Show me, dear Christ, thy spouse, . . .' (T)
Richard Barnfield (K)	'Beauty and Majesty are fallen at odds' (K)
Edward, Lord Herbert of Cherbury (K)	'You well-compacted groves, . . .' (K)
William Drummond (T)	'Slide soft, fair Forth, and make a crystal plain' (K) 'To spread the azure canopy of heaven' (T)
Lady Mary Wroth (O)	'My heart is lost. What can I expect?' (O) 'Late in the forest I did Cupid see' (T) 'Juno, still jealous of her husband Jove' (K)
William Browne (O)	'Down in a valley, by a forest's side' (O)
George Herbert (T)	Redemption (T) Prayer (K)

あとがき

　このソネット選集の第1集の出版から，このたびようやく最終巻の第3集が形をとることになった．第2集にはほぼ3年だったが，この第3集には，10年近くかかってしまった．イタリアのソネットという形式が，イギリスに取り入れられ，宮廷生活を舞台に見事に花開いた，16から17世紀前半という時代のものであるだけに，政治，社会全体のコンテキストにおいて作品を読み解いていくのは，簡単な作業ではなかった．宮廷の中で詩人同士が微妙に絡まり合い，彼らの世界に広がりが生まれ，また，ソネット・シークエンスが発達したことで，1篇の詩を大きな枠組みの中に入れて考えることになり，ソネットを読む難しさと面白さを，ますます認識させられることとなったのである．

　第1集が19世紀を中心としたもので，2，3集と遡ったことになったのだが，今振り返ってみて，前2冊の鍛錬があったからこそ，手ごわく，取り組みがいのある3冊目も可能だったのではないかと思われる．一方で，イギリスのソネットの黎明期，最盛期を読んだ眼で，時代順に追って行けば，また違うものが見えたのだろうとも考えざるを得ない．こうして，学ぶことの深さをも思わされた歳月であった．

　底本とした *The Oxford Book of Sonnets* には，現代のソネットも収録されていて，当初は，最後にそれも扱う予定であった．しかし，次第に，特にこの第3集を進めるにつれ，現代のものは，かなり読者の解釈次第という面があり，取り組む意味が違ってくることに気づいた．それで，これにて私たち3人のソネットを読む試みもひとまずピリオドを打つということになった．実は，この間に1，2年の違いを置きつつ，幸い3人とも無事職を終えるという人生の一つの区切りもあった．

　今回は，普通紹介されていない資料のために，岡村が各機関において入手したものや，個人的に撮影したものが多く含まれている．また，詩を理解す

るためにも多くの資料を利用した．前2冊と同様，資料調査，取得，掲載にあたっては，京都大学文学部閲覧室，京都府立大学付属図書館，Bodleian Library (Oxford University), British Library, National Portrait Gallery (London), Garden Museum(London), St. Mary's Church (Warwick), Chelsea Old Church (London), St. Dunstan Church (London), St. Paul's Cathedral, All Hallows by the Tower Church (London), St. Micheal Church (Framlingham), St. Giles-In-The-Fields Church (London), Hawthornden Castle. Wilton House の助力や資料掲載および写真撮影・掲載の許可に感謝を申し述べたい．

上記のように，長年にわたったものであっただけに，多くの方に有形無形のお世話になり，ご助言をいただいたことを，まことにありがたいと感じている．それでいながら，まだまだ不備な点も多いと危惧されるので，是非，ご意見，ご叱正をいただければと願っている．

全3巻の完結に至る間，お付き合いくださった英宝社，特に編集の宇治正夫氏には最後までお世話になり，この場を借りてお礼申し上げる．

2016年春近き日に

武田　雅子

著者紹介

桂　文子（かつら　ふみこ）

　京都大学文学部（英語英文学専攻）卒業．同大学院修士課程修了．博士課程中退．同大学文学部助手，龍谷大学教授を経て，龍谷大学名誉教授．

　主な著訳書：『英詩の歴史』（昭和堂，共著），G. メレディス『リチャード・フィーバレルの試練』（英潮社，共訳），『人間と文学──イギリスの場合』（昭和堂，共編著），『目で見る世界の国々 47 ウェールズ』（国土社，単訳），エリザベス B．ブラウニング『オーローラ・リー』（晃洋書房，単訳），バーバラ T. ゲイツ『世紀末自殺考──ヴィクトリア朝文化史』（英宝社，共訳），『ソネット選集──サウジーからスウィンバーンまで──』（英宝社，共著），『ソネット選集──ケアリからコールリッジまで──』（英宝社，共著），ロバート・ブラウニング『プリンス　ホーエンシュティール・シュヴァンガウ──世の救い主』（英宝社，単訳），『ロバート・ブラウニング研究──『パラケルスス』から『イン・アルバム』まで──付録：翻訳「シェリー論」』（英宝社，単著）

岡村眞紀子（おかむら　まきこ）

　京都大学文学部（英語学英文学専攻）卒業．同大学院修士課程修了．文学博士．京都府立大学女子短期大学部教授，京都府立大学教授を経て，京都府立大学名誉教授．

　主な著訳書：『十七世紀英文学と自然』（金星堂，共著），バーバラ T. ゲイツ『世紀末自殺考──ヴィクトリア朝文化史』（英宝社，共訳），『ソネット選集──サウジーからスウィンバーンまで──』（英宝社，共著），『ヨーロッパの自殺観──イギリス・ルネッサンスを中心として──』（英宝社，共著），『パラドックスの詩人ジョン・ダン』（英宝社，単著），『ソネット選集──ケアリからコールリッジまで──』（英宝社，共著），『十七世紀英文学と科学』（金星堂，共著），『十七世紀英文学における終わりと始まり』（金星堂，共著）

武田　雅子（たけだ　まさこ）

　京都大学文学部（国語国文学専攻，英語学米文学専攻）卒業．同大学院修士課程修了．三重大学教授，大阪樟蔭女子大学教授を経て，大阪樟蔭女子大学名誉教授．

　主な著訳書：『エミリ・ディキンスンの手紙』（弓書房，共編訳），『エミリの窓から』（蜂書房，編訳），『エミリの詩の家──アマストで暮らして──』（編集工房ノア，単著），『英語で読むこどもの本』（創元社，共編著），*Romantic Women Poets*（英宝社，共編注），バーバラ T. ゲイツ『世紀末自殺考──ヴィクトリア朝文化史』（英宝社，共訳），『ソネット選集──サウジーからスウィンバーンまで──』（英宝社，共著），*In Search of Emily Dickinson: Journeys from Japan to Amherst*（Quale Pr.，単著），『ソネット選集──ケアリからコールリッジまで──』（英宝社，共著）

ソネット選集　対訳と注釈
────ワイアットからハーバートまで────

2016年5月25日 印刷　　　2016年5月30日 発行

著者ⓒ　桂　　　文　子
　　　　岡　村　眞紀子
　　　　武　田　雅　子

発行者　佐々木　　元

発行所　株式会社　英　宝　社
〒101-0032 東京都千代田区岩本町 2-7-7
第一井口ビル
TEL 03 (5833) 5870-1　FAX 03 (5833) 5872

ISBN 978-4-269-06040-1 C1082　　　定価（本体 3,600 円＋税）

［製版：伊谷企画／印刷：(株)マル・ビ／製本：(有)井上製本所］